U0666153

龙泉山笔记

雍也 著

四川人民出版社

图书在版编目（CIP）数据

龙泉山笔记 / 雍也著. —— 成都：四川人民出版社，
2025.1. —— ISBN 978-7-220-13941-3

Ⅰ. I267

中国国家版本馆 CIP 数据核字第 2024LT9674 号

LONGQUANSHAN BIJI

龙泉山笔记

雍 也 著

责任编辑	王其进
装帧设计	张 妮
责任校对	韩 华
责任印制	祝 健
出版发行	四川人民出版社（成都三色路 238 号）
网　　址	http://www.scpph.com
E-mail	scrmcbs@sina.com
新浪微博	@四川人民出版社
微信公众号	四川人民出版社
发行部业务电话	(028) 86361653　86361656
防盗版举报电话	(028) 86361653
照　　排	四川胜翔数码印务设计有限公司
印　　刷	四川机投印务有限公司
成品尺寸	145mm×210mm
印　　张	8.5
字　　数	140 千
版　　次	2025 年 1 月第 1 版
印　　次	2025 年 1 月第 1 次印刷
书　　号	ISBN 978-7-220-13941-3
定　　价	58.00 元

■版权所有·侵权必究

本书若出现印装质量问题，请与我社发行部联系调换

电话：(028) 86361656

雍也散文的写实精神

蒋 蓝

小说家早已倦于写实了，他们一股脑儿在务虚，这没什么不好。小说家更疲于人物塑造，他们倾心古怪叙事，写故事成了写事故。在此大势之下，汉语散文从 2000 年前后开始了自己的"语言学转向"，写景状物是小儿科，绝对不再是散文的要津，散文的律法乃是修辞秘术，类似一个人向壁修辞，从空气里获取神秘养料，展示的是一个人在修辞空间的闪展腾挪所带起的蜕体、丝绦与幻境，这一情况不是近似"针尖上的芭蕾"，而是更为抵近构筑散文异托邦。语言的修辞术俨然涂改了以往散文的全部定义。

着眼于小说、诗歌、话剧等文本，汉语散文是受西方美学与修辞影响相对最少的文体，散文葆有的传统元素最多，它固然可以接受异域美学与修辞策略的加盟，但不至于丢弃自己的精气神，穿上了别人的艳服而忘情高蹈——这看上去有点像皇帝的新衣。

作家废名在《关雎》里说："凡属有生命的文学，都是写实的。中国后来的人之所以不懂得三百篇，便因为后来的文学失掉了写实精神，而三百篇是写实的。什么叫作'写实的'呢？写实便是写实生活，文学题材便是实际的生活。"他承认："我的作文的技巧，也是从西洋文学得到训练而回头懂得民族形式的。这个训练是什么呢？便是文学的写实主义。"

废名提出了两个关键词："写实精神""写实主义"。在我看来，事实会构成对事情的"呈堂证供"，追求事实所体现出来的全部事工以及这一过程中散发出来的氤氲，构成了一个求真者的气韵，这就是写实精神。恰如哲学家胡塞尔言"回到事物本身"。而回到事物本身就是追溯真相的唯一方式，它会在感情真实、记录真实的言路当中提纯当事人的理性认知。散文排斥虚构，但散文从来不拒斥想象，这样的话，散文又为我们打开了它从大地起飞的一翼。

照应于雍也先生的散文写作，可以发现真正的写实散文，从民间蜿蜒而起，从大地盘旋而上，从乡土萦萦而生，从苦难寂寞间横斜而动。这种原生态散文的生命就在于真实，具有洗骨伐髓之力。追求真实是散文的第一推动力，这是一个无法争论、也不能争论的原则。

雍也的《龙泉山笔记》，并非全然着眼龙泉山人物、风物所作的笔记，而是他以龙泉山为怀念的据点，展示了他对乡情、乡土、乡愁的一系列追忆，又不乏对龙泉山一线的感情倾注与细致打量。雍也在随笔与散文的两个域界左右盘旋、穿插往复，展示出了一种对撞生成的互文性。我曾经在《一个随笔主义者的世界观》里说过，如果非要对文体进行切分厘定的话，散文是从属于文学空间的，而随笔是从属于思想空间的。这没有高低之分，散文阔野苍茫、静水深流，是文随意转；随笔危岩突兀、锋锐峭拔，是意领文动。蜀地好文采，历来多丰腴而少骨力，多滋味而少独一，多华彩而少纯墨，多诗吟而少叙事，多散文而少随笔……《龙泉山笔记》作为雍也的美学构想，它不仅为恢复传统散文的细节性与抒情性、精神性品质提供了现实理由，也为蜀地散文、随笔言路的开掘拓宽了采撷之路。更为重要的是，《龙泉山笔记》使得写实精神统照下的平凡人物获得了纸上崛立，它超越了对现实刻板摹写的单一套路，雍也以大剂量的生动细节，把由无数生活碎片拼合起来的人与事，提升至人性拷问的层面。在这里，写实精神所具有的人文精神与笔法的细腻性，写实语言与渐次展开的抒情性，不分彼此、不分体用地融为一体，共同构成了充满蜀地审美气韵和精神体验的散文境界。

在力作《父亲是一块石头》当中，充满了遍地闪烁的碎片，雍也克制奔突的情感，用心、用力把它们合成、锻打成了一张金箔。金箔即镜面，我们看到了冷硬与柔情、料峭与春风、暴力与呵护的对立与转换。雍也笔下的父亲，具有巴蜀民间地缘赋予的诸多特性：敏感、聪颖、固执、暴烈、爱憎分明。其中有一个父子争论的场景：

> 80年代末一个大暑天，我们两爷子在烈日下的农田里挞谷子，一边挥汗如雨，一边热烈地摆龙门阵。当谈到当时的国家大事、社会现象时，我们发生了激烈争执，谁也无法说服谁。从场面上看，书面知识超过父亲的我引经据典地把他驳得哑口无言并挑战似的嘲笑他念老黄历，欲与他再辩下去：你不是口才好吗？你不是能言善辩吗？你不是一直给我们讲道理吗？今天我们两爷子就来辩个输赢吧！他脸涨得通红，把收割的谷子在拌桶上摔打得震天响，一颗颗豆大的汗珠从脸上翻飞而下，气呼呼地吼道："'不听老人言吃亏在眼前'！你球经不懂，'天冲地冲，黄鳝打洞'！"

一个人的经验可以匡正体验，但经验无法感知超出经历的事件。这不是趣事，而是一场涉及父子之间人生走向的重大事件。多年以后，儿子写信向父亲承认错误时，父亲老泪纵横……在一个渴望"天冲地冲"的年代里，没有虫洞，没有终南捷径，很多人折腾的结果不过是"黄鳝打洞"而已。

没有世故之心，但要有穿越世故的赤子情怀，成为了雍也对此的提炼。在他看来只有实话实说，既是对真实的最高捍卫，也是真实对自己的褒奖。这类文章的弱点，在于欠剪裁，显得蔓芜了一些。

《龙泉山笔记》里，特别引起我阅读注意的，恰是雍也记人的篇章：《山高水长》《天上的奶奶》《龙泉山下遇铁凝》《315室的"八大金刚"》《故乡人物》《两个小娃娃》等，异常鲜活地展示了他眼中的友情、亲情，这些纸上速写不但具有文学意义，还具有为历史存真的价值。仔细分辨，他的散文具有清晰的叙事性，而抒情性而非抒情式的写作才是他的压舱石。这来源于他的生活经历，特别是他在故乡渠县的生活历练，这不妨看作是他对乡土的缅怀。雍也老老实实地写，他在激情、思辨与叙事之间徜徉，他从没有刻意地"反抒情"，他更没有标举"反价值"。他来了，他看见，他说出。这，就是我心目中的散文"正写"。我曾经提出"正写才是硬道理"，我想，这也是"散文雍也"的底牌。

其实，还有一个"随笔雍也"侧身而立。

《宋江是个好领导》《〈老子〉对现代管理者的启示》《林妹妹岂只有小气》《历史上的极品女人》《〈围城〉的喜剧艺术》《好汉的快活》《老鼠过街无人喊打》等文章的言路，既有杂文的针砭气质，更有思想随笔的人间情怀。可以发现在很多作家笔下，从通俗到庸俗，从西典引用到马列，从被消费的历史写到了后现代，他们恰恰就不敢于回到现实、回到大众和民生，因此其随笔也日渐丧失了思想承载，仅仅成为知识随笔或学术随笔。雍也的随笔向度，恰在于较为注重独立性与独立思考，较为注重文化批判和社会批判，较为注重世道人心。这就决定了其随笔的落脚点就是现实，现实恰是照应他思想的一个临界点，是其随笔延伸与回环的一个觇标。他凸显的"家国情怀"，成为了统摄、引领、支撑、架构其随笔的脊梁。我想，如果在思与诗的向度上再予以纯化和清晰化，那种脱颖而出的寸铁，会使雍也的随笔更为锋利。

雍也的散文里没有老虎与迷宫，因为他不是博氏的函授弟子。雍也的散文里也缺少超验飞翔与骑桶神游，因为他也不是梅特林克与叶芝的膜拜者。反过来看，雍也的散文具有丰沛叙事，拥有很多细节与碎片，那既是他从岁月深井里打捞出来的宝贝，也是生活留给他的残片，等待着他去拼合出那一段生活的真相，甚至重新组合出对未来生活可能的机变。

一个人不大容易记住得到的，却总是对失去的记忆犹新。普鲁斯特在《追忆似水年华》里承认："当一个人不能拥有的时候，他唯一能做的便是不要忘记。"雍也在回忆里不是一味被动的。置身于个人生活深处的回顾与探幽，雍也在个体的、碎裂的、独木难支的思考里，写下的文字，如果它们是一地的碎片，那么拼合起来的光，注定要大于一块安静的镜子的全部光学时空。叙述的碎片不断被塞进了"现在"，对现在予以减速或加速，"现在"的这一趟列车满载白云苍狗与哀伤，不但冲过了龙泉山脉的上空，它也朝着未来隆隆驶去。雍也的叙述列车使我们晃动，在起承转合的传统散文地界轻轻地喘息、超越，呼应着生命与大地的节律。

我偶尔行走在龙泉山深处，闻鸟心惊，闻鸟羞愧。这是一片多么深情的土地。

（作者简介：蒋蓝，诗人，散文家。中国作家协会散文委员会委员，四川省作家协会散文委员会主任，成都文学院终身特约作家。）

2018年1月13日于成都

文学的介入性向合法性的审美转切

——序雍也散文随笔集《龙泉山笔记》

凸 四

　　雍也写散文、随笔、杂文，也写诗，我应该是读过他所有诗文的不多的读者中的一个。每位作者都有自己的由文学现实和文学理想夹道的这样那样的文学方向，或称写作向度。我以为，介入性，恰是雍也文学的主导性方向——这本即将付梓的处女作品集《龙泉山笔记》，更是有着旗幡一样鲜明的介入性旨向。

　　介入性，应该附着这样一些特质：热情主动的信号与姿态、由此及彼的位移与参与、深入客体并与之发生关系的勒石踪迹、抱有影响或改变客体的臆妄与企图。介入的客体，即写作的对象，有人寄情山川，有人专情地域，有人倾情人性，而雍也着笔的主体区域则是百溪归一流的万象丛生而又飞速前奔的当下社会。这样的取向其实是有风险的。因为我们一定会发问，取向如斯，你是否能写出好的可随时间流布下去的文学作品？为了避开风险，一些作家，避开所谓的政治场域，把自己的文字给了风花雪月，给了远离当世的那些雾一样缥缈的魔幻时空。对此，阿来置疑，我们离开政治，可我们离开得了吗，哪一个人，包括海外的人，哪一天没有生活在政治的语境下、政治的摆布中？真正考水平的，能够与同道一较高下的，恰恰是看谁能够在复杂多变、波诡云谲的社会夹缝中拓出一条属于你一个人的单径。怨天尤人，人穷怪屋基，都是懦夫的托词，无能的表现。为自己设置难度，在难度写作中修缮和确证自己的专业身份与作品的艺术价值，乃是一位心有文学信仰的作家的纠纠硬理与矗矗正道。

一句话，只有通过介入性，才能达到目的性——才能使你的文学实现无用之用的大用功效。

但仅有介入意识、介入性，是不够的，还得看你是否有介入行动及其这种行动呈现的可能性与有效性，即文学的满足审美规则的价值观与合法性。文学有文学的王国，有文学的国家宪法和地方种族条例。就是说，你的作品如文学性不成立，或成立得颇牵强，歪七倒八，呲牙裂缝，将导致你作品的介入性流产，化为一纸空谈。下面，我来试着聊叨聊叨组成和支撑雍也散文随笔集《龙泉山笔记》文学合法性的四个方面。

一、正气

正气昭示着主体的方向与作为的正确性。气不正，萎缩，阴暗，腌臜，下作，写不出《路见不平一声吼》《发廊见闻》这样的堪称清洁的作品。

邪不压正，正可镇邪。胸有正气者，即或夜走坟山，日闯敌阵，也如擎火把，执长矛，遇鬼杀鬼，见神杀神。正气就是朝阳、热血、微笑、仁义、至善、大美、宏志、清洁，是骨气、气节、气量、气场，是与过去的家国文化主脉相承、与未来的人类最美好的大道相接。正气的力量是无限的，不能用秤称，不能以尺衡；大爱无疆，大音希声，大象无形，任你咋个想，都是瞎子摸象，窥豹见斑。

读雍也的作品，会感到一股正气在字里行间盘旋如龙骨，并从内里冉冉升起如紫气。正是这股出自灵魂的真气，黏合了字词、思想，并令体量远远大于书本，而你被黏合得须臾不得脱身。这股气还有一种作用——对读它的人起着清洁和修复的作用，有毒消毒，有瘤祛瘤，无毒无瘤结金兰。

"人之初，性本善"，这话我是不信的——娃崽生下后，不让他接触任何人，他也会摘花朵、踩蚂蚁；放生人众，与人争夺美女，本善的胆边也可生出恶来。所以，正气应该是两方面养出的，一方面天生，一方面教育。天生也不是凭空无依，无中生有，随一声雷鸣一道闪电一溜春风而至。天生也离不开物性的给定——离不开父母的嫁接和先祖血脉的布道。关于这一点，我们读毕《写给天上的奶奶》《父亲是一块石头》，也就释然了。因为胸有正气，二十五岁就死了丈夫的小脚奶奶，在一块田地里撑起了全家的天空。因为胸有正气，操持裁缝手艺的父亲，一夜之间成了远近闻名的郎中。

教育也有两个方面，一是人文的教育，一是山河的教育。读《山高水长》，你会发现作者能遇上雍国泰这样的老师真是人生一大幸事。先生既教了他书，又教了他如何做人。除了这位侃侃而谈的先生，静悄悄一声不吭的经典书籍也是他的老师——他跟随在书籍中那些仰望星空、俯瞰大地的大师背后，迷途不知返，一条道到黑。另一方面，他的正气，还得益于桑梓地渠水的教育，以及第二故乡龙泉山的教育。而他立足多年的龙泉山脚下的甑子场的场，却成了他招呼四方，吐故纳新，聚气、保气、采气的精神气场。

我从雍也的作品中读到了一位写作者淬其心智、厉其筋骨的力道和气息，而这恰又与冬天洗冷水澡、穿衬衣，一年四季打篮球，曾当过练家子的雍也的行为，构成了一文一武、一虚一实的"互文"关系。

有什么样的开始，就有什么样的结局。一腔的正气，正昂首挺胸，蓄势待发——蓄势待介入。

二、 非文学能力

这里所言及的能力，专指在历史瀚海中和现实社会里认识问题、解决问题的方法与作为，当然也包括作者的生存能力。一个只会读书、死背知识的人，一个只会写书的人，倘丢了书本、扔了笔墨就会饿死冻死的话，那他的书也一定没有读安逸，更没有写舒服，因为一个人的生存历练与人生磨难，是可以直接露骨地反哺、砥砺他的读书效果与写作收益的。

我所知道的雍也，在老家乡下，舞勺之年得过险些丢命的大病，干过农活，后离乡念大学。大学中文系毕业后，去龙泉山中任乡村教师。接下来，在龙泉山脚下当过报社记者、政府机关干部、两个重要乡镇的领导等。显然，雍也不是一个靠文学刨食的主，一棵树罩不住他，更吊不死他。

雍也的这种生存能力直接铸就了他在林林总总、真真假假、虚虚实实的大千时空中，认知事物本质、剖开事物真相、厘清事物主脉，尤其是把握事物运程规律的综合实战能力。

正是这种非文学的大数据的综合实战能力，有力地奠定了作者文学介入活动深至底部的基座，和站位的高度与格局——奠定了介入的正确性亦即合法性的初始储备。对于孔子、宋江、林黛玉、李登辉、郭美美等人的是非曲直，雍也在抽丝剥茧、去伪存真、拨莠见良的检索与研判中，寻到了打开窍穴、直抵命穴的或一剑封喉或一枪还魂的钥匙。不能说那些神经兮兮、脑壳进水、生存得病病快快的天才艺术家除了高强度的艺术介入感觉外，就没有对历史与现实的介入能力。他们也是有的，只不过他们的介入是局部的、片面的、虚妄的、病态的、感性的乃至反转和倒置的，比如凡·高。

有什么样的生活，就有什么样的文学，道的就是这个理儿。

好了，现在可以介入了，而后处理，而后解决。

三、 文学能力

从《龙泉山笔记》可以看出，雍也具有多方面的文学生发与策动能力，具体说来，除了常规范式里的结构形态、语言特色和叙事手法等，主要为幽默诙谐能力、化古论今能力，以及条分缕析和归纳总结能力。

幽默是人类最高智慧的一种表现形式，没有诗者的灵感、辩士的急智、哲人的学问和大智若愚的心态，出不来幽默——出的是丑。作者对自己诙谐幽默、嬉笑怒骂、指桑骂槐的文风是自知且偏爱的，为此，他专文写了《语言的嫁接》《〈围城〉的喜剧艺术》来谈如何写出幽默来的心得与绝招，并对张冠李戴、借子打子、暗渡陈仓、装疯卖傻等临场幽默技法做了引经据典的阐释。他认为："语言的嫁接是制造幽默的一个十分重要的手段。它运用引用、比喻等修辞手法，把本来只用于某种场合的词句，别出心裁地用于另外的场合。换言之，即是作者或谈话人'乱点鸳鸯谱'，把本来'门不当、户不对'的词句'撮合'到一起。"（《语言的嫁接》）正因为操持了幽默这一厉害火器，他把褰裳女、芈月、山阴公主、胡太后、钱钟书、余秋雨、魏明伦、棉棉、卫慧、王朔等名人也一一请来充当了他点射的靶牌。点射是需要勇气的。

雍也还特别长于化古。把神一般的古人从天上拉下来，从书里坟里扯出来，成为现实中的张三李四王二麻子。将让人头昏脑胀、云里雾里的之乎者也，转换制式为百姓俚语。总之，尽数拆掉时间的藩篱，把由无数问号扭结成的乱麻疙瘩一一解开，让所有读者一目透底。但这不是作者的目的。作者的目的是把化开的古，用于今说，让古人古事规规矩矩服服帖帖服务于今天，造福于明天。《〈老子〉对现代管理者的启示》《孔夫子其实很可爱》《孔子的样子》《好汉的一半是坏蛋》等，皆可归于这一派域。

他的从教从政经验，以及个人的旨趣，使他在铺开稿笺后便条件反射般获拥了一针见血、开门见山、进出有据的分析和归纳总结能力，或纵侃横说，或穿插推进，或次序解答，无不在他的文理逻辑中、艺术周章里。譬如写《宋江是个好领导》，他就一二三四五依次道来，直到把宋江为什么是个好领导说得自己更说得读者心服口服才歇气。如是的写法还有《林妹妹岂只有小气》等。

雍也的这诸多的文学方法，显然是有利于文学生成的，也显然是有利于深度且有效介入的。

四、 材料

写文学作品，离不开文学材料。对于一个书写介入性文学作品的作者来讲，在解决了介入的方向，介入的方法后，最后需要解决的自然是介入的材料，即，拿什么东西去实现你的秉持介入性思想的文学梦？

从生活素材到文学材料，这其实就是一个题材问题。而题材一定是随作者的履历年表且行且止的。

前边已说了，雍也作品中的正气是养出来的——是由天生和后天两个方面的东西养出的。这恰恰也是雍也的文学源头，一是源自家族血脉和生身故土，一是源于雍国泰先生的师教。书本知识的吸纳，亦是师教的结果。这，同时也形成了雍也的文学题材/文学作品，如《写给天上的奶奶》《父亲是一块石头》《山高水长》《故乡人物》《当团长的日子》《与食物有关的故事》《妙趣横生的民间歌谣》等。雍也的故乡渠县，历史深长，人文蔚然，是賨人和宕渠的核心原住地与核心坐落地，出过王平、李流、李雄、杨牧、李屹、任芙康、周啸天等人物。

雍也走出故乡后，写上学、读书的作品有《山高水长》《315室的"八大金刚"》《何妨吟啸且徐行》《论孔子》《历史上的极品女人》。在他那里，古诗古文像父亲的药屉一样，码在他的脑屋里，供他信手拈来，随要随取。写恋爱婚姻的有《婚姻修炼记》《女人二识》《婚姻三论》等。写子女教育的有《与子同行》《我的诫子书》《家教环境与儿女成才》等。写生活技能与感悟的有《讨价还价》《"刘神仙"算命》等。写得最多的是针砭时弊、刀刀见血的颇彰鲁迅文风的杂文，如《李登辉的"脱衣舞"》《从断然回绝到拱手相让》《老鼠过街无人喊打》等。

没有哪一个点，哪一个人，不在社会中，不在现实里。雍也正是通过对某一点位、某一人事的介入，达成了对当今社会、目下现实的介入。

除了鲁迅，我以为雍也的知识结构和文学谱系还架坐在孔子、老子、孟子、孙子、曹雪芹、施耐庵、钱钟书、铁凝、李敖、王朔等人的说道与文字里。当然，毛泽东的词锋、行文和语境对他更是介入至深。胡适对毛泽东的白话文，也是欣赏有加的。美籍华人学者唐德刚在《胡适口述自传》中说："胡先生告诉我：'共产党里白话文写得最好的还是毛泽东！'毛泽东'写得最好'的原因便是'我的学生毛泽东'没有完全遵从他'老师'指导。"事实上，就对白话文的贡献尤其对白话文的普及而言，"毛体"可谓独步天下，无人可及。对此，诗人柏桦深以为然——这应该也是他将自己的一册重要的随笔集命名为《左边：毛泽东时代的抒情诗人》的动因吧。因为这诸多的影响，因为集了百家之长，雍也的文章另辟蹊径，自成一格，有一目了然的辨识度。

最后，我愿意认为，正是介入性、幽默感、谈古论今的智识，以及对创写对象的郎中摸脉一般的幽微而大命相的把定，成就了 70 后作家雍也成都平原与龙泉山脉穿插交错出的散文气象——平铺直叙的衷肠与凛冽骨立的血性。

作者简介：凸凹，又名成都凸凹，本名魏平。诗人、小说家、编剧。中国作协会员，成都文学院终身特约作家，南方周末 2016、2017 年度好书·虚构类（长篇小说）推荐评委，《草堂》诗刊编委，中国诗歌学会理事，四川省作协诗歌专委会委员。

2017 年 12 月 30 日—2018 年 1 月 2 日

|目录|

第一辑
谈情话义

父亲是一块石头

黎明和夜晚

我常常看见父亲三十年前

放飞的一群目光

翻山越岭

穿云破雾而来

疲惫而硬朗

年轻而沧桑

浸透夜露晨霜

扑喇喇栖落在我的庭院门窗

——题记

父亲既是我的第一位老师，也是我的人生导师；既是我的生身之父，也是我的再生之父；既是我的崇拜对象，也是我的批判对象。在我眼中，父亲其实是块不断变化的石头：小时候，他的坚强冷峻是块青石；少年时候，他的美德才艺是块玉石；青年时候，觉得他身上有很多东西不合时宜，是块化石；中年之后，觉得他是块不断增值可以传家的宝石。

父亲像一个满怀创作热情的艺术家，把孩子们当作最珍贵的艺术品呕心沥血地不停雕琢。无论多忙多累，在劳动间隙、在一家人围坐锅台灶边做饭吃饭时、在打"马马肩"或者牵着我赶场走亲戚的时候，他总喜欢绘声绘色地给我们讲故事、摆见闻、说道理，这成为他的日常功课。他甚至在外面的书籍报纸上或者走村串户中看到哪个小孩有志气有出息，都会郑重其事地回来讲给我们听，希望我们向人家学习。

一天晚上，父亲在向我讲了几个少小就有志向长大后有出息的人物故事后，一脸郑重问我长大了想干什么。"干什么？长大了的事现在怎么知道呢？这个问题好奇怪哟！"我满腹疑惑。"当工人？哪来的机会？想都不敢想；当解放军？我们无后门可走，好难哦！肯定是像你一样当农民吧？"我心里盘算了一下但不敢轻易回答。父亲殷切的目光和心思在昏黑的煤油灯下闪烁着明亮热烈的光，像鸡窝里待产的母鸡静静地期待着，像灶里的火苗在锅底扑腾着，这让我既感到困惑又感到神圣。我摸着后脑勺一脸懵懂嗫嚅着不敢回答。父亲当时一定是希望我像他看到或听到的某个有志少年那样回答，但我脑袋空空目光狭隘得只能看到家乡周围十几平方公里的土地，怎么回答得出令人意外的答案。他耐心地告诉我，现在设想长大了干什么就叫理想。他教导我人从小要有理想，有志气，长大了要有出息；要做一个有德有才、对国家和社会有用的人。他说："你看我们家谱啷个说的——'国朝尚贤良，尊荣在定邦'！要'跟着好人学好人'，不准'跟着巫师杠邪神'！"

与这个期待一脉相承的是，从小他就多次指着我们逼仄的房屋反复提醒我和两个弟弟：你们几个小崽子不要指望我和你妈像刚儿、国儿（两个邻居）父母那样，为你们结婆娘生娃儿修房子，你们要争气、要有出息、自己去闯、自己去挣！我和弟弟听了都面有难色不敢做声——咋个闯咋个挣哦！看来，我们三弟兄长大结婚生子后只能搭窝棚过日子了!

在这个过程中,他也用声震屋瓦的喝斥怒骂、用量衣尺和竹板等家长专政工具、用"干笋子炒腊肉"——竹板等打手板心或屁股等"武力镇压"方式来确保我沿着正道走。比如:做事敷衍了事、对长辈顶嘴不敬、学东西心不在焉、包括后来上学后作业本上叉叉多了等,挨手板心;撒谎、贪占小便宜、对邻居家小伙伴东西顺手牵羊、损害别人家的物品等,罪加一等打屁股。那个时候在我和弟弟的心中可真是:我家老爸一声吼,房子也要抖三抖。实话说,孩提时对父亲有敬畏无亲近,觉得他就像我们院坝里的青石,只有铁石心肠的硬度没有邻家慈父的温度。

四岁时,因为好奇和贪玩,我在一个大孩子的教唆下与他狼狈为奸共同作案:他蹲下让我踩在他肩头,然后我再把脚踩在门锁上攀住门框顶部翻进邻居屋里,把人家治病用的一副针药偷出来,我俩把药瓶一个个敲烂,把药水和药粉一点点倒出来仔细观察:这个经常让我们小孩吃苦头的玩意儿到底长什么样?——从这件事情上看,"人之初性本善"似乎应打个问号——后来不知什么原因很快东窗事发,那个孩子轻描淡写挨了他父亲一顿批评;我父亲却暴跳如雷,先是瞪着眼睛咆哮着做节目预告:你个狗日的!看老子晚上回来不好好收拾你!吓得我脊背发凉惶惶不可终日。晚上做农活回家后他着实将我暴打了一顿,一边用竹板打一边骂一边讲着打我的理由。至今回想起来,仍觉屁股隐隐作痛。晚上准备睡觉前,他又喊住我,一改打我时的粗暴严厉,和风细雨地给我讲了很多。其中一个是"小时偷针大了偷金"的故事。至今还记得:这个故事的主人公因偷金子被官府捉住即将被砍头,临刑前他要求再见母亲一面,再吃母亲一口乳。最后狠狠一口咬掉母亲乳头——因为他怪母亲在他小时偷针时没有责怪他,从而让他一步步走上不归路⋯⋯这个故事让我听得一身惊惧战栗,也让我明白了后来在书上才看到的道理：勿以恶小而为之，勿以善小而不为。

但童年时候也有两件事受到过一向严厉的父亲喜笑颜开的郑重表扬：一件事是我在翻箱倒柜搜寻东西时因为野蛮作业，把他缝纫机的工具箱弄坏了。根据经验判断这是闯了大祸，肯定又要吃一顿"干笋子炒腊肉"！惴惴不安之下选择了向父亲坦白自首，接着绷紧神经等待一场暴风雨的降临，没想到父亲默默听完后，竟然露出了笑容，摸着我的头十分欣慰地说："好娃儿就是要诚实！就是要知错就改！就为这一点，老子今天不但会免你一顿打，还要好好表扬你！"另一件事，是小学一年级时在放学路上捡到一只钢笔（这在当时孩子眼中相当于捡到一只宝贝），转身回去把它交给了老师。晚上回家顺便告诉了父亲。父亲对此十分赞赏，脸上的表情像云开日出的天空，阳光灿烂照耀着我们，他当着一家人连连夸奖：你娃儿做得好！做得好！俗话说"捡来的当金子银子买来的"，这是狗屁话！捡来的就是不义之财，不义之财怎么能据为己有！你们两个细娃儿（指我两个弟弟）都要向哥哥学习！因为这件事，整个晚上家里都弥漫着愉快的气氛，连那晚的饭菜都变得十分香甜。

父亲诚信正派、慷慨大度、急公好义、乐于助人，而且多才多艺，在乡亲中名声像玉石一样美好，自青少年开始就是我崇拜效仿的对象。

有这样一件小事：他在万源县一个乡场上做生意时，一个赶场的农村大嫂无意中向他表达了即将与她丈夫离婚的打算。父亲觉得"宁拆一座庙，不拆一对人"，交谈中父亲觉得这个妇女有心结没有打开。于是放下生意，用他的三寸不烂之舌，从各方面帮这个素不相识的妇女分析利弊得失，让这个妇女打消了离婚的念头。后来这一家人过得很幸福，也很感谢父亲。对和自己"没有一毛钱关系"的路人，父亲的真诚热心竟能如此。

父亲八岁即丧父，而且因为解放前爷爷为了谋生，在陪都重庆经过同乡介绍当过几天国民党政府宪兵，全家虽被定为"中农"，但在那个特殊年代，升学当兵谋生等面临诸多不顺（成绩优秀还是班上宣传委员的父亲升高中被取消资格，后来报名参军受到接兵部队首长欣赏并戴上大红花、马上开拔，最终却被一村干部戳脱），但他从不垂头丧气。他的生活里总是充满爽朗的笑声和嘹亮的歌声，几乎就是一个整天自动播音的高音喇叭。在劳作中，他会声情并茂演唱各种各样的歌曲，他会分饰刁德一、阿庆嫂、杨子荣、栾平等不同角色，把《沙家浜》《智取威虎山》等样板戏从头唱到尾，绘声绘色，惟妙惟肖，让人心驰神往。这种"黄连树下弹琴——苦中作乐"的性格让大家都深受感染。喜欢开玩笑的母亲常会笑着骂他："你个舅子不晓得整天有啥子喜事那么高兴！人家结婆娘也没有你这么喜笑颜开的！"

甚至后来在面对极大生活压力——母亲和我长期重病，我和另外两个弟弟同时上学、家里举步维艰时，他仍是咿咿呀呀歌声不断。当夏天中午饭后在家休息时，他还能平心静气地坐在吃饭的桌前，在买的草纸上、找的废旧报纸上，一边挥毫泼墨，一边哼着《我们的生活充满阳光》等歌曲。面对接踵而至的苦难，他总爱说"天生我材必有用""天无绝人之路""天塌不下来"！

一次，我手摔伤了找赤脚医生"接骨斗榫"，因疼痛而不让医生触碰并哭得惊天动地。他大吼一声："他妈的！没球得出息！打针又不是挨刀砍脑壳！男子汉大丈夫，再苦再痛，也不能哭兮兮的嘛！"，瞬间让我安静下来，也让我慢慢认识到：哭是最无用的，既不能赢得同情，也不能减轻痛苦，更不能逃避灾难。

父亲在我们上学后也很乐意给我们讲他求学时的一些糗事。其中一件事是：因为某种原因，他读初中时曾休学一个月。一个月后他回到班上，有学生就坏笑着向他打招呼："Hello! I'm your father!"我父亲一脸茫然，还以为人家是欢迎他回归，傻笑着谢谢人家。当后来有同学悄悄告诉这是用英语骂他时，父亲生气了！他暗自发狠：老子要赶上你！老子要超过你！于是他发愤苦练废寝忘食，结果是：一个月后，他就成了班上英语考得最好的人。

这些言传身教像钉子一样点点滴滴钉进了我的心里，让我从小学会了明辨是非、亲近美善，学会了勇敢面对、咬牙承受，学会了忍辱负重、奋发图强，建立起强大的"精神小宇宙"去面对后来人生中的风风雨雨。

前些年，有一次春节回家，一家人其乐融融在一起吃饭喝酒摆龙门阵。因为都喝得脸上红霞飞，说话就更直截了当。我不解地问父亲：我们三兄弟中，你为什么对我打得最多，骂得最多，要求最严呢？是年轻时候火气大些、脾气爆些还是对我特别厚爱？父亲狡黠地笑答："不严咋能把你们都教成才！虽然俗话说'皇帝爱长子，百姓爱幺儿'，但对我来说，手心手背都是肉，我怎么会特别厚爱你们哪一个！俗话说'大姐在前面走，二姐在后面扭'，我打的算盘是：把你这个'带头大哥'弄抻展了，后面两兄弟就有学习榜样了，哪里还用教你那么淘神呢！"

特别值得一提的是，父亲大约在我五岁多的时候就开始利用在家缝制衣服（他是远近闻名的一流裁缝师傅）、做农活的间隙，或者晚上做工回家后的空闲，极为热情、极为用心、极为郑重地教我认字、写字、数数，为我打下良好的学前教育基础，这在我们家乡周边不是绝无仅有也是凤毛麟角。

记得第一次教我写字是在院坝里用画粉写自己的名字。时间大约在1975年。由于笔画繁复，当他轻松写完，让我照猫画虎时，我傻眼了——那真是"耗子啃南瓜，找不到地方下口"啊！性子急躁的父亲耐着性子一笔一画反复做示范。我既紧张又害怕，涂抹半天仍然不得要领，心里直怪自己为什么有这么复杂的姓！父亲急着要到生产队出工，最后撂下一句话："自己慢慢琢磨！老子收工回来后还不会写，不给你两棒棰！"

这样坚持下来，到我八岁上小学的时候已经具备良好的阅读能力和数学基础。例如，阅读能力已经远远超过普通小学三年级学生水平。学了不少字以后，他也鼓励我这只饥饿的"小老鼠"到处翻箱倒柜找东西"吃"。那个饥荒年月能够找到的仅有《毛泽东选集》、鲁迅《二心集》《且介亭杂文集》、糊在墙上的《四川日报》、读高中的叔叔的语文教材等屈指可数的"食物"，这些东西都被我从头到尾津津有味地啃啃过，以至于至今还记得《兵民是胜利之本》《星星之火，可以燎原》《批林批孔，反击右倾翻案风》等——在这个过程中，也喜欢上了毛主席指点江山挥斥方遒信手拈来谈笑风生的文章；鲁迅先生的文字虽然像干胡豆一样硬得嚼不动，但我也喜欢上了这个封面上一脸严肃、文章里却似乎很爱开玩笑嘲讽人的老头儿。

老家一扇门上至今还留有父亲用画粉教我写字时写的一个短语："英明领袖华主席"。这是1976年粉碎"四人帮"以后各种报纸和墙体上出现的标语。父亲就用这些随处可利用的新鲜教材

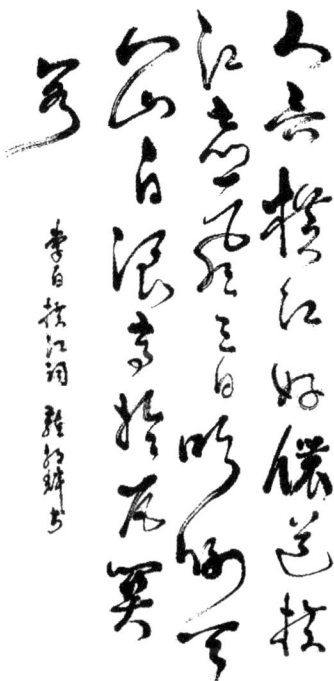

父亲的练笔作

来教我。父亲的一笔一画极工整极漂亮，犹如印刷体。每当回家看到这些字，我的眼睛都会烟雨蒙蒙：那一笔一画所渗透的，是父亲多么丰富的情感、多么热切的期许、多么凝重的心血！

现在还记得一件小事：当我八岁要升学时，父亲买来最好的草绿色帆布，在昏暗的煤油灯下凝神定气，眯缝着眼睛左看右看。他拿着尺子和剪刀比划裁剪、一针一线缝制我的书包，好像在制作一件极为珍贵的艺术品。这对他本来是小菜一碟，几乎闭着眼睛都能将它做好，但记忆中那是父亲做得最专注最认真最细致的一次。最后做成的书包比当时商店里售卖的书包还要漂亮"洋盘"。做好后还让我像模特儿一样背着书包转过来转过去、往前走往后走、上下左右反复看，最后满意地点了点头，笑着大声武气报告家人：学生娃儿的书包做好了！

这个渠县城南乡连丰村黄檩树垭口有点另类的庄稼汉，这个脑袋里有很多想法的手艺人，在教育培养他的孩子时，寄托了比这个小小的垭口大得多的期望。现在回想起来，我似乎都能清晰地看到一幅画面：他天天对着这株树苗浇水施肥，清除杂草，修剪枝条，抚摸茎叶，喃喃自语，简直就差拔苗助长了！想到他教育孩子的热情和干劲，我不得不感动佩服；想到自己在教育孩子上的无所作为，我不禁汗颜。

沾满泥土的朴实教诲像肥料滋养了我原本应该贫瘠荒芜的心灵，知识的灵光像火把照亮了阴郁苦寒的童年，美好的性情像涓涓细流渗入了我生命的根部。这种学前教育及读书爱好为我打下了良好的学习基础，让我童年的天地逐渐变得大起来，甚至对我后来的人生帮助也极大：让我即使在最孤苦无助的时候，也能远离狭隘偏执和孤陋寡闻。

用现在的教育观点来看，父亲"黄荆棍下出好人""打是亲骂是爱"等教育观念和方法是不科学的，但后来我十分理解、也真心感激父亲。因为父亲在当时生产力极低的条件下，用土法炼钢的方式，把我这块粗劣矿石炼成了对社会有点用处的钢铁，多么不容易啊！要知道，现在我用科学的办法炼自己已属新人类的零零后孩子，也感到"新办法不管用，老办法不敢用，土办法不好用，洋办法不顶用"，困惑重重甚至焦头烂额呢！

由于从小多病多灾，我生下来多次差点"报废"。但是，父亲像南极冰原上的雄性企鹅，用体温和爱心孵化我这只受损的蛋；又像非洲草原上带着一家人艰苦跋涉的头象，对我这头病弱者从来不放弃不抛弃。

进入初中以后，我到了远离家乡亲友的大巴山区万源县黄钟中学求学，入乡随俗，和同学们一起常吃冷饭吃冷肉喝冷水，最后因为"国情不合"把心肝脾肺肾等各系统弄得一塌糊涂，连吃喝拉撒都成了严重问题，痛苦得生不如死。八方求医，毫无起色。最后回到老家，又吃了不少知名西医开的药方后，终于卧床不起。这天晚上，父亲和母亲在悄悄商谈中，突然声音提高八度，骂起娘来："妈哟，啥子怪毛病啰！越医越恼火！医病不投方，哪怕用船装！不能再去那个老顽固那儿医了！老子来医你看看！我不相信医不好！"

简直是个笑话甚至神话：这个对医术一窍不通的人准备来医治一个名医也感到束手无策的病人！

第二天一大早他就开始行动了：他天没亮就出门去，深夜才回家，带回厚厚一本书——明代名医李中梓的《医宗必读》。听说是先在县城渠县新华书店一无所获后，又马不停蹄坐长途车跑到邓小平同志故乡广安县新华书店买到的。回家后兴奋不已，告诉家人说：这本书说得相当有道理，其中有几处病症描述与我们老大（我是长子）很相似！他未来得及吃饭喝水就开始照本宣科"望闻问切"：

你是不是想睡觉睡不着？

你是不是睡着后胡思乱想？

你是不是经常遗精？

你是不是一睡到床上就想屙尿爬起来却屙不出来？

……

问完后他又照着书中的表述摸了摸我的脉搏。我心理有点好笑：这个歪医生还有点像模像样呢……

最后父亲一拍大腿："妈哟，他们方向都整错球了！这个毛病叫'窿闭'！"

随后，他让我们去睡觉，自己继续挑灯研究。他仿佛突然闯进了一个琳琅满目的宝库，心里激动得怦怦直跳，他一边看，一边念念有词，一边兴奋得像个孩子似的自言自语。在半梦半醒中我听见他拍着桌子说：格老子，这下终于找对路了！有办法了！……

第二天早晨醒来后，听母亲说他昨晚半夜已经"摸着石头过河""比到箍箍画鸭蛋"，开好方子，天没亮就进城为我抓药去了。

从此以后相当长一段时间，父亲就没日没夜废寝忘食地钻进了医书。有道是死马当作活马医，反正其他医生也医不好，我大胆地吃着这个歪医生开的药艰难地熬着。令人惊异的是，吃了他开的方子，一段时间里，我似乎在地狱之门徘徊不前，又坚持一段时间之后，生不如死的状况慢慢有所好转。最后，在这个外行医生近三年隔三岔五的把脉问诊、进城买药、煎汤熬药并且花掉他做生意的全部积蓄后，我竟然告别了死神，转危为安。

父亲在此过程中付出的精力、金钱特别是超常的爱心、耐心、决心让人感佩不已。没有父亲，我早就一命呜呼成了短命鬼，现在的坟头一定早已芳草萋萋了！

——在这个过程中，我也可以得个奖状：即使生不如死，也从未悲观绝望，紧密配合这个"半路出家"的医生医治，而且近半年在家带病坚持自学，完成了初中学业，并以高分考入了县第二中学。

后来，他把我医好后，又妙手回春陆续医好了不少父老乡亲，其中甚至有几名从县医院抬回来等死的疑难杂症包括妇科重症患者，成为"自学成才"、远近闻名的"江湖郎中"。

由于自己的亲身经历，后来我看到某些对中医一知半解、道听途说甚至一窍不通而用西医否定中医的专家言论总会嗤之以鼻：中、西医的路径根本不同，其差别简直有如男人的遗精和女人的月经！中医有许多西医无可替代的值得珍视的地方！此外，中医有非常高明的哲学思维，其整体性、联系性、变化性充分体现了辩证法的精髓。用西医否定中医不仅非常无知而且非常愚蠢。对这些"言必称希腊""善于挖祖坟"的专家，我会毫不客气地借用我父亲脾气爆发时骂我的粗话斥责：吃豌豆屙豌豆，懂你妈个球！

随着成长、眼界的开阔和一段时间社会思潮的影响，我发现原来一直崇拜敬重的父亲也有种种不足：看待社会世相没有与时俱进，而是用老眼光；做生意大开大合大手大脚，不会斤斤计较，宁愿让自己吃亏也不让别人受损——老爹你懂不懂"慈不掌兵义不理财"，你这样做生意咋能发家致富嘛！已经成了"名医"了，家里又急缺钱用——很多次我和读初中的弟弟回家拿生活费只能靠向邻居借钱维持——在医治病人时收点诊断费天经地义，他却只是搞义务劳动，从不收费。对我们的建议他总是一笑了之："吃得亏打得堆嘛！赚钱是小事，仁义值千金啊！""一个歪医生，哪个好意思收人家钱啰！何况开副药方举手之劳、救人一命胜造七级浮屠！"我好几次当着家人埋怨甚至批判他："如果你稍微活络点，我们的日子就好过些了！"我的意思是："老爸呀，社会在进步啊！现在是'团结一致向钱看'的时代，你这样做，简直就是一个背负传统道德、不合时宜的化石啊！"

这时候的他很像我们小时候在他面前的景象：嗫嚅着说不出个所以然，唯有尴尬苦笑而已。

有一件事至今想来仍觉好笑：80年代末一个大暑天，我们两爷子在烈日下的农田里挞谷子，一边挥汗如雨，一边热烈地摆龙门阵。

当谈到国家大事、社会现象时，我们发生了激烈争执，谁也无法说服谁。从场面上看，书面知识超过父亲的我引经据典地把他驳得哑口无言并挑战似的嘲笑他念老黄历，欲与他再辩下去：你不是口才好吗？你不是能言善辩吗？你不是一直给我们讲道理吗？今天我们两爷子就来辩个输赢吧！他脸涨得通红，把收割的谷子在拌桶上摔打得震天响，一颗颗豆大的汗珠从脸上翻飞而下，气呼呼地吼道："不听老人言吃亏在眼前'！你球经不懂，'天冲地冲，黄鳝打洞'！"

不知为什么，我对他的"批判"后来让我很不安，甚至长成了我心上的一块疙瘩，让我愧疚，让我疼痛，让我难受。数年后，我在大学里针对这些"批判"给他写了一封信：

"我用自己十七、八年建立起来的人生观、世界观和价值观，来评判裁决甚至否定您用四十余年建立起来的"三观"；对您坚持坚守的东西进行轻慢、否定、甚至嘲笑……您为一家人挣了那么多、付出那么多，我却怪您不会精打细算……凡此种种，是多么无知、幼稚和残忍！……'礼失而求诸野'，您的所作所为，显示的正是我们普通百姓善良纯朴的善行美德、折射的正是我们民族仁义礼智信的优良传统。在此，我诚恳地向您道歉、请您原谅、向您致敬……"

后来，听弟弟雍鹏、雍骅说，从未流过泪的父亲看了这封信沉默不语、泪流满面。为什么呢？为我给他的"正式平反"？为我对他的理解肯定？为我们冰释前嫌？为我的进步成熟？……

前不久在与父亲通话中，他一如继往谆谆告诫我做事要干净，稳当，要勤勉敬业，要多办实事好事，要廉洁奉公，不要忘本……

我的目光穿过峰峦叠嶂的龙泉山，再一次望见父亲千里之外的目光，我依稀看见，筚路蓝缕披荆斩棘的祖先传递而来的星辰的光芒。

山高水长

雍国泰先生是一位"高人"：才学见识高，品德境界高，情趣格调高。是一位"大人"：思接千载，视通万里，格局大；悲天悯人，忧国忧民，胸襟大；自强不息，厚德载物，气量大。作为他的学生，我十分有幸瞻其风采，受其教诲，得其指点，获其德泽。"高山仰止，景行行止"，老人虽已驾鹤西去，却让我辈感念愈深，景仰愈增。

先生"温而厉，威而不猛，恭而安"，大度从容，气沉声洪，不仅学识渊博，人品高洁，而且出口成章，幽默机趣，令人爱戴而又使人亲近！他七十余岁为我们授课讲述古典诗文时，仍然精气神十足，黄钟大吕，意味深长，眉飞色舞，妙趣横生，让人着迷。至今记得他对《伯兮》一段文字"自伯之东，首如飞蓬，岂无膏沐，谁适为容？"的翻译：

自从阿哥上了东方战场，

阿妹的头发就乱得像鸡窝一样！

哪里是没有潘婷洗发露摆在闺房，

同志哥呀，

我哪来心情把自己打扮得漂漂亮亮！

几句妙趣横生的翻译让一个个情窦已开的年轻人笑得前仰后合，同时也牢牢掌握了诗歌的精神内容。

又如，他将《长恨歌》里"春从春游夜专夜，从此君王不早朝"讲解成："春天里贵妃跟着皇上游山玩水，夜晚成为皇上的包场主角，从此，原来勤奋学习的皇上再无心思上早自习了！"引得当时正为上早自习苦恼的学生们会心大笑不止，其实他也是借此委婉规劝青年学子：要勤奋刻苦不要贪图安逸！

听一位师弟讲过一件事，一天先生正在课堂上声情并茂地讲授《关雎》，眼睛扫视教室后，发现有一位女生正在专心致志地一针一线织毛衣。老先生停下来，身子倚靠在讲台前，像鸭子一样向前伸长脖子望着女生，学生们以为即将爆发一场暴风雨，都紧张得大气不敢出。不料却听到他笑容可掬地点评道："我们有一位同学学了这首情诗后，马上付诸行动，已经在为情哥哥亲手织毛衣了！嘿，小姑娘，小心点，不要把手戳到了哟！"全班大笑，女生马上羞红着脸乖乖收手。从此他上课再也没人开小差。德高望重的老先生这种对待不认真听讲甚至无视自己"辛勤演出"行为的气度、态度，处理课堂突发事件的方法、艺术，让人至今感佩不已！

我毕业后，得悉老人常来成都儿女家小住，多次热情邀请他来龙泉赏桃花，吃农家乐，他都回答："算了，岁数大了，腿脚不便，麻烦得很！"令我怅然若失！后来，我从他子女口中了解到，他是因为我参加"革命"不久，怕给我"添麻烦"而不愿来。五年前，他90岁又到成都后，我再次抱着试一试的态度邀请他，不想他却欣然应允，并朗声对众人笑曰："恭敬不如从命！反正老夫也去不了几次啦！"来龙泉后，他和我等一帮弟子"走马观花"，谈古论今，不亦乐乎！并且在百工堰吃午饭时，他主动"发号召"，频频干杯，让人再一次领略到先生"老夫聊发少年狂"的风采！

据了解，先生近二十余年"归隐江湖"后，看书练字、饮酒赋诗、呼朋唤友、游山玩水，简直就是个活神仙！"每次他们一帮老头子出去耍，都是他抢着买单，大手大脚惯了!"，保姆经常批评他并向亲友告他的状。每有门生故旧去看望他，必定好酒好菜盛情款待后才放行，以尽"地主"之谊；而且从其所作《连宋访大陆有感》、与魏明伦"作对"而成《对不起》等诗文看，这其间他还在"指点江山，激扬文字"!

去年在他葬礼上，他的老友郭绍岐向我们"揭发"了他"文化大革命"中的一件往事。一次与他们二人都有关的集中批斗会议结束后，郭和其他被批斗的人都灰溜溜地打道回府。忽然听见背后一个人小声向他打招呼："嘿! 郭老师! 你年纪轻轻咋也混到右派队伍来了哟?!"回头一看，原来是大名鼎鼎的右派分子雍国泰先生在小声招呼他。短短一句问候，有对"右派战友"的"阶级情谊"，有对这个素不相识的年轻人的欣赏怜惜，还有对社会人生的黑色幽默。此情此境，其情其义，其肝其胆，让郭感佩不已! 二人遂成莫逆之交。

先生的言谈举止，体现的是他永远年轻锐气的心态，真诚坦率的性格，潇洒倜傥的风度，乐观开朗的精神以及宽厚仁爱的为人，让人倾倒不已!

先生思想人格极独立。臧否人物、议论史事不落窠臼，著书作文喜欢标新立异、独出心裁。他古诗文功底极深，文辞意境义理俱佳。在我看来，其诗在杜甫之沉郁顿挫外，还有李白之潇洒俊逸，实为大家手笔。其老年信笔所作、在"中华诗词网"上广受好评的《览六十年前旧照》("一纸欣然展旧容，青年负气出隆中。若非先帝有三顾，诸葛沉沦与我同。")可见一斑。版主塞上白衣子评曰："服此老不但少年负气，且老年亦如此。"作为他的弟子，我的看法却与此不同：这里既有追忆青春年少风华正茂、壮志凌云的自信、欣慰，更有随时浮沉怀才不遇、时乖命蹇的悲哀、不甘；表面是强调客观、忽视主观，实际上是抒写身世浮沉之悲、时代变幻之殇；他的文章中多含有对命运之神的嘲讽，在豪侠之气中含有壮志未酬的痛楚！其情感与陆放翁《诉衷情》"当年万里觅封侯，匹马戍梁州"而最终"心在天山，身老沧州"异曲同工。这位曾受业于陈寅恪，受蒙文通青睐，少有神童之名，后为青年才俊的英才，转眼已垂垂老矣！读其诗，感其运，叹其才，念其人，实在让人"长太息以掩涕兮，哀人生之多艰"！

至今记得我与他的第一次深入接触。二十余年前，大学时一次期末考试，我的古代文学考得很好，先生把我叫去，连称"后生可爱，孺子可教"！满意之色溢于言表！并一再叮嘱我要用功，"三更灯火五更鸡，正是男儿读书时"；告诫我要惜时，"劝君莫惜金缕衣，劝君惜取少年时。花开堪折直须折，莫待无花空折枝"。还问我空闲时间是去图书馆还是歌舞厅？是打牌、"泡妞"还是"苦练杀敌本领"？并正色曰："'有关家国书常读，无益身心事莫为'，求学期间千万不要把精力浪费在无聊的事情上面！"

后来他不知从哪里了解到我家境不好，生活比较困窘（虽为家门，在他给我们授课之前并无相交相识），于是有一天，他把我叫到他家里，说："我对好学上进的农家子弟一直青眼有加。你父母要供你和两个弟弟读书，负担很重，非常难得！以后每月我领退休金后，你到我这里拿10块钱去打零用。"并叫我每周周末到他家打一顿"牙祭"。我感动得眼泪差点掉下来，因为老先生一个月的退休金除了生活费和付给保姆工钱等开支外，已经所剩无几——后来了解到，我还仅是他"阳光照耀"的穷困学生之一。在这个过程中，听他与他那些"谈笑有鸿儒，往来无白丁"的文朋诗友天南海北的交流、神侃更是让人受益匪浅：那是如沐春风的惬意；那是社会中多姿多彩的风景；那是玲珑剔透的人生结晶，那是我这个傻小子，不知从哪里修来的福分。回望多年前他所住的那幢小楼，我们仍能看见一缕阳光探头而进，像温顺的小猫一样伏在他书桌上，他和他朋友们的妙语真言在书香氤氲的房间里如莲绽放。

毕业之前，我拿着笔记本上他家，请他为我写几句赠言。他没有立即提笔，而是让我把本子放在他书房里。第二天我接过笔记本一看，突然间感到原来写满同学间离愁别恨或者空洞祝愿的轻飘飘的笔记本变得十分厚重、十分珍贵——赠言所写不是三言两语，而是满满一大篇；不是满纸套话，而是句句指向明确；不是轻描淡写，而是语重心长（个别词句甚至还加了着重符号）：

社会是一所百科大学，一切要从头学起。

人要适应社会，社会不可能适应你。

人适应社会不能百依百顺，兼收并蓄，要有自己的主见，自己的灵魂。违心之言，违心之事，不能说也不能做。

做人要有长远打算，不能得过且过，庸庸碌碌。

人要虐待自己，空闲是对生命的浪费，"其为人也多暇日者，其过人也不远矣"。

困难环境常常是培养人才的好地方，而安逸享乐是自我毁灭。

业务要过硬，方能立于不败之地。

人要有才能，方能免于庸俗，因为庸俗的根源在于不学无术。

朋友只求无害就行了，求友如我则无友。找对象则须慎之又慎，万万草率不得，渺小、自私、狭隘、庸俗，不识大体，只求享乐，无事业思想，无长远打算，这样的人决不能结为伉俪。

人生一世总要有所作为，要有益于社会，有益于人民，否则虽长命百岁，终究不过是太仓一鼠。

……甚望勿负所望！……

可以让先生欣慰的是，我虽然生性驽钝，但却一直牢记并努力实践着您的教导，让自己的人生"有所作为，有益于社会，有益于人民"！

最后一次见到先生，是去年他95岁高龄时卧病在床，在医院里抢救。这时候，他已经神智不清，几乎不能认出亲朋故旧；吐词不清，说话前言不搭后语。这时候的他已经像被浓雾愁云遮蔽的太阳，光芒不再；像大海中的一叶扁舟，随时会被吞没；像荒原中的火苗，很快就会被风吹灭。刚见面时他一脸茫然，问我："你是哪个哟？"经过一段时间的交流后，他终于认出了我和我爱人。我们俯下身子，贴近他，看着他不再富态而是十分消瘦的脸庞，望着他不再炯炯有神而是几乎深陷的灰暗双眼，听着他不再底气充足而是含混不清的话语，握着他那不再厚实的干枯无力的手，不禁悲从中来——令人惊异的是到后来他的表达竟然渐渐清晰起来——他从被子里伸出指头"坚定"地宣布，他要活一百岁！他谆谆告诫我，要廉洁奉公，当清官好官（他显然还记得我是"八品芝麻官"！他一贯痛恨官僚作风，但对我的职业从无非议，只叮嘱我要干好事、干对国家人民有利的事、不干亏心事）！他甚至还"江山易改本性难移"，"幽"了我爱人一"默"："你咋个还是那么漂亮哟？!"——这是什么情境、什么情怀、什么情感！这让我们真切地感受到一个曾经蓬勃的生命如今油尽灯枯的无奈，感受到他对生命之光的深情留恋，感受到他对后生晚辈的殷切期待，感受到他生命之花凋谢时依然光彩照人！

他严谨的学风，足为学人效仿；他雄健的文风，足为著者师法；他仁厚的家风，足为后人传承；他欣赏的清简清廉政风，足为为政者施行！他是教师的楷模、学者的翘楚、后生的标杆、家族的骄傲！

他不是儒者，亦是儒者；

不算雄才，实具雄才；
不是大家，不逊大家！

先生之恩，树我育我！
先生之德，光风霁月！
先生之风，山高水长！

315 室的 "八大金刚"

二舍 315 是我 20 世纪 90 年代就读大学时所住的寝室,该室面积不超过十平方米,环境条件极其简陋,但却是"知名寝室"。共住有"八大金刚",这八个人可谓"一花一世界,一树一菩提"。个个可圈可点甚至"可歌可泣"。抚今追昔,让人心生无限感慨。

"琴场老手"

何师兄面白肤净、脸方鼻挺、身高体健、仪表堂堂,其帅气可和国际接轨。据说这位老兄经常擅自闯入女生的梦里,也有说是让个别女生经常睁着眼睛睡觉,总之是害人不浅。

何师兄是"灌篮高手"。他体格健壮高大,球技炉火纯青,是校篮球队中的头号杀手。他能在对方重重包围之中左冲右突、闪转腾跃甚至是横冲直撞,砍瓜切菜般地"杀开一条血路直取对方城池",其英姿颇似《三国演义》中那位在长坂坡千军万马中纵横驰骋、连挑曹军五十余员大将并全身而退的赵子龙将军。

何师兄更是"琴场老手"。他有多年的弹琴史,很多乐器都能摆弄一番,尤其是被他称为"爱情冲锋枪"的吉他演奏水平很高。他高兴时挥舞着吉他,扭动着健美的身躯,亮开余音绕梁的金嗓子(他美声和流行两种唱法都是专业水平),那形象怎一个"帅"字了得!不过他留在我们记忆深处的却是手抚吉他沉静如水的造型：夜晚熄灯之后，月光穿过窗棂驻足寝室一角，他坐在床沿，身披一身月光，怀抱心爱的吉他，微闭双眼，如醉如痴地弹起《彩云追月》《爱的罗曼斯》《莫斯科郊外的晚上》《阿尔汗布拉宫的回忆》等经典名曲，手指起落间，美妙的琴音像粒粒珍珠清脆地撒落在地板，继而像山间清泉一样潺潺而下；听着听着，你似乎可以看见春天的原野上蜂飞蝶舞、草原上万紫千红的花朵竞相开放，那时候，你会真切地感到琴声沁人心脾、月光柔情依依——甚至可以听到自己荒芜心灵中传来驼铃声声、青草星星点点滋长！这一幕是我记忆中的"珍藏本"之一，它让我不由自主地回想起青春、友情和一切至真至善、至美至纯的东西。

一个冬日的星期天下午，我在一个空无一人的教室里独自看书学习。他路过时看到我后，特地走进来给我打招呼，热情地拍着我的肩膀握住我的手，说他通过肉眼观察，认为我是一个有理想有抱负的青年，对我勤奋好学的精神大加赞扬，预言我大学期间一定会学有所成、走进社会后一定能出人头地，并友好地表示要和我结成"哥们儿"。后来，他还手把手地将他的看家本领——吉他演奏技艺毫无保留地传授于我，让我也成了一位技艺娴熟的校园吉他手。想起自己至今一无所成，并且将他毫无保留传授的吉他演奏技艺毫无保留地忘掉了，顿觉愧从中来。

何师兄毕业时从好找工作、好处关系、轻松稳定、旱涝保收等角度选择了他哥所在的单位——一个大山深处效益不错的国有企业。后来听说企业破产、家庭境况也似乎不太如意——唉，人生这道选择题有时真让人无语呀！数年后师兄给我来信，其中一句是"为什么我们几兄弟告别时没有抱头痛哭一场！"这个有情有义的男儿似乎对室友们喝几大杯烧酒就作鸟兽散了心有不甘，又似乎对大家毕业后天各一方十分伤感，更像是对自己怀才不遇的处境颇不满意。

看完此信，我不禁热泪纵横。

"文学母鸡"

刘师兄其貌不扬甚至对不起女性观众，但却是被我称为"除了不会来月经，其他什么都会"的家伙，文学、音乐、书法、绘画、演讲、主持等样样精通，在学校各种大小活动中"十处打锣九处有他"，是我室的一座文化高峰，一面光辉旗帜。

刘师兄文学童子功很深，初高中就开始广泛发表文学作品，诗文写得极美，让不少校园实力派写手竞折腰。

刘师兄留在我们记忆中的经典画面是：下晚自习回寝室后，他既不参与"文斗"（吹牛），也不参加"武斗"（打闹），洗漱完毕即像猿猴一样迅捷地飞身上床（他睡在铁架床上铺），盘腿打坐，将磨盘似的被子置于胸前，上面铺着一叠稿笺纸，手中握着一支笔开始创作，其模样像老和尚面壁修行，但更像老母鸡蹲伏草堆产蛋。他坐在那里一会儿目瞪口呆、想入非非，一会儿又念念有词、笔走龙蛇。不久，一个"金蛋"就顺利"产下"，并很快见诸报端或听诸广播端了，其产量之丰、质量之高，让我等一大帮子平素也喜欢舞文弄墨的人顿生妒意。

后来，我也附庸风雅，向其请教自己并不擅长的诗歌创作，原以为他会不屑一顾或者敷衍了事，没想到他竟然将我的习作拿去用一个晚上认真改一遍（改得原作遍体鳞伤，实际上等于重写了一首），交还我时又用了一个晚上，逐字逐句给我讲解为什么做这些改动，而且还不肯善罢甘休，还就诗歌创作的手法、技巧、意象、思维等给我搞了一个"专题讲座"，让我这个诗歌的初级选手，犹如得到高人指点的侠客，一夜之间功力大涨。至今我能写点歪诗招摇撞骗，很大程度上要感谢刘师兄的倾囊相授。

一次，掌管我们生杀大权的系辅导员背着双手、踱着方步到我们寝室"视察"。七个室友立即像以"一箭多星"方式发射的火箭,从座位上、床上甚至地板上(有人在做俯卧撑)同时"升空",并满脸堆笑地向其问好,唯有刘师兄岿然不动,连眼皮都没抬一下,旁若无人地伏在"草堆"里继续"产蛋",让我们面面相觑,也让辅导员大开眼界——这厮对辅导员不感冒,故对其不理不睬。

——不知道刘师兄出道后还会不会碰到像辅导员这样虽然被冒犯却并不给部下穿小鞋的好领导?不知道刘师兄步入"江湖"后面对不合其口味的领导还有没有这样酷的举动?不知道刘师兄是否为此类举动付出了巨大成本?但愿我刘师兄没有因此受"夹磨"!

"浴足大师"

大陈师弟心地善良单纯,性格乐观开朗,生活无忧无虑,说话没心没肺,颇像《西游记》中那位人见人爱花见花开的二师兄,是我室出产的又一个名人。

他爱好广泛:爱学习,爱读书,爱练书法,爱辩论,爱传播新知,爱说脏话——他说脏话堪称一绝,其言谈脏话率在60%以上,比如短语"那个人",他会说"那个狗日的鸡巴鸟人",让我这个出口成脏的乡巴佬也自愧不如。

大陈师弟的这个形象永远活在我们心中:大白天里(比如星期天上午),他端坐于床沿将一双臭脚浸泡在热气腾腾的盆中,然后一手提着裤脚,一手捏着本书放在膝盖上,有滋有味地看起来——他可以保持这个造型达一个上午或一个下午,这个动作为他赢得了"浴足大师"的美名。

一次,万人仰慕的班花到我室进行友好访问,大陈师弟就像喇嘛接见朝圣信徒一样,以上述姿势亲切接见了班花并展开了友好的会谈(就差没有对其摩顶了!),在全班特别是女生中传为笑谈,也因此受到全寝室民主生活会的猛烈批判，认为此举严重违背了外交礼仪、严重影响了我室的对外形象、严重影响其他女生到我室参观考察的热情。

——大陈师弟上述举动都是书籍造成的。他是书籍的忠实信徒，好像书上说的"句句都是真理，一句顶一万句"：书上说洗热水脚有益于健康，他会抓住一切机会把他的臭脚浸泡在水里；书上说多喝水有益于改善皮肤，他会抓住一切机会往肚子里灌水（为此被我们戏称为315的"注水猪肉"）；书上说吃零食有益于消化，他从此就迷恋上了吃零食——怕我们笑话，常常像老鼠躲在洞里享受口腹之欲一样，藏在被窝里悄悄地干活。他的可怕之处在于：他不仅对书上说的坚信不疑，而且身体力行；不仅身体力行，而且积极宣传；不仅积极宣传，还努力推广；不仅努力推广，他还要坚决纠正你做得不到位的地方……"孔乙己是这样的使人快活"，偶尔也有师兄弟调侃他的不合时宜，现在想来似乎有点不厚道。

回顾这位仁兄趣事，我有时会提出疑问，是不是我们的教育出了问题：过于强调书籍的作用、师长的权威、答案的标准、思想的统一，从而让陈师弟这样天资不错的学生也缺乏思考、质疑、辨别、取舍的能力？我甚至想，近年来，不少人包括有知识、有文化的人对胡言乱语、荒诞不经的"神功""神教""神医"深信不疑，被其弄得神魂颠倒、走火入魔，是不是也有这一方面的原因？

大陈师弟当时给我们的总体感觉是人很有意思，但还没有"长醒"。后来了解到，这家伙不仅考上了研究生，当上了大学教授，小日子过得还挺滋润。看来，这小子在社会大学里不仅成熟了，而且进步相当大呀！"士别三日，当刮目相看"，诚哉斯言！

"社会活动家"

小陈师弟被公认为是315的著名社会活动家，也有人称其为"315的外交部长"。此君"身量苗条，体格风骚"，一年四季几乎总是一身西装、领带、皮鞋的行头，被我们称为"衣冠禽兽"。

小陈师弟待人真诚热情，为人古道热肠、急公好义甚至有点侠肝义胆，具有极好的人缘。尤其待女生热情似火，在女生中颇有市场。他在女生面前简直是孔雀开屏，脸上的表情异常生动，笑容灿烂无比，声音较平时高八度以上甚至接近海豚音。若有女生随他一同出入我们寝室，他一定是屁股翘起老高，身子像折叠椅一样折成九十度，同时右手向前一伸，笑容可掬、风度翩翩地高声说道："请!"让室友们浑身起鸡皮疙瘩。但看在他主观上是待人真诚热情，客观上也邀请了许多"外宾"尤其是美女到我室进行友好访问、有力地促进了我室对外开放，因此，大家从未予以深入揭发批判。

小陈师弟第一年不仅认真读书，而且上蹿下跳，广泛参与各种校内活动，其中我俩还同台演出过一个由我创作的相声《侃军训》并广获好评；第二年他竞选班长失败，遂心灰意冷，从此不再用心于学业，也不再过问"政治"，而把全部精力转向了看《笑傲江湖》等一堆堆武侠小说和"操社会"，我们对他的这种剧变感到惋惜并开展了"抢救运动"，但效果不佳。

毕业前，这位老兄像先前看武侠小说一样没日没夜狂补学业顺利毕业，毕业论文写的即是武侠小说研究，还写得很漂亮。而且，在一位社会朋友的帮助下，竟然分到了一个颇为不错的单位，成为全寝室工作找得最顺、落实得最早、落脚点最好的一个人。而那段时间，全寝室乃至全班不少同学都四处碰壁、走投无路、惶惶若丧家之犬。

"迷途羔羊"

徐师弟性情温和柔顺，是315的一只绵羊。他进校之后相当长一段时间都显得有点落落寡欢。当大家在寝室里看书、练字、弹琴、下棋、神侃时，他却经常在一边坐着发呆或窝在被子里唉声叹气。

一天上午（这一天没有课）起床后，他一手拿着镜子，一手拿着梳子，慢悠悠地把头发梳好之后，再将它"摧毁"，然后在"废墟"上"重建"，如此反反复复，"对镜贴花黄"，时间将近一节课，把一旁欣赏他梳妆打扮的室友看得呵欠连天。

——哲学家小塞涅卡说："如果不知道驶向哪里，那么任何风都不是顺风。"徐师弟的苦闷和落寞或许就在于："革命"成功（考上大学）之后，"不知道驶向哪里"，成了一只"迷途的羔羊"。

有一天，徐师弟像彗星划过一样突然光彩照人：在一次篮球比赛中因为缺一个人，从不爱运动、从未见摸过篮球的他，被我们拽上场滥竽充数。结果这家伙居然打得有板有眼，左右逢源，成为场上的主力队员之一，让我们大感神奇！另一件值得一提的是，在几个师兄弟都春心荡漾、蠢蠢欲动，四处发掘女朋友而不得时，他却不声不响地抱得美人归，羡慕得个别师弟直掉口水！此后他像从冬眠中苏醒过来的青蛙，开始有了生气。而且在整个室风的影响下，也开始用心于学业了。

据悉，徐师弟毕业后工作和生活还不错，我们猜想，这只"羊"不仅迷途知返，而且是奋起直追，对比他大学期间相当长一段时间的状态，这是多么可喜可贺的事呀！

"小皇帝"

王师弟名为小君，故被称为小皇帝。他长着一双"乌溜溜的黑眼珠"，行若清风，静若处子。此君聪明好学，成绩优秀，有好几学期我暗暗发力想超过他，一直未能得逞。

有天下午，这个目不识谱、五音不全、唱歌声音走"旁门左道"的小子竟然拿着何师兄的吉他认真地乱弹琴。我心里说：小子，你这是"苔花如米小，也学牡丹开"呀，这种"高科技"岂是你搞得懂的哟！因此，当他按住吉他象杀猪般吱吱呀呀地拨弄时，我对他和吉他都充满了深深的同情！此后，这小子经常不厌其烦地向何师兄或我讨教，天天下班后都要皱着眉头苦大仇深地把吉他按住蹂躏一翻。

说来你不相信，半年后的某一天，他竟然用难度很大的古典式演奏法完整地弹出了难度很大的《彝族舞曲》，"我和我的小伙伴们都惊呆"了！

"义务劳动者"

石师弟是"睡在我上铺的兄弟"，年龄不大却有些许白发，个儿不高却有一身肌肉，声音不高却中气充足。他待人真诚热情，乐于助人，说话干净利落，走路快步如风，是个能量密集型人物，也是我室的"义务劳动者"。

至今难忘：寝室脏了后，不管该不该他打扫，他总会一声不吭地主动拿起工具，到处打理一番；水瓶里没有开水了，他会像演杂技一样左右开弓提上自己和室友的一大堆空水瓶，到500米之外的供水点将开水运回来；甚至有的懒家伙吃了饭后说："老石，今天我没有心情洗碗，帮我洗一下，要得不？"他也会爽快地答应："要得！乖乖！还有没有心情不好的？今天是老子'大洗'的日子，我帮你们全洗了！"

在大学生普遍呈现"君子动口不动手"和"各人自扫门前雪"的情况下，石师弟的举动是让人感佩的。

石师弟读了两年后就流窜他乡，异地"作案"去了，留给我们的是热情洋溢的笑脸和匆匆而行的背影。

大　侠

大侠为什么被尊为大侠，至今仍是个谜。因为他虽然练过一点三脚猫气功，但并无过人武功，其人也并无呼风唤雨的豪杰之气，其形也无虎背熊腰的侠客之姿，其事也无路见不平拔刀相助的英雄之举。

大侠有句名言："男人对自己要狠一点"——听这话好像他可以"欲练神功，挥刀自宫"。他喜欢打熬筋骨，对强身健体颇有偏好。除了经常到篮球场上与三五球友大战一番出一身臭汗外，几乎每天晚上睡觉前都要对全体室友"顶礼膜拜"一番——趴在地上吭哧吭哧做上几十个俯卧撑才心满意足地去睡觉。更令人拍案惊奇的是，这厮一年四季坚持洗冷水澡，在寒冬腊月常常给自己发热的脑袋兜头泼上一盆凉水。一个寒风刺骨雪花飞舞的日子，当他把自己虐待一番后穿着短裤衩从盥洗间出来，在走廊上招摇过市时，不禁让人惊呼不已。适逢几位美女来访，见此情形可能以为是外星人造访，吓得大呼小叫花容失色落荒而逃。

一次，M师兄（为尊者讳，此隐其姓）一位粉丝专程从老家赶过来会他。此女衣着光鲜时尚，身材高挑窈窕，模样风流俊俏，眼睛秋波流转，言谈自如大方，与M师兄眉来眼去打情骂俏宛若情侣。小陈师弟对大侠悄悄耳语："狗日的，这个女人不简单！他两个狗男女好像有一腿吧！师兄说过，这女的是有夫之妇，不对头！要不得！"这天刚好是周末下午，几大金刚大多到外面流窜去了——其实是回避，大家都心知肚明：要给 M 师兄留下自由发挥空间。现在仅剩大侠在练书法——其实大侠也准备外出：一则欲给 M 师兄创造机会，二则谁愿意看人家小情侣现场直播啊！只见 M 师兄和那位女子由腻腻歪歪到哼哼唧唧到最后竟然和衣而卧看样子要双宿双飞！大侠眉头一皱：简直视老夫如无物，光天化日，与有夫之妇勾搭成奸，成何体统！走还是留？这是个问题！走，我 M 师兄贞操名节不保！留，何其尴尬不堪！一想到，如此 M 师兄被如此女子如此了，大侠心一横：挽救师兄义不容辞！作为好兄弟我不下地狱谁下地狱！于是长念佛号，正襟危坐，整整一个下午愣是没让二人下到手⋯⋯第二天客人走后 M 师兄怒气冲冲地在寝室骂娘：妈哟，懂不起嗦！该回避时要回避嘛⋯⋯大侠红着脸嗫嚅着说：谁愿意看你两个的肉麻表演，我只是担心师兄一世英名毁于一旦，也是为挽救你们一对即将失足的青年嘛⋯⋯

大侠勤奋好学，努力上进，苦练杀敌本领，随时准备报效祖国。由于天资平平，底子不厚，成绩和作为在刘、何二师兄这两座高峰屏蔽下并不太显山露水，但却是个自言并坚持"永不丧失希望、永不放松学习、永不放弃追求、永不停止努力"的有志青年，所以大学数年"如春起之苗，不见其增日有所长"。也是班上唯一一个由组长到体育委员到学习委员到班长到校学生会领导的学生，还是一个唯一没有花边新闻的学生，虽然也有春心荡漾的时候——小陈师弟曾夸奖大侠不近女色，大侠自我开涮说："唉，你娃是'月亮不懂我的心'！'春叫猫来猫叫春，一声一声复一声。老僧亦有猫儿意，不敢人前道一声而已！'"

大侠为谁？二十年前的笔者也。

师兄师弟的爱情

何师兄生一副好面孔，长一副好身材，有一副好歌喉，弹一首好吉他，打一手好篮球，真是个融玉面书生与健美王子于一体，集歌手、吉他手、灌篮高手于一身，是一个引得美女回头的"翩翩少年郎"。进校之初，何师兄曾拨弄着吉他考我们：

"这玩意儿又叫什么？"

"这个问题谁答不出来——六弦琴！"

"NO、NO、NO！"何师兄把头摇得像拨浪鼓："它又叫——爱情冲锋枪！"

"哇塞！你小子拿上这把冲锋枪不知道要俘虏多少漂亮妞哩！"我们心想。"哎，何哥，你还是省到点，不要多吃多占，以免消化不到哈！"一位师弟"幽"了他一"默"，他自豪地一笑："来者不拒！"

令人悲哀的是，室友们一个个都已经出双入对，可他到大二时也没有一个"来者"，令我们不得其解，他只能一个人住在穿窗而进的月光里弹奏那支优美的《莫斯科郊外的晚上》。

徐师弟就比何师兄幸运得多。他无论上看下看，还是左看右看，都与笔者一样简单平淡。何师兄曾表示过他的担心：大学期间，徐师弟的个人问题怕有点问题呀！我们深以为然。岂料未过多久，徐师弟高兴地广而告之："我有了。"再不久，就牵回一个模样周正、身材高挑的姑娘，不无自豪地向我们介绍："这位是……"惊讶得我们说不出话来！

联系何、徐二人的不同遭遇，室友 Y 君大叹天道不公，赋打油诗一首曰：

"长太息以掩涕兮，

哀老天之眼瞎！

我师兄之一表人才兮，

竟无姑娘去管！"

经过调查和分析，有人总结出了天道不公的原因在于：何师兄守株待兔，徐师弟主动出击。

写给天上的奶奶

　　奶奶，虽然您蹒跚走向天堂的背影已定格成我们心中永远的痛，但我们相信，即使身在天堂，您仍会不时探头热切地张望您深爱的儿孙们，像夜空中满怀深情注视人间，不停闪烁的星辰。

　　在您离去后空阔的岁月里，我们只能在暗夜摩挲您玉石一般闪着幽光的话语；在日渐冷清的老院里，我们的目光只能追随您投射在锅台灶边房前屋后劳作的身影。

　　您曾经用长满老茧的双手撑起一个摇摇欲坠、苦寒无依的家：您二十五岁时，爷爷就因重病，一边咳着鲜血，一边交待您及三个孩子（当时只有八岁的父亲、六岁的姑妈、刚满月的幺叔）"穷莫丢书、富莫丢猪"，之后不久就撒手而去。失去亲人和依靠的您顿觉天塌了下来，您呼天抢地、悲痛万分；您哭彻心肝、伤心欲绝。这是您心中永远的梦魇和苦痛：连同丈夫，这一年家中已经先后送走三个亲人！您为此一直很痛苦、很自责，迷信的您认为是因为自己做错了一个梦：家门前突然倒了三棵大树……

　　生活的困难像汹涌的潮水迅速裹挟而来，让您回不过神来；千斤的重担陡然压在您瘦弱的肩上，让您喘不过气来。您一次次搂着三个可怜的孩子，以泪洗面、泪湿衣襟、孩子们也是一次次嚎啕大哭——老天爷呀，您让这一群无依无靠的幼儿寡母怎么活?!

　　孩子还要抚养，生活还要继续。在又一次独自暗夜伤心落泪并把孩子惊醒后，看着可怜无助的孩子们，您把眼泪一抹摔在地上，决定从此只在孩子背后流泪，只在心里流泪，只在梦里流泪！

从此，一双小脚的您，一个人承担起男人和女人的双重劳动，既耕田犁地又操持家务，整天忙得像只陀螺；一个人担负起既主内又主外的双重任务，成了一个十足的女强人；一个人扮演起严父慈母的双重角色，教育督促儿女们既要"读书"，又要"养猪"。您的振作让孩子们的天空不再坍塌、心灵不再坠向惶恐惊惧的深渊。您的劳作让白昼变得像面筋拉得很长，而让漫长的黑夜变得像折叠的衣物一样短——有多少个黎明，你还睡眼惺忪就强迫自己起床劳作；有多少个黑夜，您在煤油灯下做家务时累得睡着了！

您不知疲倦地用双手从贫瘠的泥土中刨取庄稼、食物和青草，养活了一家人那一段饥荒的岁月；您咬紧牙关、目光如锋利的菜刀，让步步紧逼的困苦连连后退，桀骜不驯的日子逐渐被您驯服得像只绵羊。慢慢地，度过了那段难捱的时光。让人惊异的是，后来我们的家境竟然比上不足比下有余！在苦水中泡大的孩子，像您抚弄过的庄稼，因为您深情的目光和严格的教诲，争气地生长；他们都受到了良好的教育，一个个长得腰杆挺直、心灵健康、各有出息，让人羡慕欣赏。

虽没有读过一天书，也不识字，但您孜孜不倦学习生活这部大书，不仅通达事理，而且居家理财、种地喂猪、做农活做生意样样出彩，令人不得不佩服、不得不敬重。至今让我们乐于称道的一件小事是：即使年老做生意买卖时，您捏一下手指头，也能很快得出支付找补的数目，不差毫厘，比年轻人拨弄计算器还快，让人目瞪口呆。

坚强让您苦难的生命开出了雪莲一般的花朵。

勤劳让您脚下贫瘠的土地捧出了丰硕的果实。

坚韧让您的幸福像河流一样变得悠远绵长。

勤快能干、真诚善良、热情开朗是所有人对您的评价。您爱说"人争一口气，树争一张皮"，做人做事不愿服输，从不落后他人；您坚信"勤能救命，懒能败家"，您总是劳作不停，家里也总是操持得干净清爽、井井有条；您在生产队劳动或者帮助别人做事从不偷懒惜力，当人们劝您歇会儿时，你爱说"气力用不完，井水挑不干"；无论走到哪里，即使千里之外的陌生之地，您都能像溪流入河，很快与人打成一片，相处得就像亲戚朋友，那是因为您与人为善，同时也是您善于与人打交道。正如您教导我们"脚是江湖嘴是路"；在缺乏食物面临断炊的困境时，您能笑着说："又要'吊起锅儿当钟打'了！管他妈的，'天干三年饿不死烧火佬'！"甚至包括邻居夫妻吵架，您苦口婆心地劝慰他们说的：两口子要珍惜善待，"百年修得同船渡，千世修得共枕眠"，两口子吵架打架不要记仇，"床头打架床尾和"……

　　回望您说的这些话语，这些生活和智慧的结晶像记忆河滩上五彩斑斓的卵石，让人流连忘返。

　　奶奶，是您在酷暑难当的整整一个夏季，将我的一身重病从家里一趟趟背出，扔在了三十里外去乡间医生的路上，汗水不知多少次浸透了您的衣裳；是您在饥寒的岁月里慷慨地把仅有的一点蛋肉类食物千方百计留给我，让我病弱的童年有一点营养；是您经常带着我走村串户、卖菜赶场，让我去感知人情世相，去触摸田野和阳光；是您在数九寒天用皲裂的双手为远行上学的我清洗衣服被子，又用炉火将它们一一烤干，让我至今心痛不安温暖衷肠；是您在我高考之际，瞒着家人，迈开小脚，悄悄上路，到二十里外大山里面的"灵验"小庙里为我跪拜神灵，祈愿焚香——那得有多么虔诚，终于让您如愿以偿……

　　没有您衣襟的遮蔽，我羸弱的身躯可能难以度过雨雪风霜；没有您的慈爱和温暖，我的童年之忆会变得寒气逼人；没有您目光的照耀，我少年的天空会变得雾霾重重。而您对孙子的唯一要求是，希望在您去世后，能为您写一篇让人泪流满面的祭文！

自强为您的一生镀上一层金色的光芒；

对生命和家人的爱让您的一生充满无尽的温暖。

奶奶，您是后代的一盏灯，也是后人眼中的一座碑。您虽普通也堪称杰出，您虽平凡也足称伟大。

愿您老在天堂安好！

山中有佳人·一地樱桃

在蟋蟀的浅唱低吟中，我摸黑朝着心中的圣地赶去。此行我肩负重要的使命：将一袋樱桃亲自送到龙泉山中一位长发披肩的漂亮姑娘手中。

"那时，你是一朵空谷幽兰，芬芳于我的时空之外"，这是我曾经为她写过的一句诗。

前段时间，我花了许多心思，做了许多努力，想一举把这位姑娘的芳心俘获。但是，她的城堡很坚固，我没有如愿以偿。不过，让我心存一线希望的是：她答应一周之后给我答复。现已过了一半。今天是周末，据可靠情报，她所在的单位只有她一个人，我有一袋樱桃。这袋樱桃是别人送给我的，我舍不得吃，想借花献佛，送给她。

但是，一想到她所说的"一周内不要来找我"，不由得又犹豫起来：如果去了，那不是"逆龙鳞"吗？在目前这个微妙的时刻，她所说的一字一句可都是"圣旨"啊！于是我劝自己稍安勿躁，有道是小不忍则乱大谋嘛。我勉强说服了自己，准备起身干点别的事情。可是，想去的心思就像水里的瓢，按下去，又浮起来，搞得自己心神不定，坐卧不宁。迫不得已，我只有再一次做自己的思想工作：现在是"革命"初创时期，应该利用一切机会多做工作，打牢基础，迎接"革命"高潮来临……这样，我费了一番口舌，说服了自己，提上樱桃，出发了。

走在半路上，我又犹豫了：如果去了她不高兴，一脸冰霜甚至让我吃闭门羹，多没面子啊！更为严重的是，这可能给我们下一步交往蒙上阴影，说不定还因此提前画上休止符。想到这里，我不禁冒出一身冷汗，不得不再次在心里拨起了算盘：去不去得？"算"了半天，无法得出结果，心里一横：大丈夫做事，当雷厉风行、敢作敢为，怎能像小女人一样婆婆妈妈、瞻前顾后！于是我又动身前往。

走过一路坡坡坎坎，我来到了她所住的地方，我已经看到了她窗前的灯光，我的心里咚咚直跳，像一直兴奋的飞蛾，就要扑向她的窗前。

"到底去不去得？"

该死的，脑中那个按下的"瓢"又浮起来了！我不得不再次掂量起来——

去了，表示我非常在乎她，有一点好吃的东西都想送给她吃；去了，表示我非常想念她，才分别几天又忍不住想见她；去了，表示我非常关心她，想驱散她的寂寞……

去了，表明我是一个言而无信的人，因为我同意了一周内不去找她；去了，表明我不尊重她的意愿；去了，表明我是一个自私自利的家伙，因为我仅仅从自己的意愿而不是她的角度去做事……

真是"亦真亦幻难取舍"呀！我提着樱桃在她窗前的小径走来走去，像暗夜中的蝙蝠，在她的房前屋后乱飞。而朦胧的灯光下，那位美丽的姑娘，此时正捧着一本书，在书的世界里袅娜而行？双手托着香腮在书写憧憬，遥望未来？是轻解罗裳，倚床而憩，像花朵一样静静绽放？……

过了许久，我的脑子终于"东风压倒西风"，做出了如下决定：停止前进，打道回府，扔下樱桃，回家睡觉！理由很简单：在这漆黑的夜晚，在这空荡荡的楼房里，我去敲门，肯定会吓着她；她对我并不知根知底，此时登门，肯定会认为我是黄鼠狼给鸡拜年——没安好心。这两点都毫无疑问地会对我的光辉形象造成损害。

于是我很不情愿地将樱桃撒落在她屋外小径边的花丛中，回家了。

几天后，我们如约再次见面时，我给她讲了一个故事：一个小伙子想将一袋樱桃送到一位秀发披拂的漂亮姑娘手中，可在伸手不见五指的夜里不慎摔了一个大跟头，摔得眼冒金星，嘴角流血，最后樱桃像星星一样散落在姑娘屋后的草丛里。

她现场勘察，对樱桃验明正身后，遗憾地呷着嘴唇说："真可惜，我没有吃到这味道最美的樱桃！"听那语气，似乎比吃到了那樱桃还要甜呢！

山中有佳人·翻越铁门

那时候，我和女友还处于秘密接触的阶段，实际上，她对我尚处于"考察期"。这一天晚上，在我的坚持下，她微笑着答应了延长约会的时间。在沉静如水的月光下，我们沿着龙泉山最高峰将军顶下的小径走着、谈着、笑着、看看，明月清风、高山流水为我们营造出如诗如梦一般的意境：身边的虫吟此起彼伏婉转成曲，山间林木在摇曳生姿起舞弄影，山脚纯净的雾蠕动着一步步爬向山巅……后来抬头一望，看见月亮也似乎睡意朦胧了，我才依依不舍地送她回宿舍。

走到宿舍的楼前，才知大事不好：今晚要得太晚，大门已经锁上了！她六神无主，急得几乎要哭；我手足无措，连连叫苦：现在我们的感情还处于初级阶段，她因此怪罪于我，不是很糟糕的事情吗?!我忙不迭声地向她赔不是，就差没有打自己的耳光了！

怎么办？翻过去？我抬头望了望大门：大门高一丈有余，由两扇围棋棋盘一样的铁门组成，铁门除了底部、顶部各有一根横铁条，中间有两根靠得很近的横铁条以外，再没有别的横铁条，这意味着在翻越过程中，脚要抬很高的位置才够得着。铁门顶端是呈草叶状的刺条，两株"草"之间，难以容下一只脚！不要说女孩子，就是我等男子汉也望而生畏，更不用说眼前这位穿着高跟鞋，身着连衣裙、又娇气、又胆小的女孩子！"我陪你在外面呆一晚上，好不好？"我向她建议。"不行！明天早上人家知道了，那才好笑呢！"她咬了咬牙，接着说："我得翻过去!"

"那我来帮你!"我义不容辞地说。她脱下高跟鞋，双手抓住铁条，把脚抬至齐胸高，我用肩膀顶住大门，以免大门晃动。她用了很大的劲终于登上了中间的第一根横铁条。她喘着大气，攀附在门上久久不能动弹。微风中，她的白色连衣裙瑟瑟颤动，像栖落在枝叶上轻轻翕张着翅羽的美丽蝴蝶……

她决定继续往上爬，可是顶部那些铁刺实在使她无处放脚，不好使劲。她试了几下都没有成功。我在下面干着急。我仔细观察了"地形"，发现铁门两侧各有一个桥头堡似的墙头，高于铁门一尺左右，于是建议她先爬上那里，再斜着从铁门顶端滑向中间的横铁条，再一步步地滑下去。她听从了我的建议，先双手攀着墙头，憋足劲把一只脚跨上与铁门一般高的院墙，把整个身体都移到了墙上。她双手抱着墙头，小心翼翼地把身子伏在上面，我叮嘱她趴在那里多呆一会，等气息调匀后再进一步行动。

休息了很久之后，她小心地转过身子，把脚往中间的横铁条上移，像溶洞里缓慢渗下的水滴一点一点地往下滴。我的心悬到了嗓子眼儿上，目不转睛地看着她，"还差一截……"

"还差一截……还差一点点……"我紧张地指挥着。终于，她的双脚落在了中间的第一根横铁条上。她大声地喘着气，我也长长地舒了一口气……

当她的双脚落地的时候，她气喘吁吁地说了一声："哎哟，我的妈呀!"就什么也说不出来了，身子瘫软得像棉花团一样，我赶紧从门外伸出一只手扶住她。

"你受苦了……"我激动得声音都变了。我再次真诚地请她原谅，她垂着眼帘，抚弄着自己的手指，温柔地摇了摇头，说："不怪你。"我看见，月华在她的脸上镀上了一层圣洁的光辉。在我们将要告别的那一瞬间，我情不自禁地抓住她的手，紧紧握住，久久不放——那里面有夸奖、有怜爱、有愧疚、有感动……

她像天使般披着一身月光，踏着青青的草地，飘然而去，而我却真真切切地感到：翻过铁门的她已经离我越来越近了……

婚姻修炼记

我也有个 "林妹妹"

几年前，我向女友求婚时，心直口快的丈母娘把我叫到一边正色说："我这女儿啥都好，就是脾气有些怪，小气得很，你可能吃不消哦！"言下之意让我慎重考虑。我心里说：笑话！你女儿又不是石头瓦块，我怎么会吃不消！于是我爽快地回答道："没关系，我度量大得很！"随后欢天喜地把她女儿领走了！

在婚后的短兵相接中，我才领略到丈母娘的话语不虚，也进一步领略了她女儿的小气，那简直是天上掉下的又一个林妹妹：多愁善感、敏感细心，极易受伤害，整个人就犹如一座储量丰富而埋藏极浅的气田，一不小心就会向外冒气：你不小心说了一句家常脏话，她会对你柳眉倒竖老半天——她最讨厌谁说脏话；你在工作中碰上不愉快的事，回到家还没有来得及调整表情，她会以为你对她使脸色而闷闷不乐，甚至于"红雨随心翻作浪"，和你闹一场；你爱恨交加地要她在工作中"省着点，不要太玩命"（她是个对工作和事业极其认真负责的人，而且业务能力一流），她会委屈地说："你又骂我！"老天可以作证，我的语气里面绝没有骂她的意思；不小心多看了路边漂亮姑娘一眼，回家后她会茶饭不思，对你实行几天的冷战……最好笑的是，一次她假装生气竟然弄假成真：有一天，家里正是春光明媚、莺歌燕舞的时候，不知因为一件什么小事，她嘟着嘴对我说："请注意，我要生气了哦！"我知道她是"假打"，就爽快地说："可以！开始吧！"然后转过身忙其他事去了。隔了一会儿，再转眼看她，发现她眼中的泪珠儿正啪嗒啪嗒地往下掉。我赶紧采取紧急措施：揩眼泪，做调查，搞自查，急安慰，忙了大半天之后她的情绪才恢复过来。后来她道出了生气的原委："本来最初我是假装生气嘛。人家'生气'后你毫不在意，不理不睬，于是我越想越气，就把'假气'生成'真气'了！"

与"林妹妹"一起生活，是一件不容易的事。她使你随时有如履薄冰、如陷雷区的感觉，你得时时提防着不掉入"冰窟窿"、不被"炸"得"血肉横飞"。

对于我这位"林妹妹"的小气，我已经琢磨出一套行之有效的对策来：一、用抢险救灾的态度来对待她出现的消极情绪，把她生气的险情及时控制住。二、凡事多做自我批评，有错无错都先认错，理赢理亏都先认输。三、实在"阻不到火"，我就抄起双手，站在一边平心静气地"隔岸观火"——人生风雨难免，我们又何必愁眉苦脸地去面对！

需要补充一点的是，去年我在参加研究生考试的时候，为了不让我分心，工作繁忙的妻子不但主动承担了全部家务，把我服侍得像太上皇似的，而且还特别在家里贴了这样一张"大字报"：

"为了配合阿雍考研，为他营造良好的学习氛围，使他有一份好心情，我一定要克服小气的毛病，少惹是生非，不轻易生气。特此保证。"

这张保证书不是"纸上画画墙上挂挂"，而是实实在在执行了三个月，让我至今佩服不已！

多看了一眼

我和妻子正手牵手，一路谈笑走向丈母娘家。突然前面走过来一个身着短裙的漂亮姑娘，那脸蛋、身段和气质与同事小雨极为相像！当她与我们擦肩而过时，我抬起头来，像电子扫瞄般瞟了她一眼。

突然妻子把我的手狠狠一甩，迈开步子朝前走去，像身旁突然启动的小车一样，一会儿就把我甩开老远。我一看她那雄赳赳气昂昂的架势就明白：坏了，刚才的小动作肯定被发现了——我很奇怪，我的动作那么利索，她怎么会发现?! 但心里又一宽：不做亏心事，不怕鬼敲门，那一眼的动机不过就是好奇嘛！

我赶紧一路小跑地赶上她，拉着她的手问：

"怎么突然把我'抛弃'了?"

"你自己清楚！"妻子硬梆梆地说。

"小生又犯什么王法啦?"我皮笑肉也笑地问。

"哼!"

这口气再明白不过了：我对你作案情况了若指掌，现在就看你自己的态度！我只得"从实招来"："是不是……刚才……多看了那位姑娘一眼?"

"不是一眼，是两眼；不是看，是盯！那色眯眯的样子哟，简直口水都要流出来了，魂都要跟着人家跑了！要不是我在场，肯定要跟在人家后面追上十里路！"

妻子的声音突然提高了八度，引来周围行人一串惊讶的目光。我心里说，我又不是一匹饿狼，那姑娘又不是一块肥肉，我怎么会追上十里路？何况我那一眼哪里又达到这样高的"水平"哟！在连呼"小民冤枉"之后，我向她解释了事情的来龙去脉，并一再强调，我的动机纯正，方式正确，性质无罪。

她哪里听得进："你坟坝里撒花椒——麻鬼吗？你说她像小雨，怎么我上看、下看、左看、右看，没有一点像呢？"

我忙不迭地向她解释："你晓得我没戴眼镜鼠目寸光嘛！她像兔子一样突然窜出来，我怎么看得清楚呢？在我这个'四眼狗'看来，她在远处就像小雨嘛！"

妻子无言以对，我拍拍她的肩膀说："你呀，就喜欢无事生非，捕风捉影，你老公这么'忠于革命忠于党'的人，你还信不过吗？'相信我，没错的'，嗯？"

妻子没有吭声，突然伸出双手，使出她最拿手的"鹰爪功"，狠狠在我背上掐了一把，带着哭腔说：

"你这个坏蛋！人家刚才那么好的心情都被你破坏了！你为什么要去看别的女人嘛？你为什么看了第一眼还要看第二眼嘛？……"

以前看《笑傲江湖》的时候，看到不戒和尚的老婆对人说"结了婚的男人就不应该看别的女人"时，觉得这个婆娘好霸道，简直想搞"独裁"，现人才知道，天下乌鸦一般黑，女人全部是这副德性！

我虽然被掐得龇牙咧嘴，嗷嗷直叫，心里却有点高兴，因为妻子的举动正是矛盾走向缓和的表现，好比高压锅开始向外冒气，气压就不会再升高一样。

终于到了丈母娘家，一阵嘘寒问暖之后，丈母娘高高兴兴地做饭去了。"哦，上帝，终于解放了！"我松了一口气，一屁股坐在沙发上。

妻子轻轻把门关上，我立刻警觉起来：怎么，要"关门打狗"吗？果然，她先在我身边坐下，突然转过身，伸出"利爪"，把我从手到脚狠狠抓了一番，然后声色俱厉地把我教训了一通：什么有我在场尚且如此，没我在场不知有多嚣张？什么对一个并不怎么漂亮的姑娘尚且看得垂涎欲滴，对一个美女不知要看到什么程度？什么现在我还是年轻貌美的时候你就这样，到我人老珠黄的时候不知又要怎样？……火力之猛，令我无法进行自卫反击。最后要我赔礼道歉，写保证书。有道是"稳定压倒一切"，再一想自己也不是没有一点错误，于是我咬咬牙——照办。

这一下事情该结束了吧？ NO、NO、NO！晚上睡觉的时候，她还是一副"头上长角，身上长刺"，碰不得、摸不得的样子，对我伸出的橄榄枝视而不见。我叹了口气，只得转过身去，独自进入梦乡。

很久以后，我突然感觉地动山摇，天旋地转，地震爆发了！我吓得出一身冷汗。爬起来一瞧，原来是她在用力推我！

"人家心情不好，你却睡得像猪一样！……你起来给我交待清楚：你是不是喜欢小雨？"

这不是半夜提审吗？我恼羞成怒，禁不住大喊大叫起来："你是不是要把我的皮剥下来你才舒服？不就是多看了一眼嘛！你怎么老是揪住不放呢?!"要不是想到"好狗不咬鸡，好男不打妻"的古训，真想给她两下子！

她哇的一声哭出来，像火车拉响了汽笛，丈母娘在隔壁也被惊醒，赶忙起床来探问究竟。

我黑着脸不吭声，她恶人先告状地把整个事情一五一十地讲了出来。随后我对她歪曲丑化我的地方做了自我辩护。丈母娘听了哭笑不得："我还以为天塌下来了呢，原来是这么一件芝麻小事！多看一眼有啥了不起的？明天你去大街上多看一个陌生男人两眼不就行啦？女儿，大量一点嘛，要不是人家小雍死心塌地地爱着你，哪里受得了你的冤枉气哟?!"最后，丈母娘叹了一口气："唉，没想到我的女儿比我还小气！"原来丈母娘也小气呀！

丈母娘想息事宁人，不料妻子却不依不饶，一副要把官司打到最高人民法院的架式，她提出三个要求：一、再次承认错误，赔礼道歉。二、保证不再犯类似错误。三、跪下求饶。我一听这最后一条就跳了起来。平时小两口关起门来跪一跪倒无所谓，今天可是有"国际友人"在场啊！

经过丈母娘大力斡旋，最后我们终于达成妥协：把"跪下求饶"改为"自己打自己两个耳光"。在丈母娘监督执行完这三项要求后，她终于破涕为笑。

我掰起手指算了一下，觉得今天多看一眼实在是得不偿失。早知如此，那女孩就是送上门来我也不会多看她一眼！吃一堑长一智，我决定：从今以后凡是碰到漂亮女人出现就赶紧用双手把眼睛蒙上……当然，妻子不在身边就算了！

做丈夫的心得

在下就任丈夫一职未及半载，与有十几年、几十年夫龄的兄长、前辈相比，当属晚生、后辈，然于个中三昧亦有所体会，在此不揣浅陋，罗列心得一二，以就教于同行诸君。不当之处，望批评、指正。

女儿真是水做的骨肉！以前一直认为这是贾宝玉兄弟"见了女儿便觉清爽"的借口，现在才觉得这是有科学道理的：如果不是水做的，怎么可能一会儿柔情似水，一会儿是"拒绝融化的冰"，一会儿又"像雾像雨又像风"？——只有水才能在这些形态中来去自如嘛！你我"泥做的骨肉"行吗？

在使用"批评和自我批评"这个武器时一定要坚持如下原则：以自我批评为主，以批评为辅——最好不用批评，实在憋不住了，不妨笑里藏刀，"丹唇未启笑先闻"。

女人是不讲道理的——即便像内人这般知书达理的人也不例外，

她们似乎信奉"家庭不是讲理的地方"。因此，一方面，你切不可以自己的雄辩口才与之交锋，那无异于"秀才遇到兵"；另一方面，你要对她制造的冤假错案有清醒的认识：只要你不"自绝于党和人民"，要不了太久的时间，她准会为你平反昭雪，恢复名誉。

在和妻子发生战争后要"有理三百棒，无理三百棒"——打在自己屁股上，不然和平的曙光就不会降临。

面对夫妻间发生的矛盾，你不必惊慌失措、坐卧不宁，无数的矛盾冲突证明：矛盾是推动爱情发展的动力。

女人脑袋里存放的地雷比较多，不小心踩上了，会炸得你鸡飞狗跳。以下即为雷区：你以前的女朋友，你现在的女同事，像林志玲范冰冰等让男人见了眼放绿光的女明星，等等。

拿破仑说：一个统治者应当知道，他什么时候该是一头狮子，什么时候该是一只狐狸。借用一下这个句式，我说：一个丈夫应当知道，他什么时候该是一只老虎，什么时候该是一只小狗。

常念"三字经"，居室暖如春。（"三字经"："我爱你"）

结婚让男人们进入一个变化无穷的"微观世界"，体会到奇妙无比的乐趣，领略到取之不尽的幸福，它让一向粗枝大叶的男人变得心细如发，在豪放的气息中增添一点婉约；它让男人在这里凸现出自己眼界的开阔，心胸的豁达，志向的高远，为人的宽厚……马克·吐温帮我说过一句话：早知道结婚这么安逸，我会在小孩时就结婚，而不会把时间浪费在磨牙和打碎瓶瓶罐罐上。

一句话：做丈夫的感觉——不错哟。

女人二识

女人生气

生气是女人的特长之一，她们能充分利用每一个可以利用的机会生上一气，男人们甚至觉得她们"有条件生气，没条件创造条件也要生气"——当然她们的气 90% 是由你一手造成的。也许你的女人"天然气"储量少，不爱生气，那你太幸运了！

女人生气的表现形式多种多样：像大理石雕像一样面无表情是一种；"黑云压城城欲摧"是一种；好像你突然间变成了卡夫卡笔下的甲壳虫或者科学家眼中的微生物一样对你视而不见是一种；在你面前摆出一副雄赳赳气昂昂的架势或者在你的咆哮声中表现出坚贞不屈、大义凛然精神的是一种；像雷雨天气狂风大作、电闪雷鸣的是一种；"躲进被窝成一统，管它春夏秋冬"是一种——通常伴有绝食斗争。

女人生气喜欢"新账旧账一起算"：你这件事情本身的严重错误；你以前犯过的类似错误；你在恋爱期间就表现出的这种倾向……她能够掰起指头，如数家珍，一一道来，其材料之翔实，账目之清晰，细节之准确，定性之严重让你暗暗吃惊：哎哟喂！我竟然如此劣迹斑斑！

女人生气喜欢"上纲上线"：她能从你不经意做的事情中"挖掘"出问题，能把小事情定性为大问题，即"你不爱我"之类大是大非的问题（如笔者一次因为调开电视广告而惹得老婆拉下脸来，扭过身去，对我来个"叫花子的铺盖——不理"，后来经老婆指点才知道此举犯了严重的错误："哼，还说爱我，上面正在播关于女人健康的广告，他'呼'地一声就调过去了！"）

女人生气喜欢念"紧箍咒"（"我要和你离婚"），让你一听就头大头痛，事后当她兴致很高的时候，她会不打自招地告诉你说："瓜娃子，那是气话，我怎么舍得和你离婚呢！"

女人生气善于"变脸"：无论是脸上阴云密布还是"泣涕零如雨"，只要外人来访或亲友上门，她就能立即关掉哭声，眼角一擦，头发一拢，迅速恢复到正常状态，甚至在交谈中还能恰到好处地露出一点笑容，真是天衣无缝，不露一点蛛丝马迹！而待客人走后，脸色又像窗帘一样"唰"地拉下来，其"变脸"的功夫让人叫绝。

女人生气时像与你不共戴天一样，不愿正眼瞧你；像毛发直竖的刺猬一样，让你不能靠近。可是当你转身离去以后，她却更加伤心。事后她告诉你，其实她很希望你去安抚她。

女人生气往往是其小气的结果，但奇怪得很，这小气似乎只是针对你一个人，"你咋个对别人那么大度，唯独对我却那么小气?！"她莞尔一笑："我不对你小气，我对谁小气呢?！你希望我对你一样大度嗦？那你快点创造条件吧！"几句话顿时让你受宠若惊，烦恼顿消。

女人生气像六七月的偏东雨一样，浓云密布，一阵稀里哗啦地下过之后，依旧是"清粼粼的水来蓝莹莹的天"。

女人生气的过程大致这样的：先专心致志地生气，把小气生成大气——像补锅匠把小洞敲成大洞一样；然后你再不厌其烦地解释、认错、道歉；然后你再虚心地接受她的再教育；然后你再陈述冤情，然后握手言和。

女人生气时，你要赶紧去消气，能减压的要赶紧去减压，能"灭火"的要立即去"灭火"，千万不要隔岸观火，不然最终会惹火烧身。这是项十分艰巨的工作，往往会搞得你唇干舌燥、手忙脚乱，可惜的是这时的她往往是"四季豆不进油盐"，如果是这样，你不要悲哀，你不妨像我老雍一样，端过一张凳子坐在她旁边，静静欣赏这"梨花一枝春带雨"的丽人风姿——要知道，生气是构成女人"风情万种"的重要组成部分呢！

婚姻中的女人

婚姻中的女人是矛盾的统一体：一半是阳光，一半是云雾；一半是冰山，一半是火焰；一半是坚硬无比的金刚石，一半是脆弱易折的石墨；一半是天使，一半是魔鬼。

婚姻中的女人大都如此：当你用爱情之水不断浇灌她时，她就会含苞吐艳，芳香四溢；当你疏于浇灌的时候，她就会逐渐憔悴，最后长出许多刺来。

当你把女人调理顺了，她就是温驯的绵羊；如果没有理顺，她可能会变成凶猛的野兽。

有时候，女人蛮不讲理比彬彬有礼更为可爱，前者是她在你面前撒娇的时候，后者是和你算账的时候。

女人心中对男人一直有这样一个不成文的规定："路边的野花"不仅"不要采"，而且不要看——尤其是目不转睛那种"看"。

女人喜欢小题大做。如上述你看多了"路边的野花"一眼——这朵"野花"还不一定漂亮——她就会与你大动干戈，又如，你在居室把东西随意摆放，破坏了她综合治理的成果，她会对你柳眉倒竖、杏眼圆睁。而男人喜欢大题小做，如把伊拉克危机、北约轰炸南联盟等重大国际问题摆在饭桌上与女人交换看法——女人通常会白你一眼；

把你自己的稀饭吹冷再说！人家外国打死牛打死马关你啥事?!

无论发生多大的矛盾，当她的满腹怨气烟消云散的时候，一切都会显得天朗气清、风和日丽。朱熹的一首诗可让我们联想到这种现象，诗曰："昨夜风浪雨一蓑，满江风浪夜如何？今朝试卷孤篷看，依旧青山绿水多。"

在家庭纷争中，男人有理也最好认罪，女人无理也不会伏法；如果男人从头赢到了尾，他往往会从头输到脚。

女人确实"难养"——多年来，人们一直把这句话视为孔夫子歧视女人的"罪证"——孔子说："唯小人与女子难养也。"笔者年少时看到这句话甚至猜想，老先生一辈子为了事业颠沛流离，夫妻聚少离多，可能一辈子没有"读懂"女人，没有获得女人的芳心，或者他的一生只有婚姻没有爱情。现在自己成了围城中人，才感觉到老先生说得真是对极了：女人确实"难养"——难于"伺候"，难于相处，有爱无爱，读懂与否皆然。

婚姻二论

进城以后

"婚姻就是一座围城，城外的人想冲进去，城里的人想冲出来"，许多结了婚的人在向尚未进入角色的后生晚辈传道、授业、解惑时，往往这样大发感慨，他们说话的口气似乎劝人不要进"城"，这简直是饱汉不知饿汉饥。况且，"城"里的人也未必都想出来，比如我，就觉得"城"里比"郊区""乡下"要安逸些而不愿离开：

进"城"以后我就不用再风风火火闯两头，隔三差五去女朋友处汇报工作和心得了，省去了许多功夫和心思；

进"城"以后，我就不用再"想你想在梦里头""想得我心焦"，整天被那位可人儿搞得"癫格宝吃豇豆——悬吊吊的"，就可以"冷热酸甜，想吃就吃"；

进"城"以后，我就不用在"伯父""伯母""大哥""小弟"面前"处处留心，时时在意"，而是放心大胆地露出原形，"潇洒走一回"了；

进"城"以后，我那狐狸野兔一样出没无常的生活才告结束，以此过上安定的生活；

进"城"以后，我才领略到女人"横看成岭侧成峰，远近高低各不同""朝晖夕阳，气象万千"的各种风姿，从而深层次、多角度、全方位地了解，认识另外的"半边天"；

进"城"以后，我有了更多的砥砺品格、增长才干的机会：在温柔乡中，我的铁骨中增添了几分柔情；在陪伴爱人碾压商场中，我磨炼了耐性；在经历妻子风雨变幻的各种天气中我增强了抵御风浪的能力；在成功解决妻子罢食的事件中我培养了解决棘手问题的才能——这些"修身齐家"的成果必将为今后"治国平天下"打下良好的基础啊！

"革命" 成功以后

女同胞们聚在一起常常这样发牢骚：这些臭男人，结婚前把你当作宝，结婚后把你当根草！结婚前他们鞍前马后、端茶倒水、毕恭毕敬、有求必应、百问不烦、百拿不严、遵守纪律、听从指挥……结婚之后，他们对你爱理不理、不冷不热、我行我素、桀骜不驯……就像变了一个人似的！听那口气，男人们似乎都像刘青山、张子善一样：革命成功以后，就都腐化变质了！

首先，我得声明，"革命"成功以后，我并没有腐化变质——不独我，许多我的同类也没有！虽然确有个别"腐败分子"，但那是支流，不是主流，不能一竹竿打落一船人。那为什么女人们都要这样评论男人呢？原因很简单：女人们认为恋爱时罗曼蒂克、公主女皇般的生活应该原封不动地"搬迁"到婚姻生活中去——她们老是说，那时你对我多好啊，又温柔又体贴甚至又老实又听话，而男人们却不这样认为，他们心里说：那时，那时是什么时候？那时"你是天上的乌鸦飞，我是地上的毛狗追"——追不追得到，追到后能不能搞定还是个未知数；那时"你对我像雾像雨又像风"，让我"辗转反侧""夜夜抱着情影入眠"。那是非常时期的爱情嘛，怎么能照搬到婚姻生活中去呢！

反驳有理。不过我要补充一点是："女人常常把爱情当职业，没有爱情就等于失业"（钱钟书语），而男人们只有在和你谈恋爱的时候才把爱情当作职业，一旦恋爱成功、关系搞定、结婚证一扯，两人睡到一块儿，他就会停薪留职，把精力转移到其他方面去，你怎么可能让他像以前一样原封不动地对待你呢！

难道男同胞们就一点错误都没有了？那倒不是，男人们不但有错误，而且也许错误还像维吾尔族姑娘的辫子一样，一抓一大把。男人的错误思想往往是：

1. 打江山时跋山涉水、呕心沥血，现在革命成功了，该老子享点清福了。

2. 哥哥我婚前当牛做马，夹起尾巴做人，现在要"翻身农奴把歌唱"了。

3. 到手的肥肉不会掉，煮熟的鸭子不会飞，她都是我的人了，就让她随便搁着吧。

这些思想是非常有害的，它使男人们在爱情上吃老本，无所作为，最终花掉全部爱情积蓄；它使女人觉得你开始腐化变质，觉得"你不再爱我了"。那些婚后，"翘起二郎腿，做事光用嘴"的人，那些晚上让老婆去陪电视、让自己去陪麻将的，那些婚前巴不得陪女人逛商场、而婚后却死活不干的，多是有这种思想的人。凡此种种，皆易导致闺怨滋生、纷争迭起，如果任其发展，女人们就会对"革命成功后"的现状深深失望，从而引发"二次革命"的危机。

结论是："革命"成功以后，既不能像女人那样，老是在那里回忆过去的美好时光，并用恋爱时的尺寸来丈量今天的婚姻生活，一发现尺寸有异就大呼小叫、叫苦不迭，也不能像有的男人那样忘乎所以，光吃老本，革命传统丧失殆尽，而是应该在新环境中，培育新的"爱情生长点"。

与子同行

你蹦蹦跳跳的脚丫踩在我们心上

发出世界最轻脆最美妙的声响

——题记

那一天的太阳把我眼前的一切镀上一层光芒，那一阵脆嫩的啼哭更让阳光像花儿一样缤纷绽放。当我把杂草一般长满胡须的脸刮净，贴上爱人疲软幸福的脸和旁边粉嫩如玉的初生婴儿的脸，并像盖章一样印上我深情的一吻，我们就开启了三人同行的人生新里程。

生活平淡无奇，而有孩子的日子则"太阳每天都是新的"，精彩不断，惊喜不断——当然也麻烦不断。

由于工作关系，我常常早出晚归，与孩子的交流接触很少。一次，读幼儿园的孩子自制节日礼物——贺卡送给妈妈，上面用刚刚学会的字迹歪歪斜斜写了一句话："祝妈妈……节日快乐！"我"醋意大发"："爸爸怎么不见啦？"孩子眼珠一转说："爸爸在点点后面！"——还算给了老爹我一点面子。

孩子大约三岁时，一次他妈妈在控诉我整天加班不顾家后，竟"不怀好意"地瞟着我说："爸爸整天忙工作不顾我们，我和他离婚好不好？"

"不好不好！"

"为什么不好？"

"你不是说过吗——选择了就不要放弃!"

儿子学钢琴时碰到困难想放弃,妈妈告诉了他这句临时制造的"名言",现在小家伙现学现卖,妈妈无言以对,我却有点小感动。

妈妈不死心,继续问:

"妈妈太累了,一个妈妈不够用,我们再给你找个妈妈好不好?"

"不好!"儿子斩钉截铁地回答。

"为什么?"

"因为再多一个妈妈就会把房子挤爆的呀!"

到今天我也没有想通:平时来那么多客人都没把我们的房子挤爆,为什么多一个"妈妈"就会把房子挤爆?这小子脑袋的电路是怎么接通的?!

"胖娃胖嘟嘟,骑马上成都,成都又好耍,胖娃骑白马。"有一年我们带他到市里去玩,回来路过九眼桥,但见桥两岸灯光闪烁,烟花四绽,煞是漂亮。惹得我和爱人连连惊叹。这个4岁的小不点也大发感慨:"灯光是漂亮,就是太浪费了!烟花是漂亮,就是太短暂了!"两句话一句是"批判现实主义",一句是"浪漫主义",让我和孩子他妈大为惊讶一时语塞。

一次我们一家三口约上几个朋友到剑门关游玩。走到雄关外石笋峰前,都被石笋峰独特的样貌震惊了。于是一个朋友逗他说:"小乖乖,你看这个山像什么呀?"小家伙没有应声,却噔噔噔地跑到一个大石头后面去了。一会儿提着裤子跑出来,像发现重要秘密似的兴奋地向大家报告:"我对比了一下,这个山像我的小鸡鸡!"

一个冬天的深夜,我和几个陈年老窖般的朋友相聚,喝得酩酊大醉,跌跌撞撞回到家后倒在沙发上就呼呼大睡。爱人又急又气,生拉硬扯都无法把我搬到床上,于是对儿子说:"爸爸不乖!我们要惩罚他!就让他今晚睡沙发冷死他!"孩子说:"不行啊,他是爸爸呀!我们一起来抬他上床嘛!"于是娘儿俩团结协作,费了九牛二虎之力把我搬到了床上。

有一天,上小学一年级不久的小伙子悄悄告诉妈妈一个秘密:他有女朋友了!妈妈淡然一笑,说:"好!"又隔几天,他又告诉妈妈他要和那个女朋友结婚。这么快就开始开始谈婚论嫁了,看来二人的关系有飞速的进展。于是我和孩子的妈妈准备考察一下"准儿媳妇"。我们利用一个中午赶到学校,悄悄告诉他,我们两位老人想见见他女朋友。一会儿,他气喘吁吁地把一个扎着小辫、脸蛋红通通的小姑娘领到我们面前,说:"就是她!她叫林梦娇!"小女孩也大大方方地咧嘴一笑向我们打招呼——还是个刚掉两颗门牙,说话不关风的小姑娘呢!我和他妈不禁相视一笑。晚上回到家,我和他妈一本正经地问他:"你俩这么好,准备什么时候结婚呢?"小伙子抠了抠后脑勺,认真想了想回答说:"现在还不行!"我和他妈大为欣慰:看来这小子明白,现在的主要任务是学习,不是谈恋爱。不料,他的回答神鬼莫测:

"因为我才五岁,精子还没长成熟啊!"

孩子一次在学校里调皮捣蛋,妈妈被请去"背书",在接他回家的路上声色俱厉把他臭骂一通,骂得他又哭鼻子又抹眼泪。一会儿,妈妈一看,身边的孩子不见了。心里慌起来:难道是挨了批评不好受,跑了?她往后一看,只见小伙子一边抽泣着一边搬路上一块石头。妈妈回转去问他做什么?他抹着眼泪回答:我把石头从路中间搬到行道树下,免得老爷爷老奶奶不小心踢到摔伤。一个人心情好的时候做点好事并不难,难的是情绪境遇不好的时候还能为别人着想为他人做好事。我们为孩子金子般可贵的善良感到由衷欣慰和高兴!

有一句话说,独生子女是特殊物种,这是就普遍性说的。就个体而言,这小子更不是一盏省油的灯。

他和所有孩子都爱问"十万个为什么",他的特殊之处在于可以一直问下去,直问得你山穷水尽走投无路甚至头晕目眩落荒而逃。而对于他喜欢的事，他则专心致志乐此不疲，如一个下午不吃喝不停歇"照图施工"，完成了中国第一艘航空母舰辽宁号的拼装，"我和我的大伙伴都惊呆了"！

他才从四肢着地到直立行走不久，一天晚上就因与妈妈发生争吵摔门而出，离家出走——一个人气冲冲从五楼跌跌撞撞走到一楼，把爱人魂都吓掉了。

看了李小龙演的动作片，他活学活用在床上翻滚跳跃，最后在完成李小龙视为独门秘籍的高难度动作"李三脚"时直接从床上往下跳，由于工夫不到家，摔成脑震荡。

更严重的是有一次他爬到桃树上玩，玩得太疯最后受到"报应"——摔倒在地摔成严重骨折，当了三个月"残疾人"。三个月里，我们的角色增加了不少：勤务员、护理员、炊事员、卫生员、驾驶员、秘书员，忙得像转个不停的陀螺。尤其是孩子妈妈，要为他穿衣、喂饭、换药、包扎、洗漱、送医院、看医生……其间的爱心耐心细心真是让我见证了母性和母爱的伟大：比阳光更能照彻筋骨，比春雨还更细微滋润……特别是孩子的家庭作业完全由他口授，妈妈则像记录皇上口谕的秉笔太监一样帮他写完所有作业，让人感佩不已。三个月后孩子学习竟然一点没有拉下，不得不算个奇迹。联想到妈妈从零岁开始就对他开展学前教育，每晚为他读书讲故事，甚至妈妈疲惫不堪昏然入睡时又被他像摇树一样摇起来："妈妈，继续讲嘛，我还要听故事！"于是妈妈又强撑起身子，打开童话书，半梦半醒地为他讲小红帽和大灰狼的故事、丑小鸭的故事、白雪公主的故事，直到两人都酣然入梦……实在让人感动。

一次，我不禁嫉妒地说："小子，我真羡慕死你了，拥有这么伟大漂亮能干的妈妈，你多幸福啊！连我都想当她的儿子哩！"小伙子回答说："我还羡慕死你呢，拥有这么漂亮能干贤惠的妻子和这么乖的儿子！你多幸福啊！"一家人皆大欢喜——看，这小子把表扬和自我表扬结合得多好啊！

大文豪托尔斯泰说"幸福的家庭都是相似的，不幸的家庭各有各的不幸"。我们的家庭是和睦幸福的，但也存在"尖锐斗争"，那就是，在教育孩子上，我主张严格教育，妈妈主张宽松教育，双方各执己见，互不相让甚至而狼烟四起。但总体上，由于我在家里是弱势群体，说话基本不管用，占统治地位的还是宽松教育。

孩子升入高中后，也许是由于"三期叠加"——新环境适应期、青春期、学习转型期同时叠加在一起，不仅成绩一落千丈，而且"行为偏僻性乖张""独与天地精神相往来"：不听父母"唠叨"，不服老师管教，不与同学交往，老师头痛不已束手无策，妈妈忧心忡忡以泪洗面，老爹焦虑不安骂爹骂娘。一次在追根溯源查找病因时，我痛心疾首地指责爱妻：慈母多败儿！就是你那原则无底线的宽松教育害的！这下像是引爆了巴尔干火药桶……

在我的反复抗争下，爱人也逐渐接受了我的观点：宽是可以的，严是必要的，"不审势即宽严皆误"。

孩子教育的种种困扰，包括一段时间以来学校教育发生的一系列事件事故，也引起了我们对中国教育的反思：

我们对孩子的要求是否太多太急切了？孩子自我教育自我成长的时间空间是否太少太小了？

知识教育的容量是否太多了？孩子全面成长的空间是否太窄了？

家庭社会教育是否太弱了？学校承担的育人任务是否太重了？

知识教育的比重是否太大了？人格和素质教育是否太少了？

应试教育是否应稍息了？钱学森之问（"为什么我们学校总是培养不出杰出人才"）是否应回复了？

……

　　孩子的状况像过山车一样起伏不定，而我们的情绪忧思也如坐过山车一样：时而风平浪静，时而兴高采烈，时而提心吊胆……令人欣慰的是，今天孩子终于走出了"三期叠加"的阴影，开始止跌回升：人变乖了，学习更自觉了，成绩提高了。

　　龙应台写过一本书《孩子，你慢慢来》。此种宽松慈爱、顺其自然心态颇让人触动。回忆自己当时求学时候难道就是一帆风顺的吗？即使老实巴交、学习认真刻苦如我，不也有过因为受了欺负，在近一个月里半夜起来打着电筒"照猫画虎"练少林拳的可笑事情吗？不也有认为自己可以自己看懂教科书而完全不听老师讲课的荒唐事情发生吗？不也有与老师"打顶张"气得老师双脚跳的事情发生吗？孩子诞生之初，我们对他的期许不就是"健康快乐、自由、有出息"这么简单吗？也许，我们真应该像对待庄稼一样对待孩子，用心浇灌施肥，耐心培育呵护，静待抽芽，静待花开，静待挂果。

　　走过风雨，穿过雾霾，我看见我们与子同行的道路前方，闪耀着我第一次迎候他的璀璨阳光。

两个小娃娃

安　猪

安猪是个名闻遐迩的 3 岁小女孩，也是我的小邻居。之所以被人民群众唤为"安猪"，一是姓安，二是她的爸爸妈妈把她喂养得像头肥嘟嘟的小猪，三是模样玲珑剔透如宝似玉让人爱不释手。

安猪有三绝：一是"牙好胃口好吃嘛嘛香"，除一日三餐外，平时是"食不离手，物不离口"；二是哭起来音域宽广底气冲足气势磅礴惊天动地，一个人的"独唱"就抵得上一个交响乐团的动静，让我们真正理解了什么是"余音绕梁，三日不绝"；三是嘴巴很甜，能够轻易化远为近、化生为熟、化疏为亲甚至化敌为友，颇有统战天赋。这几点都让我等大朋友自愧不如。

一次，小安猪在小卖部买了一袋小糖果，一边咿咿呀呀地唱着歌自我庆祝，一边准备"自己动手，丰衣足食"。但忙活半天无法如愿。环顾四周，见我正在不远处忙活，于是一路小跑过来拉着我的手摇个不停，扭着她的小蛮腰说：

"雍兔兔，好兔兔（兔兔：叔叔）！求求你帮我胎一胎（胎：开）嘛！"

有机会为这小美女效劳，我当然很乐意。但我平时要吃到她的东西比登天还难，何不借机敲诈勒索一番？于是我眼珠一转："可以呀！

但雍兔兔打胎之后要吃一颗可不可以呀？

"可以！"小安猪爽快地说。

很难见她有这么慷慨，简直让我不相信自己的耳朵。

"真的啊？！那我们拉钩！"

"好！"

于是我屁颠屁颠地赶紧给她打开包装袋，让她大快朵颐。

吃了半天，见她还没有兑现诺言给我"工钱"的意思，我就提醒她：

"叔叔那一颗呢？"

"不着急哈！等会儿给你！"

只见她埋头苦干，一时不再理我。

一会儿，她把嘴巴一抹，把空空如也的食品袋拿给我看："兔兔，看嘛！没有了！对不起哈！"

忙活半天一无所获，真让我欲哭无泪啊！

模仿大师

侄儿雍邕是一个才从"爬行动物"进化到"人类"的小家伙，一双圆鼓鼓的又大又亮的眼睛，长着"满脸横肉"，是那种谁见了都忍不住想要上去捏一捏脸蛋的孩子。他的模仿能力让我佩服得五体投地，他也因此被我尊为"模仿大师"。

他初露身手据说是在未"进化"以前。有一天看护他的奶奶有一点感冒了，老人家背着他四处走动有点吃不消，就"哎哟——哎哟"呻吟起来。忽然，老人听见背上的小家伙"吱"的一声，把嘴里的奶瓶取出来，接着嘴里发出了"哎哟——哎哟"的声音——这个时候，他还不会说话。

小家伙非常好学，他以"狗狗"为师，以"猪猪"为师，以"牛牛"为师，以"鸡鸡"为师……以一切可以发出声音的小动物为师。每当这些老师们一开口，小家伙就会像应声虫一样立即响应，嘴里忙个不停。如果这个时候他正在吃"糖糖""果果""饭饭"，他就会把它们吐出来，学了之后再吃，颇有点"周公吐哺"的意思。

　　有天，我们牵着他到外面散步。我对他模仿音响的能力自然心里有数，可对他模仿其他方面的能力心里没底（因为我回家探亲的时间还不长）。于是，我在他面前做了这样一串动作：叉开双脚、张开双臂、一会儿站起、一会儿蹲下，双臂在站起或蹲下的同时，优美地一张一合、一起一落，他明白了我做这个动作的目的，歪着脑袋看完整套动作后，他张开双臂，像平时跳"蹦嚓嚓"那样晃了几下屁股，这显然与标准动作相差甚远。于是，我再次演示了一遍，他也再次晃了几下屁股。大人们相视一笑，看来，这个动作技术难度过大，他这次在大爸面前算是"栽"了！

　　我们继续往前走，走了一阵之后，发现他不在"大部队"里，回头一望，原来他已经跑到一个开阔地带，背对着我们，一会儿站起、一会儿蹲下，双臂一张一合、一起一落……

　　原来小家伙不甘心自己的英名受损，跑到一边儿悄悄苦练去了！

一路芬芳

不久前，我当了一回"明星"。

由于工作需要，我离开了自己从事五年的教育岗位，离开了与自己朝夕相伴的孩子们。一天下午，因为要办一些事情，我回到了学校——龙泉驿万兴中学。我从他们教室外边走过时，他们正在上课，我不想打搅他们，于是打算一闪而过。不料被一个女生瞥见了，她的眼睛一亮，迅即回头向大家报告："雍老师回来了!"教室里顿时喧闹起来。唉，罪过罪过，这个一向纪律很好的学生今天因为我违纪了!

下课后，我坐在一间办公室里，学生们都站在外面，兴奋地向里张望。我含笑向他们一一点头，一个学生叫了起来："雍老师，到教室里坐一坐嘛!"我欣然接受邀请，走进了我熟悉的教室。一个个正在嬉笑打闹或静坐一隅的孩子们纷纷涌了过来：

"雍老师，你到哪里去了?"

"你以后不教我们了吗?"

"你一天忙不忙?"

……

他们像麻雀一样叽叽喳喳问个不停，一张张笑脸是那么灿烂，一个个眼神是那么热切，我的心里暖融融的、甜丝丝的，甚至有点陶醉，仿佛徜徉在春风里、花丛中。

"哎，我们请雍老师给我们留个电话，以后好和他联系!"一个学生叫道，一个个学生恍然大悟似的纷纷跑回座位拿笔记本、日记本甚至是作业本。"写一个大家相互抄一抄不是一样吗?"我笑着问。"不一样，我们要你的亲笔签名!"孩子们回答。

我于是给他们一一签名，写电话、传呼。"雍老师，你今天是我们的大明星!"一个学生欢快地对着我说。这个学生原来相当调皮，打架、骂人、说脏话、欺负女同学或小同学……违反校纪班规的事十处打锣九处有他，我花了不少精力给他"开小灶"，后来他变化非常大，成了全班公认的"进步最大的人"。最后，上课铃声响了，我打算告辞，学生纷纷要求我到讲台给他们讲几句话，我示意他们赶紧坐好，准备上课，他们不依，"讲几句嘛!讲几句嘛!"语调十分恳切。

我的鼻子突然有点发酸的感觉。我想说:"孩子们，老师以前教你们的时候，由于种种原因，并没有全心全意，对你们有时也有失误和简单粗暴的地方，而你们竟然把我当'明星'一样迎接，这让我很内疚、很惭愧!同时你们今天也给我上了一课，你们让我体会到重回故地而能受人欢迎是一件多么舒心的事情!你们还让我进一步思考:怎样能做到这一点呢?像花一样，在任何时候、任何地方都默默地奉献着美丽的芬芳，这样，他虽然离开了，但其'花瓣'和'芬芳'却长留人们心底。"我的心里像闪电一样出现了这个念头，永远像花一样，这样的人生之旅不就是一路芬芳吗?

一路芬芳，这是一种多么美好的人生境界!

谢谢你们，我的孩子们!谢谢你们让我当了一次"明星"。谢谢你们又让我多了一个小追求:一路芬芳……

致缪斯的女儿

你用自己的眼光打量世界：透过春天妩媚的笑靥，看到一颗慵倦的灵魂；凝视山岩僵硬的表情，扪触到它律动的生命……

你用心灵采集阳光，啜取音乐，漂洗十七年走过的日子，编织如霞如霓的梦。你并不缺乏翻飞翔舞的飘逸和灵秀，明净的眸光中却最爱泻出柳梢月华的清辉。你垂下眼帘时，思想的蝴蝶翩然飞出，在原野和天空、森林与草原，一路闪烁美丽的翅影。

你打开心扉邀我到你的小屋里坐坐。我看见里面的器物洁净有序，展示出一种沉静的魅力，散发着迷人的光泽，而你的话语像汩汩流动的清泉漫过我心里的石头和泥土，荡漾起清脆美妙的回响。

你扶锄挥汗于厚重的原野，不停地弯下腰去，采撷身边的红花绿草投进诗的小篮，汗水滴亮了脚下的土地——所以，当你的笔尖在素笺上起落，总有晶莹的词句逸出，像鸟儿踏过积雪的枝头，摇下落雪纷纷。

你说你是缪斯的女儿，我相信，你会成为她出色的女儿！

犹豫再三，没有告诉你，有一种潮水正汹涌着漫向我们的家园，无奈地叹息和张望之后，缪斯正像企鹅一样一步一步告别了故乡的海滩。

没有告诉你是因为——

诗歌是美丽的；

被诗情萦绕的人生是美丽的；

我们的世界已经凋零了许多的美丽了……

静夜思

　　那个夜晚，你流放掉所有的喧嚣，从灯光的纠缠中脱开身来，靠近夜，清爽的感觉像闪电一样穿透你的躯体。足踩秋虫如歌的絮语，啜饮着月华的清辉，你像一只自由的鱼悠游于水……

　　心灵深处的泉流缓缓渗出，抚吻过被白昼之日炙烤的土地，激起枝叶舒卷的声音。

　　为了生活，我们像一辆来去奔走不息的车，不停地劳作身躯，消磨心灵，听任扬起的尘沙迷蒙双眼。思想与灵性的水一点一滴地蒸发，理想与人格的光辉一日一日地消隐……

　　许多悠远的画面自天边彩叶般旋舞而来，点亮了你的双眸，你缓缓停下你的脚步，站成一棵沉默的白杨：那是在倾听远方涛声的呼唤声吗？是在为那双寻找归巢的翅膀导航吗？

　　那个夜晚，你像星星一样闪烁在龙泉山中的小径，轻嗅夜的芬芳，尘封的日子从此被折叠收藏，栖落已久的音乐和歌声重新扬起了翅膀。

何妨吟啸且徐行

夜深人静，录音机里的音乐像溪流从白云出岫、薄烟缥缈的山间淙淙流出；明净澄澈的月光从窗外投进脉脉的清辉。我被润泽着，疏松着，熨帖着，洗濯着，疲惫僵硬的身心像雪山一样被融化，回到久违的恬静与舒适。思想之鸟翩然飞出，来到一处僻静的竹林前——

独坐幽篁里，弹琴复长啸。

深林人不知，明月来相照。

噢，这儿不是鹿柴么！这不是那个寄情于山水、胸中有清气的王摩诘的雅舍么？

刚刚听完他的长啸，又一声东坡先生清越的吟啸穿云破雾而来：

"莫听穿林打叶声，何妨吟啸且徐行。竹杖芒鞋轻胜马，谁怕？一蓑烟雨任平生。

"料峭春风吹酒醒，微冷，山头斜照却相迎。回首向来萧瑟处，归去，也无风雨也无晴。"

好一声令人怦然心动的吟啸！好一幅令人心驰神往的《风雨行吟图》！

"有声若驾凤之音，响乎岩谷……"

这是名传千古，声振林樾，天籁如雪，梵音似雨，美妙绝伦的孙登长啸……

我们很难像这些旷达豪迈的贤哲那样去坦然面对人生的风雨，也很难像他们那样旁若无人地歌吟长啸。虽然他们大多"飘飘乎如遗世独立，羽化而登仙"，有的甚至不食人间烟火，不问世事，不值得效仿。但其中有一点却是值得肯定的。那就是，作为一种人生境界，不以物喜、不以己悲的超然情怀；作为一种生活态度，淡看风雨、潇洒来去的生活意趣。这难道不值得效仿吗？放眼四顾，我们周围有个别人过得多么沉重，又多么疲惫：牢骚、抱怨；争斗、猜忌；焦虑、叹息……利害得失像遮天蔽日的黄沙，将自己包裹得严严实实，透不进更多阳光和新鲜空气，看不见天高云淡，也看不见月白风清……

我们往往没有这种旷达和潇洒，我们身在此山又囿于此山，不能变换一种角度、提升一个高度、延展一个宽度去看待自己所在的庐山，这不正是许多烦恼产生的根源吗？其实，角落里的忧戚，在旷野里算什么呢？山脚下的很多困惑，站在山巅看算什么呢？困顿时候的很多纠结，在岁月的长河里算什么呢？……所以，哲人说："万物负阴而抱阳""仁者无忧，智者不惑"。

忽然想到，水是多么可贵的精灵，它既能入乎其中，以液态的形式存在于江河湖海，又能出乎其外，以蒸汽、烟雾等形式高踞于水面之上，还能以冰山、冰河等固态形式处于或高或低的任何位置。这种超越自我的能力，这种可上可下的潇洒，这种俯视人生的境界，难道不令人肃然起敬！

以博大的胸襟容纳人生，以积极的态度笑对人生，以高远的眼光俯视人生，这，或许就是"何妨吟啸且徐行"的真义吧。而唯其如此，我们才能面对忙碌、纷扰和喧嚣，多一份从容，少一份迷乱；多一份微笑，少一份惶惑；多一份情趣，少一份庸俗；多一份洒脱，少一份焦虑……

望窗外，月光如水，脉脉含情，真想走出屋外，在明月清风的陪伴下，在龙泉山如莲绽放的山岗上，且行且止，歌吟长啸……

龙泉山下遇铁凝

我是站在龙泉山下洛带古镇的落霞桥头看见铁凝的。那一天上午，太阳刚从龙泉山上挣脱冬雾的束缚跃上山巅，古镇和相依相偎的青山笼着一层隐隐约约的薄纱，显得更加风姿绰约，阳光和温暖扑面而来，镀上金光的汉白玉桥栏显得明丽而堂皇。一会儿，一个看上去四十余岁，中等身材，面若朗月，一头黑色短发、漂亮大方、清爽利落的女同志在几个人陪同下笑意盈盈地在落霞桥头走下车来，与大家握手致意问好。她的眼睛清澈明亮，让人神清气爽；她的笑容真诚亲切，尤如客家阿姐般煦暖；她的声音清脆悦耳，犹如山间清泉玲琮。她的到来像一阵和美的春风拂面。那正是铁凝同志。

自青少年时代我就接触并喜欢上了铁凝的作品：读《哦，香雪》时，我与单纯善良的香雪年若相仿；读《街上流行红裙子》时，我正是翩翩少年；读《麦秸垛》等"三垛"时，我正风华正茂；读《大浴女》时，我已人到中年……那时我十分崇拜这位作家：她的作品里有土地的呻吟，有人性的拷问，有时代的震颤，有历史的回声；她的作品是如此深情地歌咏美丽，如此热切地触抚生命，如此敏感地观照社会，如此深刻地审视人生……伟大的作家必定有一颗伟大的心灵。因此我想象中的铁凝：一定是个十分懂美的人，一个十分爱美的人，一个自身也十分美的人；一定是一个阳光开朗的人，一个情感丰富的人，一个诗意满怀的人，一个聪慧美丽的人。她的实际年龄超过六十了，应该是个满头银丝，精神矍铄，像冬日里一株金黄璀璨的银杏，绽放着生命的光彩吧？想象与现实一对照，我不禁笑了。

2017年11月7日，铁凝因为四川文学馆选址落户龙泉驿而来到龙泉山下的洛带古镇，在四川省文联、作协等有关领导陪同下，她直接来到文学馆选址地现场。她是以中央委员会委员、中国作协主席、中国文联主席身份来洛带视察项目选址，因而被当地干部群众笑称为"文曲星下凡"。

铁凝含笑听取洛带镇相关同志对项目选址地的情况介绍后，对这块依偎在龙泉山下、静卧在湿地花海之滨的风水宝地连连称好。在博客小镇土楼博物馆，她边听边问，意兴盎然；参观古镇老街，她饶有兴趣；走进中国艺库，坐在香樟小院，她连连夸奖："这个地方不错，很有味道，很温馨，很有情调。"对小院主人、美丽温婉的阿秋她言语间甚至表现出阿姊般的爱怜。在赵树同博览中心，原计划为走马观花的参观点，由于自称为"八零后"、八十三岁的雕塑大师赵树同老先生非常主动热情地自当导游介绍，而让整个行程节奏和安排出现延迟。工作人员一催再催，有关人员提醒再提醒，赵老先生因为急欲展示他的馆藏宝贝而滔滔不绝，铁凝则听得津津有味。没有因为时间紧迫而显现出半点不耐烦和尽快结束参观的意向。看完后，她伸手向老先生热情告别："非常谢谢您！您为保护传统文化做了一件功德无量的事。赵老先生！您让我又学到了不少知识！非常好！可惜时间太短了！下次有时间再来向您学习请教！"铁凝明明知道，这个点仅仅是临时参观点，顺便看看而已，但也许是她对这个保留传统文化记忆的小展览馆的偏爱，也许是对组织者精心安排的体谅，也许是对老先生的热忱和盛情不忍推却，因而多待了不少时间打乱了计划行程。

在告别时，当粉丝们捧上书本让她签字，对一大帮子人、一大叠书她来者不拒，一个一个、一本一本、一丝不苟、耐心细致地签名留念，当走出大门，有粉丝要求与其合影，铁凝也欣然配合，与一个个干部群众合影留念。当我拿上新买的铁凝散文集《心灵的牧场》请她签名，她抬起头含笑问道："您是雍正皇帝的雍吗？啊，皇室后裔呀！"签完后铁凝起身欲走，突然一个基层干部满头大汗地又拿来一本书希望再签一本。铁凝重新坐下，问清姓名职务后，一笔一画写下："请某某书记批评。铁凝。2017．11．7．"我一时愣了。这种一丝不苟真让人感叹，而且这与我常见的签名也有点不一样，半天之后才想明白：不称"同志"而称"书记"，是对一个"田中央"小干部的厚爱尊重：大小是个书记啊，基层书记不容易啊——看得出来她还有照顾基层干部小小"虚荣心"的细致考虑呢；不说"指正"而说"批评"则既是对同志的厚爱尊重，也体现出这个文学大家的谦逊。铁凝大姐呀！您也太细心了，太体谅人了，太为他人考虑了！

签名过程中，她不顾工作人员的提醒，坚持把所有拿着铁凝作品、期待签名的读者一个不掉地签完才站起来甩甩酸痛的胳膊朝已离开的队伍赶去，前往龙泉巴金文学馆。

让我们惊喜的是，她交流中说到三个没有想到：没有想到四川文学馆选址地天时地利人和都具备，这么好；没有想到洛带古镇这么玲珑精巧，文化底蕴深厚；没有想到龙泉驿区这么重视文化艺术发展，文化惠民搞得好。这令大家深受鼓舞。

而她也让我们没有想到：没有想到她看上去还如此年轻漂亮，没有想到她精气神如此之好，没有想到她为人如此宽厚亲切——整个过程中，铁凝一直面带笑容，满怀兴趣地看着眼前的一切，聚精会神地听着介绍，目不转睛地与有关同志亲切交流。她像那天的冬日阳光一样，温暖地照临每一个人，照临洛带古镇，照临龙泉山。

笔者认为，要真正走进一个作家的心灵领地，了解一个作家的思想情志，熟悉一个作家的人生历程，非通过作家自己所写的散文不可。而铁凝精心编选三十九篇美文，"思索生活点滴、重温往日情怀、回望光阴行止"写成的自传性质的《心灵的牧场》，正好印证了这一点。这本铁凝本人签名的书籍更加增强了我研读它的兴趣。于是，在铁凝转身离去后，我在周末以一杯清茶，啜取冬日阳光，品味《心灵的牧场》的芬芳。我仿佛是邀请铁凝大姐落座，听她内心独白、述旧忆往，听她谈天说地、娓娓道来，这是在龙泉山下再次遇见铁凝，而且是更加全面真实坦诚的铁凝，也再次收获意外的惊喜：这是一个多么丰富多彩的人啊！这是一个多么可敬可爱的人啊！

为了文学理想，为了体验生活，在知青们纷纷逃避回城时，她逆历史潮流而动，高中毕业后主动要求下乡吃苦受累当知青，这是青少年时候的铁凝，体现了追求理想的纯真和热忱；对自己少年时候崇拜的偶像——一个路边炸油条豆腐西施般的青年女子，多年之后已是成人的铁凝路过还专程停车前去表白，在受到已经被生活消磨得毫无光泽的该妇女的漠然以待、横眉冷对甚至要下逐客令时，还不忘郑重告诉对方："我只是想告诉您，那时候我觉得您是最好看的人，我曾经学着您的样子打扮我自己。"这种尴尬时刻、尴尬场合的尴尬表白并面临尴尬，让人看到：这是一个多么真诚善良和毫无城府的人。在交代自己年轻时的学车经历中写道，"他教得含含混混，我学得糊里糊涂"，但却"三天以后就开着车去了一趟北京，并邀请县里几位领导乘坐我的车"，当她后来真正学开车并考取驾照后，才知道"当年我开着车不自量力地疯跑着去北京时，我其实并不会开车，虽然，车子在前进，车轮也滚滚"。这又是怎样一位胆大妄为的"铁姑娘"啊！而在《你在大雾里得意忘形》一文中，作者更妙趣横生地描绘了自己在大雾弥漫的天气里，突发奇想开始"稀奇古怪地走"："先走一个老太赶集……再走他一个老头儿赶路……走他一个小姑娘上学……走他一个秧歌步……走个跋山涉水，走个青衣花衫，再走一个肚子疼……

最后我决定走个醉鬼……这富有韧性的飘逸使我终于感动了自己"。其天真烂漫暴露无遗,自得其乐让人忍俊不禁,"放浪形骸"让人叹为观止。一个没有诗意情趣的人,一个没有对生活和生命充满挚爱的人,一个没有笑对人生心态的人,一个没有童心赤心的人能够这样"得意忘形"吗?

作者在《闲话做人》一文中写道:"不管这世上存在着多少拴不住的舌头(包括本人的一只),不管做人有着怎样的困苦艰辛,学会做人将永远是我一个美丽的愿望。""这世界最坏的东西是人,最好的东西也是人啊!我太愿意做人了,从未设想过做人以外的其他什么。"我想即使我们眼中事业有成、开朗乐观的铁凝,也一定经历过不少风波挫折,面临过不少"做人难、做女人难,做名女人更难"的境况,但她坚信"学会做一个人本是人生一件庄严的事情",因而从不丧失对做人的兴趣,从不放弃做人的愿望。这里既有乐观者的信心,更有豁达者的智慧,还有睿智者的幽默。又如对自己当知青时一次驾驶驴车的描写:车到点后忘记拴驴,然后驴继续独自前行走失了。作者又站在驴的角度思考:"也许它是想用这种行为表示一下对我们的不屑,就你们,连拴车都不知道,还想吩咐我。"又站在人角度的反思:"我们三个人只顾了享受驾车的奢侈,似都缺少了驾车人应有的厚道:驴已经负重前行了,它承载的重量除了化肥,还有三个活人,又何必把自己忘记拴驴的责任推到它身上呢。"真是推己及"驴",让人拍案叫绝。再如作者在叙述当知青时,到一个"地下"购物点买零食时对店主行为的描述:"八林把正在淌着的鼻涕'拧'净,手在鞋底上蹭蹭,才去抓花生米。他这种先净身后取货的程序,常常使我们觉得他的货更娇贵。"这里,你所看到的不仅有对特殊时代底层人物邋遢举止的温厚调侃甚至欣赏,也有对特殊时代自身生活经历的温婉揶揄。再如作者描绘内蒙古诗人阿尔泰的情态:"由于他身材高大,他跟人讲话时必须缓缓低下头侧过脸，像一头大象对一只昆虫发言，生怕吓着谁似的"，简直令人喷饭。有人说，"幽默是智慧的最高形式"，马克·吐温说："幽默的父母是生活和悠闲。"笔者认为都不准确，幽默是什么？笔者认为，幽默是生活、思想、心态、情趣和智慧共同孕育出的思维的精灵、绽放出的语言的花朵、生发出的积极的能量。一个女作家能有如此幽默的笔调，实不多见，实为难得。

铁凝在论述做人问题时写道："真正的做人其实是灵魂和筋肉直面世界的一种冶炼，是他们经历了无数喜乐哀伤，被累苦痛之后收获的一种无畏无惧、自信自尊、踏实明净的人生态度。"不得不说这是智者之识、"得道"之论。又如铁凝论孤独："孤独是强者的一种勇气，孤独是热爱生命的一种激情；孤独是灵魂背对着凡俗的诸种诱惑与上苍、与万物的诚挚交流；孤独是想象力最丰沛的泉眼"，"当心灵背对人类的时刻要比在水银灯照耀下自如和丰满得多"。没有经历过孤独之境，没有咀嚼过孤独之苦，没有品味过孤独之甜，没有收获过孤独之果的人，是不会有此深刻体认的。再如作者在《我对杨贵和毛泽东的悼念》中，对那个倚仗自己在革命前立过功，在后来的生产队中处处打尽小算盘谋私利，处处占集体小便宜，大言不惭、谎言满篇，甚至从某种程度上厚颜无耻、"有着功臣般霸气"的杨贵，作者在悼词中做了如下评价："他的一生是为共产主义奋斗的一生。是坚持继续革命的一生，他的逝世使我党失去了一位优秀党员，是我党我国人民的重大损失，引起了全村贫下中农的极大悲痛。"不仅表达了对那个特殊时代的乖谬之气、假大空的社会风气及个别人物鄙陋举止的反思反讽，甚至对自己的违心与做作也有不露声色的自嘲。事实上，书中还真有对自己不留情面的嘲讽——在描述自己从温暖如春其乐融融的家里一拖再拖、一推再推并非心甘情愿地回到贫穷落后的知青点上，并口是心非、"满怀深情"地写下一篇歌颂知青点生活、贬抑家庭温暖及城市生活的日记后，铁凝写道："我每每读着这篇日记，就仿佛看见一个昧着良心从家里溜走、吃得肥头大耳、放下筷子就骂娘的小贼""然而这虔诚实在又包容着连自己听来也战栗的做作"。"它虽然做作得一切都合情合理、天衣无缝，然而日记以外的我却常常有着难以自圆其说的破绽"。并举例说明：当妹妹也准备向姐姐学习，向姐姐写信表明"到农村去，到边疆去，到祖国需要的地方去"，"接信后我一阵辛酸，一股凄凉之情油然而生。我实在不愿相信这是一个小学五年级学生的来信。我特别害怕我妹妹的决心，还很为这信流了些眼泪"。这里的真情流露让人动容、真诚坦白让人感动、直面真实的勇敢让人肃然起敬。直面困苦需要坚强，直面并不美好的真实需要诚实，而直面自己曾有的荒唐可笑乃至虚伪做作则需要自我审视拷问的勇气。正如鲁迅所说："真的猛士，敢于直面惨淡的人生，敢于正视淋漓的鲜血。"再如作者在参观寺庙之后的感慨："人却愿意被自己的同类奉为神明，人的灾难也大多开始于此吧，当神以人的心灵去揣度人心，体察世情时，盛世景象不是才会从此时升起吗？"这些闪烁着思想者光辉的感慨难道不是对历史的深刻反思，对未来的热切期待吗？再如对当时母亲挤车的表现分析，认为是时代的后遗症；对"光环笼罩下的孩子"的观察和思考，告诫不要让大人变成孩子的奴仆，指出"学会同孩子一道美好地成长"，无一不充满追问之思、热切之心、睿智之见。铁凝作为一位女作家，作品内容没有琼瑶"只有窗，没有窗外"的封闭；没有池莉"不与陌生人谈话"的偏狭，也没有某些男性作家只有插科打诨耍嘴皮子的浅薄、没有拳头加枕头或用身体写作的低俗，而是有深厚的历史与土地背景，有五彩斑斓的社会生活内容，有对时代心律的把脉问诊，有炽热饱满的情感流淌，也从另一个侧面印证了：深刻尖锐是思想者的专利，深刻睿智是丰富生活阅历的结晶，深刻坦荡需要以诚实和勇敢作为骨头。在笔者看来铁凝的为人与为文与其生活经历有着血肉筋骨相连的关系，正如笔者一句诗歌所表达的：抚摸过土地的目光更加干净真诚，刺破过黑夜的目光更加深沉坚韧。

作家铁凝的细致入微、细心如发、爱心四溢，在《告别伊咪》中表现得淋漓尽致。也许再没一个作家把一个猫的可爱的情状、敏感的心理、细腻的举止描绘得这样入木三分的了，（也许王小波《一只特立独行的猪》与之有得一拼）。你看，这只猫初到时的羞怯拘谨："猫蹲在熟人脚边，蓬头垢面，眼神躲闪、宛若逃学之后斗殴归来的一名顽童"，让人顿生怜爱之心；你看这只猫在认定"这确是一家真心待他的好人之后"，表现出的弃旧图新："它决心为自己树立更优良的品格""它无师自通地学会了小便时上马桶"，于是常常挣表现，在客人来访时一次一次跑进厕所，"神色庄严地开始撒尿"，让人觉得这是一个多么可爱的孩子；它听到电话铃声后主人不接而急得团团转，最后"勇猛地跳上桌面，向话筒伸出了手"。它在作者母亲唠叨时"闭起双眼，微蹙眉头，下巴向里紧收着"、"忍受强大不耐烦"。它甚至有意"撺掇一家人"坐在一起看电视享受天伦之乐并为此而撒娇卖萌、无比欢欣，让人觉得这是一个多么不可或缺的亲人；它在一家人为它因童年阴影而小便失禁产生纠纷，导致家庭气氛紧张时"坐在一个黑影里发愣，悲观得要命"，"每次都心甘情愿全身伏在地上挨打"，以及最后一反常态接受主人将其"送还原籍"时的配合与沉稳（"它的神情是沉静的，它的步态也很坚定，它就仿佛用着沉静和坚定来告慰家人它已成年，它能够以成年人的样子来分担家人的心事，它能够承受在它生命旅途中一个全然陌生的内容"），与它第一次被送出家门时的挣扎反抗形成鲜明对比（"伊咪宁死不屈地撒起泼来，并踢翻了它的饭盆以示抗议"），让人觉得这是一个多么懂事的孩子！这是一只猫吗？这是在写一只猫吗？这是在讲猫的故事吗？这个猫系列不是一部动人的童话吗？不是在写一个孩子的成长史吗？这是一种多么细腻的感知，多么感人的叙述，多么动人的场景，多么深情的笔触！没有一颗敏感细腻、溢满爱心的眼睛，怎能有如此纤毫毕现、震人心魄的描写，没有一个伟大丰富、具有"好生之德"的心灵，怎能有如此闪耀人性温情、神性光辉的文字！

铁凝是经历过上山下乡之艰、缺衣少食之困的人，也是经历过筋骨劳顿之累、孤独彷徨之苦的人。但她一直都很明亮旺盛地生活着、奉献着、燃烧着、闪耀着。她为什么不是"铜凝""锡凝"而是"铁凝"？她以什么态度生活？她为什么写作？她要传达什么？她在序言《竹子上学》中或许给出了答案：

"以我这并不年轻的生命，仍愿做背着书包的那一棵（竹子），急切努力，去做人生的学徒"；

"我写作与其说是为了要告诉读者什么，不如说是向文学讨生命吧？艺术和写作恰好可以盈满我们的精神，放慢我们生命的脚步"；

"它们所流露出的，也许仅是对艺术和生命的敬畏"。

也许正因为如此，铁凝才在六十岁的年龄保持了容颜上的年轻美丽、精神上的朝气蓬勃、创作上的佳作迭出和事业上的锐气昂扬。

时光和生活既可能啃啮掉卵石的棱角和光泽，也可能磨出玉石的圆润和光辉，但后者远远少于前者，铁凝明显属于后者，而且是多么熠熠生辉！

龙泉山的语言之花

一

客家话是龙泉山一带的语言之花，它们至今仍然在这块土地上簌簌绽放，让这片丰美的土地更加落英缤纷，温润迷人。

我与龙泉山的客家话结缘就像是命中注定的。大学毕业后，我到龙泉驿区万兴中学教书。用普通话连带四川话上完第一堂课，下课铃一响，学生们像开闸放出的水一样四散漫开。他们互相说笑打闹追逐，我仿佛走入百鸟争鸣喧闹热烈的森林，只感到他们的自在和快乐，却完全听不懂他们叽叽喳喳在"鸣"什么。后来，同事们告诉我："你不知他们'鸣'什么很正常，他们'鸣'的是'土广东话'！"

"土广东话！什么情况？"我一脸疑惑。

后来才慢慢搞清楚，这一带及周边的清水特别是洛带等"东山五场"等都是"土广东"即客家人聚居区（"东山"是龙泉驿区及周边的市民对龙泉山的称呼），他们把三百年前祖先"湖广填四川"时从广东、江西、福建带来的客家话几乎像传家宝一样完好地保存到现在，既让人惊奇不已，又让初来乍到的人莫名其妙。

教这些学生我很认真，效果还"将就"，但教他们作文时，我很有挫败感：一些学生的作文像发高烧说胡话，从头到尾不知所云，我花了很大精力去纠正，但收效有限。比如这样的一句话：

"今哺尼热头好太哟！艾嗯想去学堂！"（今天太阳很毒，我不想上学）。

后来才知道，这些孩子把普通话、四川话、客家话搅拌在一起写作文，看得懂才怪呢！

这是上世纪九十年代中期的事情。1996年，龙泉驿区万兴小学有一个创新之举，在师生中全面推行普通话，在西部大开发背景下，我敏感地意识到这很有新闻价值，遂写了一篇新闻《土广东收起客家腔，山娃子操上普通话》，引起了区、市媒体的关注。

此间，我与客家话的渊源更因为一件大事而增一层：我对一个像荷花一样明艳娇美，像兰花一样娴静芬芳的客家姑娘暗生情愫，热烈追求，最后终于"学么格优么格"（客家话：心想事成），抱得美人归，这样，客家话又成了我的"亲戚"。

而今天，笔者作为一名身在"田中央"的工作人员又满怀感情、热情和激情地在古镇洛带为客家人服务。

二

客家话是一种源远流长的语言。它穿过历史的风烟而来，历经过岁月的荡涤而来。笔者经过学习和辨别后注意到，它的许多词汇即是古汉语的词汇，许多语音即是古代的语音，许多表达方式即是古人的表达方式。听其言仿佛是从时光隧道中直接穿越到我们面前的古人之音，又仿佛是"不知有汉，无论魏晋"的桃花源中人在说话。例如，他们说"吃"为"食"，"吃早饭""吃中饭""吃晚饭"分别为"食朝""食昼""食夜"，其中"食"读去声，与韩愈《马说》中"食马者不知其能千里而食也"中"食"的读音相同；"朝"读平声，"夜"读"雅"，与白居易《长恨歌》中"春从春游夜专夜"中"夜"的读音相同；说"太阳"为"热头"，"下雨"为"落水"；"弟弟"为"老胎"，"姐姐"为"阿甲"，"女婿"为"婿郎"；"昨天、今天、明天"为"初哺尼、今哺尼、沙刀尼"；说"穿衣"为"著衫"，说"洗脸"为"洗面"，"睡觉"为"睡目"——好古典雅致！"那岳父岳母我用客家话怎么称呼呢？"我笑着向女朋友请教。回答让我大笑不已：那说法听起来是——"苍蝇佬"、"苍蝇婆"！

今天，语言学家和客家文化学者均证实了这种语言来自于千余年前的中原汉人语言，虽然其后又与五岭一带畲族等语言及后来的四川话有少量交融变异，但整体风貌犹存，因此本地客家人与来自他们祖籍地的客家人能够毫无障碍的交流。从这个角度讲，客家话是当之无愧的汉语言活化石。笔者甚至还有一个发现，东山一带客家人所唱的山歌《客家情歌对唱》几乎就是诗经《褰裳》的另一个版本，只不过更口语化、更质朴、更婉转一些，试比较：

子惠思我，褰裳涉溱。子不我思，岂无他人？狂童之狂也且！
子惠思我，褰裳涉洧。子不我思，岂无他士？狂童之狂也且！

（《诗经·褰裳》）

阿妹啊，过来，要我唱唱山歌你就游过河，你会游水就游过来，不见妹面，心就慌慌，你会游水就游过来。

阿哥啊，过来，要我唱山歌你就游过来，你会游水就游过来，不见哥面，心就慌慌，你会游水就游过来。

（《客家情歌对唱》）

——你看，它们都是情歌，都鼓励对方勇敢克服困难（渡河）前来相会，所不同者在于前者更"燥辣"：你不主动就没搞喔，还有一泼人在排着队约本姑娘呢（用今天成都妹子的话说就是：想念我就过来看我，不想念就格老子爬远点!）。后者更"淑女"：你不出现，我心很乱——这是否也间接证明一些客家学者的看法：客家人的祖先是千余年前中原地区的诗礼簪缨人家、高门大户，因而更温婉一些呢？

　　客家话的发音少有婉转柔媚之气，它的音调少有起伏回旋之势，它的句子少有冗长复杂的表达，甚至说起来音量都更大一些，听起来更"雄壮"一些，用四川话说是"广哩广唧的"——柏杨先生曾经用一个笑话揶揄过这一现象：两个客家人在外国讲话声音很大很激烈，警察以为他们要寻衅滋事，赶紧上前制止，二人笑答曰："没事，我俩在说悄悄话!"，《四川通史》说客家人有"尚气争胜"的性格，我猜想，这种语言或许还留有古人单纯质朴的影子、雄强豪爽的心性、慷慨刚健的气韵，折射着古人"天行健，君子当自强不息"的精神，甚至流淌着诗人元好问所说的"中州自古英雄气"吧。

三

　　客家话其实是一种经历沧桑的语言。它和这个民系一起，自"五胡乱华"以来遭逢过铁蹄的践踏，承受过血与火的淬炼，吞咽过颠沛流离的苦难，饱尝过风霜雪雨的摧折，最后在远离战火、远离繁华、远离喧嚣的五岭及以外的深山抹掉一身汗水和血泪，长喘一口气安顿下来，像一粒粒被风吹向远方的蒲公英种子散落、生长在南方的深山密林里。后来，在湖广填四川这个或许是中国历史上第一次西部大开发浪潮中，又被客家人携带在身带到了天府之国，一个让人神往却满目疮痍的新家园。

　　回望客家人迁川，这幅画面是多么令人震撼：络绎不绝的客家人扶老携幼、肩挑背扛，把对故土的依恋深深折叠进心底，把对前路的不安与恐惧踩在脚下，怀揣对天府之国和美好生活的向往，穿过高山和云雾，涉过激流与险滩，风雨兼程，披星戴月，用汗水和期盼铺出了一条5000公里的新生活之路。特别值得一提的是，他们一路上所带的除了盘缠和物品，很多人还背上了从坟墓里郑重取出的祖宗的骨骸——他们不愿意让祖先的骨骸在故园承受孤苦寂寞，他们要让祖先的骨头在新家园安放，他们要让自己开创新家园的收获喜悦与祖先的魂灵就近分享——这个举动就是客家人以前长期存在的令人震撼的"拣金葬"习俗，从一个侧面体现了客家人尊祖敬宗的情怀。

据《四川通志》等史料记载，天府之国四川因明末清初战乱和张献忠等屠戮，人烟稀少（全省在顺治年间约八万人口），民生凋敝，田园荒芜，"有可耕之田，无可耕之民"。1668年，四川省总督张德地向朝廷上奏，建议朝廷从人口较多的省份移民四川。康熙皇帝准奏，下诏从湖广等地移民，并出台鼓励政策，宣布对移民工作做得好的地方官员予以擢拨（《康熙二十三年招民填川诏》）。由此掀起了浩浩荡荡的湖广填四川运动。据《四川通史》载，客家先民入川实际上发生在湖广填川末期，是"和平时期的自发性迁移"，"大规模自由迁移的根本动因已是经济原因"，用今天的话讲是"对美好生活的向往"。因此四川人对"解手"一词的民间解读，即政府强制实行"湖广填四川"不仅于史无据，而且对客家人而言似乎是子虚乌有。到1776年已有近160万客家移民迁入并在四川繁衍。在四川形成了五方杂处方言汇聚的局面，"昆高胡弹灯"五腔共和的川剧也因此形成，享誉全国的以麻辣鲜香为特色的川菜逐渐形成，成都一带的家族亲戚奇特构成也因此而成：

　　　　大姨嫁陕二姨苏，

　　　　大嫂江西二嫂湖。

　　　　戚友初逢问原籍，

　　　　现无十世老成都。

　　　（清嘉庆年间锦城《竹枝词》）

但就在这种生产生活生意搅拌似的交流交往交融中，几百年来，东山客家人与他们祖地的客家人一样"冥顽不化"地保留着语言的独立性完整性甚至纯洁性（包括习俗），这实在是个奇迹！

——入蜀后，他们当作传家宝一样的客家话，因为湖广话绝对的强大与强势，他们只能在族群内坚持"不丢祖宗言"，交流时大大方方地讲，而在外面，客家人之间则小心翼翼地低声地讲着，同时学会了湖广话并用湖广话与对方交流——为了躲避其他人对"土广东""广而石"（湖广人对客家人带歧视性的称呼）异样的甚至歧视的目光。

联系到客家人保留至今、古风犹存的舞龙舞狮、婚丧嫁娶等民风民俗，更让人觉得这里有历史文化的源远流长和一脉相承。这一现象清代一些学者已注意到并有相关论断。如客家诗人黄遵宪即有诗云：

筚路桃弧辗转迁，

南来远过一千年。

方言足证中原韵，

礼俗犹留三代前。

（《人境庐诗草·己亥杂诗》）

此诗与东山客家人行止颇多契合。

四

洛带镇是一个"望得见山，看得见水，记得住乡愁"的地方。小镇上的广东会馆有这样两副对联：

云水苍茫，异地久栖巴子国；

乡关迢递，归舟欲上粤王台。

江汉几时清，且向新宫倾竹叶；

罗浮何处是，但逢明月向梅花。

这两副对联是客家人在其精神堡垒——客家会馆里留下的众多对联中的经典之作，文思浩渺，文意深广，情感深挚，对仗精巧，堪称上乘之作。第一次看到这两幅楹联，我禁不住心潮起伏，几乎流下泪来：这里面的乡思乡愁像弥漫而来的山间浓雾，伸手可及、无法排解，直让人想起李清照"此情无计可消除，才下眉头、却上心头"；这里面的感喟叹息像飘落在地的一树南国红豆，历历在目让人怜惜流连；这里面对双手开拓新家园的淡淡欣慰之情、怡然之意像数枝疏影横斜的梅花，摇曳生姿芳香脉脉……其心其思其情其义让人动容。许多广东梅州一带来的客家乡亲听了导游介绍这两副对联都会泪光闪动。

　　实际上，当客家人在修建好他们的会馆并在此"迎麻神，聚嘉会，襄义举，笃乡情"时，他们作为族群在不太长的时间里已经站稳脚跟，安居乐业，不少家庭已是人丁兴盛家兴业旺。他们聚居的重镇洛带还拥有了"填不满的成都府，搬不空的甑子场"的美誉。他们实实在在是用自己充满松树皮一般厚实坚硬老茧的双手，在荒草荆棘和丘陵山地间平整出了田地，摩挲出了庄稼，呵护出了果实，垒砌出了楼房甚至以虔敬之心栽种出了信仰之花——会馆和庙宇。同时他们也和其他填四川的人民一道为这块土地的起死回生再度繁荣做出了显著贡献：人丁增加，产业兴旺，商贸兴盛，社会安定。尤其是以客家人为代表的移民带来了高产粮食作物红薯、玉米、马铃薯以及甘蔗、烟草、芝麻等经济作物，有力地促进了社会经济的恢复、发展和繁荣，甚至被学者认为促进了乾嘉之治的盛世繁荣。要知道，这块土地几十年前还是野草密布，荆棘丛生，虎狼出没，荒无人烟！（据史料记载，清初某简阳县令新官上任，到衙门后竟有两人为虎所伤）。当他们在节会中相聚在这由同一省籍的乡亲共同出资修建、祭祀着共同信奉神祇的美轮美奂的会馆，心中一定会洋溢着共同的情绪和情感。他们品茶烟细细，话乡音袅袅，观社戏咿呀，叙创业艰辛，欣慰满足自豪和感慨思念忧伤等各种感情一时涌上心头，激动之处笑声一片，感喟之时热泪长流。会馆上空蓝天上的几缕白云也为之久久停留……

从史料上分析，从客家人大量来到洛带，到广东会馆建成（1722年），也就30年左右。就是说，30年左右就实现了这个小镇的再造与复兴，四川的再造与复兴也基本如此。这与我翻阅历史历览朝代盛衰、细察百姓苦乐时的一个重要发现和深沉感慨是如此一致——

只要无苛政，我们的人民就会用他们勤劳的双手，从并不一定丰腴的土地中源源不断地刨出丰美的食物，很快实现丰衣足食；只要无内乱，我们的民族就会修复病体愈合创伤，很快走向新生；只要不折腾，我们的国家就会同心同德行稳致远很快走向强大复兴！修复再生能力如此之强，这或许正是中华民族强大生命力的体现、中华文明能够长盛不衰的法宝、中华民族能够度过存亡绝续紧要关头走向新生复兴的独门秘籍。

五

东山一带客家人的客家话为什么保留得比较好？我认为在于其聚族而居，在于其位置偏远，在于其"住山不住坝"习俗带来的封闭，特别是：客家人有尊重保护传统文化的文化自觉自信意识；有尊祖敬宗寻根报本、善待亲族、敦睦乡邻的族群意识；有崇文重教、忠孝为本的家风传承意识。不然，何以客家人都说得清自己的来龙去脉并保留下那么多完好的家谱？何以有将自己先辈遗骨从家乡拣出一路跋涉带到新的住地重新安葬，让祖宗的骨头在新家园安眠，让坟前的青草与庄稼一同生长？何以有四川仅见全国少见雕梁画栋飞阁流丹的精美会馆群落至今闪耀在古镇上空？何以有矫健翻腾的长龙飞舞在客家人

的土地？何以有在四周湖广话包围侵蚀至今仍在簌簌绽放的客家话飘飞在龙泉驿的阡陌田野？特别是，"宁丢祖宗田，不丢祖宗言"这句客家祖训里面对祖宗传下的客家话表露出了多么深挚的情感，多么凝重的寄托，多么用心的呵护，多么决绝的选择！他们一定是把语言当成了祖宗给自己烙下的胎记，当作自己找回失落千年身份的脉络，当作找回故乡的标识，当作打开族群共同记忆的秘钥，当作与祖宗对话的通灵宝玉！

客家人作为有东方犹太人之称的民系，他们崇文重教的意识是值得推崇的，他们耕读传家的传统是值得重视的，他们尊祖敬宗的观念是值得尊重的，他们忠孝为本的教诲是值得传承的。与他们打交道，我甚至觉得，他们孝顺父母之诚、友爱兄弟之情、待人处事之义、善待乡邻之淳，受人以托之忠实在强于我等非客家人。我身边就有活生生的例子：我爱人的二哥（大哥已去世）一家人靠打工和做点小生意生活，日子不但不富裕反而有点捉襟见肘，但他们义无反顾地承担起了对父母的照料——因帕金森瘫痪在床、生活完全不能自理的老母亲（医生说最多活不过三五年）和风烛残年时常生病吃药的老父亲。说来这两位老人也很有趣：在他们相互的交流中，父亲一辈子只讲湖广话（他是湖广人），母亲一辈子只讲客家话（她是客家人，像许多客家妇女一样，是家里掌握发言权的人，我爱人很好地传承了岳母这一点，是家里"上管天下管地中间还要管空气"的"一把手"），我在一边听他们摆龙阵感觉就像"鸡同鸭讲"一样，而他们就这样安然自在交流了几十年！母亲卧床近十年之后才于几年前油尽灯枯安然去世，父亲今年已有九十一岁，经常打点小牌、喝点小酒、隔三岔五生点小病——这样的家庭辛苦与艰苦可想而知，但他们从无怨言、从不叫苦、从不给父母脸色；他们一分一厘地挣钱糊口，一把一把地花在老父母身上，让人想起一句流传甚广的客家祖训：

一等人忠臣孝子，

两件事读书耕田。

就洛带古镇来看，这个西部客家小镇清末有举人 7 个，秀才 9 个，先后出过经商奇才巫作江，国学大师王叔岷，中国纳米技术第一人李声泽，著名教授袁正光，著名画家白德松、阿年，天文学家刘子华，书法家雷仲伟，著名烹饪大师杨文，作家刘晓双，学者肖平等各类人才，一方小小天空竟然如此群星璀璨，让人惊叹不已！在笔者看来，上述两句祖训正好道出了客家人一个大秘密：为什么客家人人才济济，为什么客家人多品德良好，为什么客家人多受人尊重，为什么客家人多家兴业旺，甚至客家话为什么千余年来保留传承如此完好。

六

著名客家学者陈世松认为，早先四川客家人分布极广，达 110 多个州县（厅），客家方言岛总数在 500 处以上，现在较大的仅有成都东山、西昌以及隆昌。据客家文化学者肖平研究，成都市客家话的流传解放前的分界线在锦江春熙路一带，现在已退缩至成华区保和乡一带。在笔者看来，可能已经退至龙泉驿区十陵一带，即著名语言学家董同龢在其经典之作《华阳凉水井客家话记音》中所解剖的东山客家方言所在地。而且这个趋势还在加速，龙泉山一带的客家文化与语言的土地正像岛屿被潮水从四面袭来，或许会被最终淹没，消失在世人怅望的目光中。

"夕阳的眼角掠过忧伤，这绕膝的小孙女哟，不知明天将走向何方。"（雍也：《夕阳下的村庄》）作为在客家人所在地工作多年，作为客家人"婿郎"的笔者，开始隐隐担心：这盛开在龙泉山数百年的语言之花还能开放多久？政府、社会和客家人应该为此做点什么？

这实在是值得关注和回答的问题……

第二辑
谈天说地

故乡人物

总　爷

总爷小时候不大爱读"子曰诗云"，只爱打熬筋骨，耍枪弄棒，成了一个远近闻名的"武棒锤"：身如铁板，臂如铁棒，拳如铁锤，能将一把六十斤重的大刀舞得呼呼生风。据说当年远赴成都考武举时，在使大刀时，不知什么原因，出了一个破绽，大刀脱手，说时迟，那时快，总爷飞起一脚将欲坠地的刀柄踢起，然后抢身一把抓住，虽赢得考场一片喝彩，也因大刀脱手这个失误，仅取得了当年四川"高考"第二名。这也不得了啦！春风得意之余，他花了五百两银子，雇了一辆"出租车"——轿子，请了一支"乐队"——川剧班子一路吹吹打打、风风光光回到老家。

——牛皮不是吹的、火车不是推的。据我们村一位练过拳脚的功夫高人讲，他年轻时候亲密接触过这把刀，根本耍不转它。

总爷取得功名回来后，被任命为县公安局长（把总），他上任后抓班子带队伍，正风肃纪，警察队伍面貌为之一新；缉凶捕盗，重拳出击，快查快处，社会治安为之一变。

这一天，总爷像往常一样，让仆人去马厩牵马出来赶往衙门上班。他翻身骑上一身枣红、膘肥体壮、筋骨饱满的"宝马"，喊一声"驾——"时，马竟然纹丝不动。再"驾"一次，仍然未见动静，总爷就有点毛了。骂道：格老子！瞌睡没睡醒吗?! 甩了马一鞭子，马才无精打采迈开步伐。总爷是急性子，想早点赶到衙门处理公务，一路不停拍打马，希望能快点，可这老伙计今天不知哪根筋出了问题，就是不配合，在总爷眼里，今天这马跑得简直像他妈个小脚女人！更气人的是，走到一处一望无际的玉米地前，这背时的马前肢着地，跪在地上，直接向主人罢工，不走啦！总爷开始骂人了——不，是骂马；也不对，是骂马的妈：我日你妈，今天你皮肉发痒了吗？马还是不听招呼。总爷开始狠狠抽打马屁股，马还是不为所动。总爷毛了，跳下马，捡起路边上一截木头击打马背，痛得马不断嘶鸣长啸，不得不向前走。马走到一片玉米地中间，突然一声飞镖响，总爷一瞬间反应过来：糟了，哪个龟儿子要暗算我！总爷还来不及拔刀，高大健壮的身躯就像一块大石头从马上砸在地上，鲜血顿时喷涌一地，总爷不能动弹，瞪着眼睛望着马，意思是：伙计，老子完蛋了！快回去报信！马仰头长鸣，转身狂奔回家，家人一看即明白：总爷出大事了……

据民国期间出的一本县志记载：总爷生性耿直，为人爽快，疾恶如仇，以铁腕手段打击追捕流窜全县及周边数县的土匪。巨匪蒋华封队伍受到毁灭性打击后，怀揣"此仇不报，誓不为匪"的深仇大恨，孤身一人埋伏在路上击杀了总爷。总爷的哥们兄弟化悲痛为力量，三天之内即将蒋华封捉拿归案，最后用剖腹剜心的方式为总爷报了仇。

后来，那匹马怎么样了呢？听故事时，我们很为总爷可惜，但总爷已经死了，没法复生，所以我们希望那匹马能长命百岁。

"唉，那匹马回去后再也不吃不喝，最后也死啦！"村里满脸皱纹的老爷爷几乎是流着眼泪讲出故事的结局。

庹大牯牛

　　老家有一个远近闻名的庹家坝，在一个四周丘陵起伏的区域内有这样数百亩一马平川的地方，也算是一个奇迹，但奇怪得很，名为庹家坝，上千户人中竟无一家姓庹，也是一个奇迹。可是在这里，庹大牯牛的故事却广为传诵，妇孺皆知。庹大牯牛是一个庄稼汉，勤劳如牛，整天四肢不歇在耕种；憨直如牛，除了吭哧吭哧做活路，没有多少闲话；力大如牛，若牛在他面前耍牛脾气，他上前逮住牛角可以将牛掀翻在地。虽然如牛一样勤劳不辍，但还是只能填饱一家老小肚皮。这一年遇上灾荒，更是青黄不接，家里只有"吊起锅儿当钟打"啦！在无米下锅的情况下，只能由婆娘娃儿到田边地角弄些野草、树皮之类的东西充饥。就是这种情况下，官府催缴租税也没有停歇。

　　一天，庹大牯牛正和他的牛在田地里为下一季的收成挥汗如雨，一帮狗腿子拿着脚镣手铐来逮他。一个差役将手铐弄得啪啪直响："喂！你啥子时候来缴租子喔？你格老子稳了这么多天都没有动静，有啥子道理？今天你得跟我们往衙门里走一趟！"庹大牯牛心里鬼火直冒：道理道理！老子锅都揭不开了，你们还在催老子缴租，要不要我们活哟?！但他想到老母亲暗淡的目光、婆娘哀怨的目光、娃儿可怜的目光，又把一口气咽下去，换了一副生硬的笑脸：

　　"哥老倌，莫着急！今天这背时的牛在田里滚了一身泥巴，我把它牵到前面水塘里洗一下就跟你们走要得不？"

　　"要得，格老子快点哈！"只见庹大牯牛把那头牯牛牵到他房前水塘边，把牛双手抱起坐下，开始给牛吧嗒吧嗒洗澡。那群狗腿子面面相觑，脸色都变了！

　　他洗完牯牛后站起来一看，那群狗腿子已不见人影，只有一副手铐丢在了地上。

田大棒

田大棒是一位拥有几百亩田产的大地主，其真名已不为人知，虽然靠剥削为生的地主绝大多数都是坏人，但他却是一位难得的待人和气、积德行善、乡邻称赞的地主。

据说，田大棒第一次买下阎家沟一带数百亩田地时，就与长工们一起同吃同住同劳动，他耕田栽秧打谷样样在行，和大家一起有说有笑，骚说日白，没有任何大地主的架子。劳动中间，他还会安排大家吃点醪糟汤圆"打腰台"（吃点小吃补充体力），其中第一次与长工们合作时还安排了"文娱节目"：田大棒让几十个长工每人从田里挖了一坨泥巴，带回院坝里。到了院坝后，他说他要和大家赌一盘，他告诉大家等会他将薅秧棒舞起来时，每人将手中的泥巴从前后左右掷向他，如他的衣裳有一处沾了泥，他就认输，中午免费招待大家喝烧酒；如没有沾泥，那大家就认输，今天的工钱就免了。众人一听，觉得十拿九稳，今天赢定了，于是欣然同意。于是田大棒将他手中的薅秧棒挥舞起来，只见一阵呼呼声响，众人面前像吹起疾风一般，薅秧棒舞动形成一团光环将他裹在里面，一会儿就只见光环不见人影，众人泥巴掷光，田大棒收棒站好，验明正身：田大棒面不改色心不跳，身上没有一点泥巴，相反，众人的衣服、脸上倒沾满了一身泥。

结果皆大欢喜：田大棒赢了赌，长工们赢了一顿酒喝，工钱照拿。

田大棒被人津津乐道的故事还有：吃饭时，装着一点剩饭的碗不小心掉在狗巢里，狗难得有改善伙食机会，不吃白不吃，扑上来准备大干一场，说时迟那时快，狗嘴刚要碰到巢里的饭时，他已经以迅雷不及掩耳之势蹲下将饭捧起丢进了嘴里；他勤俭节约几十年买来的上述几百亩田产，因为第二年变了天，田地被没收，真正做到了"辛辛苦苦几十年，一夜回到解放前"。

由于田产很多，他自然被评为大地主，遭到批斗，吃了很多苦头，包括被打得哭爹叫娘，被勒令跪在石块瓦片上反省自己的罪恶。许多大地主都受不了而自绝于人民群众，但这位老兄不知是做恶甚少批斗者手下留情、热爱生命还是信奉好死不如赖活、练过功夫受得苦熬得住，总之从不闹自杀。

这个田大棒后来怎么样呢？我们小时候眨巴着眼睛问院子里的老奶奶，老奶奶说："他的老婆受不了批斗，一根绳子把自己吊死了。儿子后来疯了，女儿——嫁出去的女儿泼出去的水，没法帮他。后来看见他一瘸一拐在我们后面山梁上捡过狗屎"。

"再后来呢？"

"再后来听说孤身一人病倒在床，最后可能是饿死了！"

刘师亮的对联

刘师亮，原名芹丰，别号谐庐主人，四川内江榫木镇人，20 世纪二三十年代享誉蜀中的谐联大师。一生创作众多讽刺社会世象的对联，令人拍案叫绝。

他的对联主要有三大内容：讽刺人物、讽刺苛政、讽刺时事。

一、 讽刺人物

如慈禧、光绪先后“驾崩”，他写下一联：

洒几滴普通泪，

死两个特别人。（横批：通统痛同）

一副对当今“二圣”之“殡天”，对行将就木的大清王朝和王权不亲不疏、不痛不痒、不冷不热、不咸不淡的态度。为此，还被当局罚了五块大洋（他为此又撰一联：拗几个酸字眼，罚五块大洋银）。

又如，军阀刘存厚设立关卡盘剥商人民众，四川商会会长樊孔周上访请愿，最后竟被其指使手下残忍枪杀。刘师亮拍案而起，怒撰一联：

樊孔周周身是孔，

刘存厚厚脸犹存。

点名道姓破口大骂，悲愤难抑正气凛然。

又如"打批发"嘲讽四川军阀邓锡侯、田颂尧、刘湘：

> 满市铜元破烂哑，
>
> 三军都督邓田刘。

意思很直白：你这几个名为"都督"的家伙在老百姓眼中都是一伙烂人啊！

军阀杨森在成都"大拆大建"、大肆扰民，损害民众利益（强拆民房商铺，强占百姓地产，不给任何补偿），其附庸风雅名之以"春熙路"的道路路基修成后，即将用石碾等工具碾平后通行，刘师亮撰得一联表达市民的满腹怨言与怒火：

> 马路已捶成，问督理何时才"滚"？
>
> 民房将拆尽，愿将军早日开"车"！

汪精卫"艳电"降日，刘帅亮书联痛斥卖国贼：

> 响竿吆鸡，垮，垮，垮！
>
> 狂犬吠日，汪，汪，汪！

二、 讽刺苛政

如下对联在民间流传甚广：

1. 民国万税，
   天下太平。

2. 自古未闻粪有税，
   而今只有屁无捐。

3. 米一斗一元，儿一个半元，剧怜载道流亡，人价不如米价贵；
   田一亩一税，货一件百税，要过沿途关卡，捐钱比本钱还多。

4. 年年办会，谁敢不来，咬着牙巴，哭脸装成笑脸；

处处张灯，实在热闹，敞开脚板，这头跑到那头。

5. 两眼瞪着天，准备今夜淋暴雨；

双手捏把汗，谨防他日化铜元。

生动形象地表现了"苛政猛于虎"，表达了人民的无奈、无助、无望和愤怒。

三、 讽刺时事

对民国成立以来各路军阀混战，各种思潮迭起，"你方唱罢我登场"，刘师亮冷眼旁观，静书一联：

是龙是凤，是跳蚤是乌龟，睁开眼睛长期看；

吹风吹雨，吹自由吹平等，捂着耳朵少去听。

1921年民国双十节，眼看山河破碎、国土沦丧，刘师亮悲从中来：

你在拖，我也在拖，中华版图竟因此弄成两块；

公有理，婆亦有理，民国幸福总算是饱受十年。

对基层政府的治理乱象刘师亮也有对联表述：

阎王治人，端公治鬼，太医治病，治来治去，自是各行一治；

政府拉兵，保长拉丁，棒客拉肥，拉来拉去，当演堂会三拉。

把社会时政群魔乱舞之象和人民群众任人宰割之苦写得十分传神。

其讽喻时事联中，除了金刚怒目之作外，也有悲天悯人之作：

你革命，我革命，大家喊革命，问他一十八年究竟革死多少命？

男同胞，女同胞，亲爱的同胞，哀我七千万众只能同得这回胞！

多么沉痛！多么悲愤！多么无奈！

还有一副讽喻当局的作品堪称经典：1933年民国双十节，各级政府和报章均"普天同庆举国若狂"，粉饰太平、自我麻醉，刘师亮思无可忍，撰下奇联予以嘲讽：

普天同庆，本晋颂谏言，料想斗鉴岩畔，毗条河边，也来参加同庆？那当庆庆庆，当庆庆，当庆当庆当庆庆；

举国若狂，表全民热烈，为问沈阳城中，山海关外，未必依然若狂？这才狂狂狂，懂狂狂，懂狂懂狂懂懂狂！

对联大意是：你们说普天同庆，本来是歌功颂德的无稽之谈，试想斗鉴岩畔、毗条河边的冤魂死鬼是否也来参加同庆？如果他们果真来了，那么可以说得上举国同庆；举国若狂，表达全民热烈兴奋的情绪，试问沦陷日寇手中的沈阳城中山海关外的人民难道也兴奋若狂？如果他们真是兴奋若狂，这才算得上举国若狂！

该对联的妙处是：用民间打击乐器磬钹的声音拟音"当""庆"，用鼓锣的声音拟音"懂""狂"，又把这二者发出的声音和国民党政府及媒体自欺欺人的"普天同庆""举国若狂"联系起来，用反复敲打磬钹和鼓锣发出的声音模拟政府和媒体的腔调，极为艺术地讽刺政府与媒体的厚颜无耻和丧心病狂。构思奇妙无比，讽刺入木三分，我们似乎可以听见他用四川话骂道：

民不聊生，你们却在莺歌燕舞：庆个"毛线"；

国将不国，当局仍然醉生梦死：狂个"锤子"！

刘师亮的对联反映出其人非常有文才、有机趣、有情怀，更重要的是有识见、有正气、有傲骨。其对联用语多取自百姓日常生活之语和物象，但对仗工稳贴切，<u>丝丝入扣</u>，而且机警俏皮、妙趣横生，"嬉笑怒骂皆成文章"，正如郭沫若评蒲松龄《聊斋志异》所说：写鬼写妖高人一等，刺贪刺虐入木三分。实属对联中的精品；他的对联善于提取和针对社会世象和黑暗现实中的种种不平、不公、不良、不善，勇敢地予以披露、嘲讽、痛斥和鞭笞，是直刺不平、丑恶、黑暗和强权的响箭和鸣镝，匕首和投枪。其瞄准的对象多为达官显贵、军阀恶霸，"党国"乱象、不堪时政，虽面临威胁迫害而不屈，堪称斗士（他为此而屡遭迫害、通缉和追杀，最终家破人亡）。这些作品让群众拍手称快，而让权贵暴跳如雷。

刘师亮的作品具有认识作用，让我们了解到那个水深火热、民不聊生的时代，人民任人宰割的痛苦；它具有批判作用，是刺向那个乖谬时代、无良人物、丑恶现象的尖利武器；它具有呐喊作用，唤起人民的觉醒与抗争，同时也对当权者的横征暴敛为所欲为"路见不平一声吼"，促其有所畏惧有所收敛。

伤时有谐稿，讽世有随刊，借碧血作贡献同胞，大呼寰宇人皆醒；

清宣无科名，民国无官吏，以白身而笑骂当局，纵死阴司鬼亦雄！

这是其自挽联，也是直接表明其心志的作品，可看得出他的良苦用心、忧国忧民情怀和"刑天舞干戚，猛志固常在"一般的斗争精神。

孔子说：诗可以兴观群怨。在笔者看来，他这些对联其实就是现实主义讽刺诗歌，他这个人也实在是一位硬汉、一位斗士、一粒关汉卿笔下"蒸不烂、煮不熟、锤不扁、炒不爆、响当当一粒铜豌豆"，一个为国为民的侠义之士。

路见不平一声吼

列车欢叫着向前飞驰，我旁边的中年乘客在这舒适的"摇篮"里连打几个哈欠之后，双眼逐渐眯成了一条细线，然后就"摇呀摇，摇到外婆桥"去了。

"请让一下。"一个西装革履的小伙子手里夹着一支未点燃的香烟走到我面前，拍拍我那远远越过"中线"的双腿，把我的双腿像折叠椅那样往里收了收，然后跨了进来，站在我里面那位睡着的乘客面前。他把烟夹在耳朵上，弯下腰去——显然是想在他的同伴身上摸打火机（可怜的烟鬼们大多如此：烟瘾已发，没了抓拿）——结果什么也没有摸着。然后又朝衣服下边的口袋摸去。看来，他不想把他的同伴摸醒，因而他的动作非常轻柔，蜻蜓点水一般。

上衣口袋里一无所获，小伙子继续耐心地在乘客的裤包里摸着，结果摸出来一叠叠餐巾纸。他不甘心，继续在那汉子身上摸索着，甚至把这位乘客像烙饼似的翻动了一下（这位乘客酣睡的架势仿佛告诉他的同伴：你就是把我从窗口扔出去，我也会继续睡觉。小伙子对我一笑：看这家伙，睡得多像一头死猪！），然后他的双手从裤包一直摸到裤脚，那动作十分温柔轻巧，细腻流畅，我觉得好笑：你这不是在给你的同伴搞免费按摩吗！

他的两只手像两条灵巧的小蛇在乘客身上爬行，我突然警觉起来：打火机怎么会放到大腿、裤脚、前胸、后背上呢？

怎么办？事不关己，高高挂起？"路见不平一声吼，该出手时就出手"？前者不符合我疾恶如仇的性格，后者"不符合"我身单力薄的体格。

正在我犹豫的时候，小伙子已旁若无人地、非常娴熟地解开了那位乘客的一颗上衣扣子，并朝里面的内衣口袋摸去。这时。一阵热血直冲我的脑门：他为什么敢于明目张胆地扒窃？不就是摸透了人们大多不敢、不愿、不会管"闲事"这一"行情"嘛？难道我今天也要实行自己一贯痛恨的"三不政策"?!

"你到底要摸啥子？"我终于忍不住对他大声喝问道。他正准备把人家内衣兜里的几张百元大钞抽出来，听到这句话，手微微一颤，忙收了回来。睡觉者终于醒来了，他一边对扒手怒目而视，一边赶紧把掉在"悬崖"上的人民币"拉"了回去。扒手狠狠地盯了我一眼，我毫不示弱地逼视着他，他站起来整整衣角，若无其事地走了。

那人走后，周围的乘客打破了沉寂，热烈地交谈了起来，有人说扒手也太大胆了，有人对我伸出大拇指，有人为我担心。我说："我看呐，这伙人的贼胆说不定就是我们给惯出来的！他们一次次得手之后说不定还会笑话咱们：'这些冤大头在大爷下手时吓得连哼都不敢哼一声'!"

为保险起见，我拿出备用的小刀，把刀身藏到袖管里，手紧握着刀柄，在随后的行程中一直这样"提高警惕，保卫自我"。

临近下车，一伙人约10名男子从我们的座位边示威一般走了过去，为首的正是那个摸"打火机"的小伙子！我心里一惊：今天凶多吉少了！随后横下一条心：胆小的怕胆大的，胆大的怕不要命的！今天只要你们敢动手，老子就做那个"不要命的"!

下车时，他们在车门附近站着，我手里紧攥着刀柄，威严地扫了他们一眼，泰然自若地从他们身边走了过去。

只见那位摸"打火机"的小伙子忽然走上前来，拍了拍我的肩膀：

　　"哥们儿，你有种!"

　　随后对他的同伴说：

　　"让他走!"

发廊见闻

有事路经 Q 县县城，在商店的玻璃橱窗中看到自己"马瘦毛长"，于是推开玻璃门，走进一家"美容美发"厅。

"厅"其实应该改作"间"，因为除了"美容美发师"工作的空间之外，剩下的只能容下四五个人"排排座，吃果果"，旁边还有一间更小的洗发间，后边还有一间屋子，给人以"曲径通幽"的感觉。

顾客中有人谈起了刚刚发生的北约轰炸南联盟事件，说克林顿这娃儿太不落教，到处惹事生非，应该让他碰点钉子才行。理发的小姐瞟了他一眼，说："莫球说那些闲话，今天是星期天，有的是时间，按不按摩一下？"这位顾客回答说："今天就不'乱摸'了，我那死婆娘还在屋里等我，回去晚了要挨叨。"另一位顾客对小姐开玩笑说："你那间屋子黑黢黢的，臭烘烘的！"小姐白了他一眼："你不懂享受！人家都说我们的手艺不错，'按摩'的时候麻酥酥。晕乎乎的，你倒精灵得很，不去用心体会妙处，倒去开小差；不去用心闻香，倒去专门闻臭！……"

顾客们一阵大笑。我意识到，今天误入"禁区"了。我想站起来走人，但是又觉得已经等了这么久了，只好既来之则安之。为了避免挨宰，我也装作内行似的和他们说起"噻话"来。

谈笑间，从里间走出一男一女，男的红光满面，一边整理衣袖，一边问多少钱，女的一脸红霞，头发蓬乱，回答说 100 元。原来他们在里面"按摩"，怪不得刚才里边一阵哼哼唧唧的声音。"老主顾，不优惠一点嗉？八十！"

"八十就八十！"这位"青春美少女"倒也干脆。

"先生，来，洗一下头。"这位才从"战场"上撤退下来的小姐娇滴滴对我说。于是我走了过去。洗头确实别有风味：她弯下腰，长发飘到我的脸上，胸脯靠在我的肩上。一只脚则在我的腿上蹭来蹭去，显然打算"摩擦生电"。我身上一阵发热，我知道：老婆考验我的时候到了，老婆对我长期的教育应该发挥作用了。于是，我像武侠小说中受到引诱的和尚那样，赶紧凝神静气、万念归一：要忠于老婆，不做任何对不起她的事。

小姐见我没有反应，就停止了进攻。

剪、吹头发的时候，这位小姐一言不发、冷若冰霜，把我的脑壳像转动地球仪那样扭来扭去，三下五除二就把我的头搞定了。

"多少钱？"我摸了摸脑壳问。

"十五元。"小姐毫无表情地回答。

"怎么这样贵？"

"我们这里就是这个价。如果要按摩的话，这十五元的理发费可以免去——你愿不愿按摩一下嘛？"小姐没有放弃最后一次机会。

"按摩个屁！"我骂了一声，一边走出了发廊。

生死之间

"如果这两辆车在前面错车，那我就完了！"我这样想。由于这一段路正在整修，只有半边路面在通车，根本不能错车，所以我对这一前一后驶过来的大卡车寄予厚望，希望它们能"一看二慢三通过"，不料这两辆车太不通人情：它们毫不迟疑地从我的前面和后面疾驰过来，我那才从山顶上飞奔下来的刹车失灵的自行车也毫不畏惧地冲上去，我被迫扭转方向盘要向路边靠去，路边坡下是一堆乱石……唉，早知如此……

上午，我和女友到一亲戚家吃酒席，吃午饭后，想起自己还有几件衣服泡在盆里，于是向主人辞行。

回家后衣服洗完已是傍晚，于是煮了一碗面条，正准备开张，女友突然闯了进来，要我和她一同返回亲戚家去吃晚饭，黑灯瞎火地赶几十里路去吃晚饭，这不是开国际玩笑吗?! 女友解释说本来是不必黑灯瞎火赶回去的，因为我走后不久，她就骑自行车来追我了，结果没有追上，于是和自行车一起坐车上山，结果在车上又和车主发生纠纷吵了一架，她赌气下车推着自行车走剩下的五六里地，所以这么晚才赶到。盛情难却，于是我决定和她一同回去。这时已经无车，怎么办呢? 于是我们打算借一辆自行车下去，问了几户都没有，正准备放弃，不料遇上了一个并不熟悉的热心人，她说："我去帮你借!"好一会儿之后她从别处给我们借来一辆，于是我们"翻身上马"，往亲戚家赶去。

车行到一个陡坡处，我叮嘱女友捏紧刹车，话未说完，我已驶出老远，女友的回答像断线风筝一样随风远去；我的刹车失灵了！我这一惊非同小可：在这坡度大，弯道多的盘山公路上，在天地一片混沌的夜晚，没有刹车可不是一件好玩的事！这时，我的眼前只有路面隐约可见，耳边只有风声尖啸不断。自行车像发了疯一样向前飞驰。这时我的心里只有一个念头：一定要拿稳！千万不能乱了方寸！同时，我的心里默默地说：老天！千万不要有车过来（我不怕后面来车，因为此时的车速比汽车还快）！

不幸的是，过了一个弯道，一束炫目的白光迎面而来：还真有一辆"不懂事"的车开了过来！我急忙把方向盘一拧，自行车闪了几下终于偏向了一边，躲过了这一灾祸。路上我几次打算驶向路边的一些坡地里，但根据经验那里面有很多树桩，于是我只得横下一条心往前赶去。我想：只要到了山脚就好办了，现在车刚到山脚就迎来了这两个"瘟神"！……

我走投无路，情急之中，赶紧双脚着地，实行"紧急迫降"，其中一辆车的轮胎贴着我那差点变成尸体的身体呼啸而去，我的手掌、脸、脚、膝盖和路面重重地"摩擦"了一下……结果是："不死也脱了一层皮"！

此事已过去几年了，可在我头脑中至今仍历历在目，它常使我想起如下一些问题：人生中其实充满了很多偶然，而这些偶然之链的任意一环发生改变，我们的命运都可能改变。如果我当时没有泡衣服，如果当天没有回去洗衣服，如果洗衣服后女友没有来找我，如果来找我不耽搁……那晚的遭遇将会有多大的不同啊！贝多芬说："我要扼住命运的咽喉，它绝不能使我屈服！"在生存与毁灭之间不正是这种精神挽救了我吗？想起我重重摔倒在地后爬起来的第一件事就是检查自己的"零部件"是否健全，一瘸一拐地"跑"去向还落在身后好长一截的女友大声"报喜"，我就会觉得活着是多么美好可贵，我在心底就会因之而涌起一声呼喊：珍惜生命！

"刘神仙" 算命

笔者平生从不信命，更不算命。前不久，我在一个小镇上看到一个弓腰驼背的算命先生，一阵东掐西算、叽里咕噜之后，一张张人民币就流进了他的衣兜里，心想：这个"生意"还做得喃，今天何不来"考察"一下他以及他同行的"成功之道"？于是和几个村夫农妇一样毕恭毕敬地围在他身边，听他"预测吉凶祸福，指点人生迷津"。

这个老头儿据说算得很准，远近闻名，人称刘神仙，又叫刘瞎子，他正为一太婆算命。

"1931 年是 x 年，二月是 x 月，13 日是 x，对不对？"刘神仙翻着他的"八字档案记录本"——一叠用白布片缝合起来的好像是一本厚书的东西（上面一个字也没有）——然后指着"本子"似乎是在"照本宣科"："你这太婆是一个大好人，你喜欢做好事对不对？你做了好事人家还不一定领情对不对？你儿孙满堂，有吃有穿对不对？你一生都很顺利对不对？"刘神仙一口气问了 4 个"对不对"，他的语速很快，说前面一半时语气很肯定，后面又似乎在问。老太婆听后鸡啄米似的连连点头："对！对！对！"

"xx 属火，xx 属土，xx 属木……金克木，木克水，水克火……嗯，老太婆也！你 69 上有一道坎啰！"

老太婆紧张地看着他，说："没关系，你说嘛！"于是刘神仙的大拇指在每个指头上蜻蜓点水似的点了几遍，嘴里一阵嗡嗡嗡嗡，然后严肃地说：

"你 69 上有道坎，好比狂风送灯盏，呼噜一声就吹熄，不熄也得闪几闪！"

老太婆顿时面露苍白之色："真的只能活这点岁数吗？"他回答说："也不一定，由于你心眼好，善事做得多，老天还可能延长一点你的寿命！"老太婆给了 6 元钱后满意而去。

一会儿，一个衣着体面的中年妇女走过来要他算命。"你！能干！会操持家务！能把家里弄得巴巴适适，对不对？"这位妇女连连点头。

"四五月间，你的身体要出点问题哟！"

"大概要花多少钱才医得好？"妇女问。

"一千多元吧！"

"有没有办法解决呢？"

神仙沉吟半晌："嗯，有倒是有，你愿不愿意破点财呢？"

妇女问多少，神仙伸出食指："一百！"

中年妇女不开腔了。神仙口气严厉起来，语速很快，音急促而干脆："你愿意花大钱治病是不是？！钱能够带进棺材是不是？！你愿意一家人为你受苦受累是不是？！"女人沉默了一会儿问："那你说咋办？"神仙拿出一张写满了一串奇形怪状的"象形文字"的长纸条，让她拿回家去烧后处理掉，此外杀一个红鸡公把鸡血点在床底下。交代完毕，神仙合上"本子"，双手在膝盖上一搭说："好了！我不说了！你要破费点了！"

为了仔细摸清刘神仙的招数，我故作虔诚地告诉他，久闻他的大名，麻烦他为我算一算。

我报出了出生年月日时后，他翻到一页"纸"，边在上面摸边说：

"你是庚辰年生的对不对？你生肖属狗、生月属虎、生日属虎、生时属鸡，对不对？你的命好啊！"他的嘴唇像弹簧片震动一样快速颤动："你有两个方面属木，两个方面属虎，有财运，今后要当大老板！"

我忍不住想笑："我当了老板，我请你给我打小工——我哪里有当老板的'基础'哦！"

"你现在在当官是不是？工资待遇很高对不对？"我本想告诉他：错了！但我到底没说，我让他继续，结果他后面的几乎都"算对了"：

"你们的婚姻没有人介绍对不对？你们结婚没有看日子对不对？你有点怕老婆对不对？"

最后一点说得我心花怒放，他说："几年后，有一个女的死磨硬缠地要跟你搅起搅起的。"——吔！我还有桃花运嗉！

看了刘神仙算命后，我觉得我也可以去摆摊了。因为我已摸索出了他的门道：

一是"业务熟练"。他把那一套甲乙丙丁、戊己庚辛、天干地支及各种生辰的"命运"等弄得溜溜儿熟，让人为之侧目：不简单！硬是会算哪！

二是多说好听的，让人心情舒畅；多说未来的，让人此时无法验证。

三是依据直觉判断，投石问路地算。说对了"继续前进"，说错了，立即调转"车头"，改弦易辙。

四是连哄带吓，故作神秘，给人一种他似乎能与神仙鬼怪坐在一起搓麻将，请他们开点后门的感觉。

刘博士相亲

刘博士已到"而立之年"，由于考研读博，无暇他顾，至今仍在练"童子功"。"人间四月芳菲尽，山寺桃花始盛开。"最近，刘博士颇像白居易笔下深山古寺中的桃花，赢来了花期，有了传花授粉的冲动。这一天，媒人向其介绍了一位姑娘，约定了时间、地点以及接头暗号，准备见面。

见面在火锅店里进行。见面的瞬间，姑娘即眼睛一亮：刘博士身着一身笔挺西装，穿一双脚面开放度很高的凉皮鞋闪亮登场。在媒人对双方进行介绍之后，刘博士扶了扶他那镜片像百年老树年轮一样的眼镜，风度翩翩地请媒人及姑娘入座。在与姑娘进行简单的交谈之后，刘博士与媒人开始了情深意长的叙旧。媒人几次抢过"话筒"，把话题引向坐在一边频频举杯喝茶的姑娘，最后又被他不知不觉地拖回了"忆苦思甜"的主题中。

火锅上来之后，总体气氛更为热烈：媒人对双方不失时机地夸奖一番；姑娘瞅住刘博士夹菜的机会向他提问；刘博士则一边呼呼大吃，一边点评火锅，一边畅谈文学艺术、社会人生，不知不觉间，时间已过了很久。坐在对面的姑娘举起茶杯碰了碰嘴唇，眼光像探照灯一样迅速扫过博士溢着油光的脸，起身说两位请慢用。刘博士觉得，这么好吃的火锅"浅尝辄止"真是可惜，于是邀请姑娘再吃一点，姑娘谢绝了。于是刘博士欠身，"欢送"姑娘到一边休息，随后继续与

媒人谈唐诗宋词、康德尼采、希腊罗马。媒人像一只被摁在水里憋气多时的鸭子，趁人手松的时候，赶紧浮出水面，他抓住博士正在进口鸭肠的机会，说：那姑娘已在一边待了很久，我们与姑娘一起去茶楼喝茶吧。于是刘博士恋恋不舍地站起身来请姑娘去喝茶，姑娘彬彬有礼地表示：不好意思，我要回家了。

刘博士回头向媒人表示：初次接触，印象不深，多见几次，逐渐升温！媒人有点恼火地纠正说：印象很深，不用升温，此次见面，已成"熟人"！

当团长的日子

经历了童年缺衣少食的岁月，见证了人民脱贫致富的过程，目睹了改革开放三十年来日新月异的变化，品味了今天丰衣足食的生活，我们的心里都会涌起一个强烈的祝愿：愿我们的人民永远不再过衣食无着的日子！愿我们的国家永远不再有内忧外患的岁月！

——题记

我在 6 岁时就当上了团长——一家五口人的伙食团长。

我的上任纯属偶然。那是 1976 年冬的一天傍晚。夜幕已经降临，但院子里"全劳动"和"半劳动"一个也没有回来——"眼睛一睁，忙到熄灯；起早摸黑，披星戴月"，这就是那个时候"农民伯伯"们生活的真实写照（而收获有多少呢？我清楚地记得，最少的一年，我们一家五口人分到的两种主要口粮是：小麦 25 斤，谷子 200 斤）。"又冷又饿，日子难过"，就在我跺着双脚、捂着肚子的过程中，一个想法突然冒了出来：今天晚上我来帮辛苦的爸爸妈妈做晚饭！

那时候，小孩子脑袋里整天都在盼着三件大事的发生：过年、来亲戚、家里的鸡鸭猪狗暴病而亡——这些事情的发生，我们都会"偷着乐"。如果死了鸡鸭猪狗，我们往往会背着悲伤的大人，用在"坝坝电影"里学到的鬼子话炫耀般地告诉院子里的小伙伴们："死啦死啦的！大大的好！米稀米稀的有！"因此，除了一个"非娃娃"的想法外，还有一个原因：我要"自力更生"，做一顿好久没有吃过的"干稀饭"！

我激动而又不安地迅速开始了第一次做饭，洗红苕、削红苕、淘米下锅，加水，爬上灶台用尽吃奶的力气端开灶上装满了猪食的鼎锅、点火做饭——大约四十分钟后我长喘一口粗气：万岁！饭做好了！

就在我享受胜利喜悦的时候，一阵不安却悄然袭上心头：今天晚上爸爸妈妈会不会骂我甚至打我？——今天晚上做饭用的米太多了（用了大约半斤米）！想到这一年春天青黄不接的时候，家里断了粮食，妈妈一连几天提着口袋到亲戚家四处"化缘"空手而归、一家人坐在昏暗的灯光下无言以对，我心里就愈加惭愧、愈加惶恐：唉，都怪自己太嘴馋了！

晚上，妈妈拖着疲惫不堪的身体回家准备做饭时，发现饭已经做好了，不禁又惊又喜，拉着我的手左看右看，连问："乖乖，削红苕时把手伤着没有？"爸爸看了看锅里的饭更是对着妈妈惊叫起来："老张，这狗崽儿做的饭酽胴胴的，比你还做得好！格老子，这才叫饭嘛，你这段时间煮的尽是他妈的清汤寡水！"

妈妈的回答也挺幽默：

"是呀！如果让儿子天天当伙食团长，我们就过上共产主义生活啰！不过，我们过年之前恐怕就要吊起锅儿当锣敲了！"

于是我"一战成名"。其后我认真向妈妈拜师学艺，手艺日益精进。砍瓜切菜可以像她一样快刀如飞，而切出的菜又薄又细，"家常便饭"没有任何问题，就正式挂帅当起了我们家的伙食团长。

在后来的"职业生涯"中，我不敢再像第一次那样"大手大脚"了。但还是有例外——有一次，当爸爸妈妈都"走人户"（到亲戚家去）后，我"麻起胆子"带两个弟弟打了一顿"牙祭"——我做了半锅干饭、炒了一碗南瓜丝、烧了一碗蛋汤，还从招待贵客的一块肉中切下一小块炒了一点回锅肉。做饭过程中，两个小家伙高兴得在家里手舞足蹈、满屋乱跑、哇哇乱叫、口水直流！此事我们一直守口如瓶，不料"天网恢恢疏而不漏"：去年回家过年，在"忆苦思甜"的时候，弟弟还是把我"供"了出来："'团长'一次偷着整好的给我们吃，胀得我坐在碓窝里半天都爬不起来！"一家人大笑不已。

我这伙食团长到了某一天突然感到力不从心了。当包产到户迎来第一个收获季节——小麦收割的时候，我们全家都喜出望外：这一年，我家的小麦收了800斤。一样的劳动力，一样的土地，一样的气候，一样的肥料，一样的技术，却比以前分到的粮食多了几十倍。广大群众从内心里拥护党和国家的政策！爸爸可能是要隆重庆祝这一历史事件，特地到城里买了一斤肉、两斤鱼，还杀了一只老母鸡，宣布要做什么"红烧肉""黄焖鱼"，这些原料以前通常只有春节才能在厨房里见到，将它们做成美味大餐已经大大超过了我熟悉的业务范围。于是我只能"退居二线"，全程给他们打下手。

从此以后，我这个伙食团长也逐渐退出了"历史舞台"。

与食物有关的故事

"民以食为天"，在丰衣足食的时候，谁也不会觉得这句话怎样，可如果你经受过饥饿之苦，你就会知道，它其实道出了一个真理，也就是"经济基础决定上层建筑"的另一种表述。笔者是 1970 年出生的人，离真正的灾荒年月已颇有距离。但也亲历过饥饿之苦，耳闻目睹过一些饥荒年代的故事。

吃声若雷

在笔者的家乡及周边地区，流传着这样一个笑话：某一天，有一飞机飞临家乡上空。忽然，乘客听见大地上传来一阵阵轰响，这声音在四面八方响起，若雷声不绝于耳，飞机上的领导很不安，于是不顾个人安危，降下直升机来调查到底发生了什么事。一打听，原来是老百姓正在喝稀饭。

这个笑话让家乡"稀饭县"这一谑称"芳名远播"。但作为一当地人，我们比谁都清楚：并不是人民喜欢吃稀饭，而是不得不吃稀饭——在那些艰苦的岁月里，因为没有米吃，只能一把米加几大瓢水，所谓"米不够，水来凑"，这样的日子，连笔者年幼时也经历过不少呢！

喝粪水

小孩的时候，我差点被自己见到的一件事笑破肚皮：一个家伙与人打赌，竟然把一瓢粪水咕咚咕咚地喝下肚里去，唉呀呀，真是笑死人了！

一队社员在地里挑粪，一个人对外号叫张二麻子的人开玩笑说：你娃啥子都敢赌，十赌九赢，老子今天要让你输一盘，你信不信？老张微微一笑："哥子，用啥子赌？有搞头我才跟你赌喔！""一碗米，怎么样？"老张一听来了精神："怎么赌？""我从粪桶里舀一瓢'清汤'你把它喝下去，我就认输，喝不完，你就输我一碗米！"

人们都以为张二麻子会望而却步，甘拜下风。岂料他在犹豫片刻后，竟然走上去和打赌者将巴掌一拍："一言为定！"随后在众人惊讶的目光中和哄笑声中，硬是将一粪瓢伸进桶里舀出一瓢粪水，一扬脖子，一饮而尽！

据说这赌赢的一碗米张二麻子一家五口人美美地吃了三天才吃完！

后来张二麻子在贫病交加中死去，如果他还健在，我相信，你现在就是赌100斤米，让他喝一口粪水他也不会干的。

砍牛屁股

灾荒岁月，人饿得心慌，往往会"放下包袱，开动机器"，抛下重重顾虑，不惜铤而走险。我从一位老者口中就听到这样一件事：

有个人一年到头没沾过一点油腥味，痨肠寡肚实在不好受，春节马上就要到了，他想搞点肉来吃，于是打起了生产队那头老耕牛的主意。在一个月黑风高夜，他揣上偷偷磨了三天的锋利砍刀，溜进了牛棚，他先友好地拍了拍牛的脊背，随后猛地挥刀朝牛屁股砍去！唉，可惜的是刀身陷在牛身里拔不出来，而狂痛难忍的牛则咆哮挣扎起来，吓得他屁滚尿流，落荒而逃——偷盗残杀耕牛，若被人发现可不是一件好玩的事情，那是要判好几年徒刑的！

这个砍牛屁股的人事后十分后悔：偷牛不成，倒蚀一把刀，那把刀可是他花了一斤面条，从另一位亲戚家换来的！

砍牛屁股的人就是这位讲述者，事情大约发生在"文化大革命"期间。

这些关于吃的故事，有点像"说聊斋"。抚今追昔，今天我们不仅有效解决了温饱，还有力地推进了小康，这无论从历史上看，还是从全世界看，都是一个多么了不起的成就啊！因此，更值得我们且行且珍惜，维护这来之不易的成果。

妙趣横生的民间歌谣

请蚂蚁歌

童年的时候，夏天里，我们这些农村的孩子喜欢玩这样一个游戏：用蜘蛛网（把小竹条弯成一个圈儿插进一根竹竿里，再粘上蜘蛛网）将正在天空逍遥自在的蜘蛛网住，然后取下来弄死，用手将它们撕成小块，摆在一个洞前，然后屁股坐在地上，嘴里开始念念有词：

> 黑蚂蚁，黄蚂蚁，
>
> 请你公，请你婆（念时有此停顿），
>
> 来吃晌午（晌午：午饭），
>
> 大哥不来二哥来，
>
> 打起锣儿一起来。

念了几遍之后，就有蚂蚁陆陆续续地爬了过来。然后这些小不点儿们就齐心协力，像人们抬水泥板一样把一块块"庞然大物"抬回家里"打牙祭"去了！

那时候，小孩子们以为，蚂蚁真是他们唱着歌请来的呢！

后来，才了解到，这是一个流传很广很久远的游戏，在解放前我省许多地方就有，如龙泉驿区的"请蚂蚁"更具"四川风味"：

> 黄丝黄丝蚂蚂（即黄蚂蚁），
>
> 请你爸爸妈妈来吃尕尕（音 ga，意思是肉），

大哥不来二哥来，

吹吹打打一路来。

请蚂蚁歌是一把钥匙，能打开我们关于童年生活的美好记忆。

荒诞歌谣

在笔者家乡——川东渠县一带流传着这样一首民谣：

说日白，

就日白；

正二三月砍甘蔗，

五方六月落大雪，

十冬腊月热得老子过不得，

灯芯草作犁口很拉得，

麻纤索捆抱鸡母板成几半节，

谷麻雀儿落在牛背上

压得牛气都出不得。

（日白：摆龙门阵、吹牛、说话聊天等意思，板：挣扎的意思）

该民谣句句皆是"日白"，它不仅没一句实话，而且句句违背常情常理。这种违背现实、违反逻辑的表达，体现出的是奇特的想象和大胆的夸张，显得幽默诙谐、妙趣横生，表现出民间歌谣质朴、粗犷、生动活泼、富有生活气息的特点。无独有偶，笔者来成都工作后，在龙泉驿一带也听到了一首与之异曲同工的民谣：

先生我，后生哥，

生了哥哥生婆婆，

妈嫁我敲锣，

我走家婆门边过，

　　　　家婆还在坐箩筐，

　　　　舅舅还在摇家婆。

　　这已经不是一般的违背常情，而是荒诞得令人咋舌！它不仅"歪曲事实"、而且"因果倒置"、时空错乱，让人"不知今夕是何年"。

　　北方地区也有一首民谣与上述类似：

　　　　东西胡同南北走，

　　　　出门碰到人咬狗。

　　　　拾起狗来打砖头，

　　　　砖头咬了人的手。

　　这是揭露社会世相的严重颠倒错乱。讽喻意味十足，讽喻力道十足！

　　在铁凝所著小说《棉花垛》里，引用了这样一段歌谣：

　　　　正月里说媒二月里娶，

　　　　三月里生了个小儿郎。

　　　　四月里会爬五月里走，

　　　　六月里会叫爹和娘。

　　　　七月里进京去赶考，

　　　　八月里中了个状元郎。

　　　　九月里领兵去打仗，

　　　　十月里得胜回朝堂。

　　　　十一月得了个拉塌子病，

　　　　十二月蹬腿见了阎王。

　　　　这就是来得容易去得快，

　　　　起名儿就叫《两头忙》。

　　这是河北鼓书唱段《两头忙》（鼓书，河北等地地方曲艺，以说唱为主，以木板大鼓为伴奏乐器）实际上它的源头是河南坠子戏《两头忙》（坠子戏：以说唱为主，以坠子为伴奏乐器），而且内容脉络极为相似，差异较大的是坠子戏多了一句"您说这个小孩他的命苦啊，他一辈子没有喝过饺子汤"。显得更具滑稽味和乡土气。无论哪种曲艺的《两头忙》，其语言都颇具表现力、内容都颇具冲击力、思想内涵都颇具震撼力。

它的荒诞在于把一个人跌宕起伏、荣华富贵、可歌可泣的一生用一年十二个月就表现完了，歌谣除了让人感到滑稽可笑之外，其实还用这种极度夸张的表述传达出了"人生如白驹之过隙"的悲叹和人生如梦的悲哀和"万事皆空"的悲凉。让人在忍俊不禁之余，产生回头为之一悲一叹、一惊一悟的震撼。

这些民间歌谣使我们在捧腹大笑之余，对"文学源于生活"有了更深的认识："荒诞派文学"并非是文学家尤其是前卫文学家们的专利，这几首民谣，不就是"荒诞派文学"么？

语言的嫁接

有人给他当银行出纳员的心上人写了这样一封情书：

"亲爱的吉，我一直在储蓄这个想法，期望能得到利息，如果星期五有空，你能把自己存放在电影院里我边上的那个座位吗？我把你可能另有约会的猜测记在账上，如果真是这样，我将取出我的要求，把它安排在星期六。不论贴现率如何，做你的陪伴是十分愉快的。我想，你不会认为这要求太过分吧。以后来同你核对，真诚的彼。"

看过这封情书的人，没有不笑得前仰后合甚至"捶胸顿足"的。作者太幽默了！笑过之后，我们不禁想探究一下：这种幽默是怎样产生的？

很明显，作者是把他银行工作的"行话"使用到了情书里。我们称这种现象为"语言的嫁接"——正是这种嫁接语言的手法使这封情书获得了很好的幽默效果。

语言的嫁接是制造幽默的一个十分重要的手段。它运用引用、比喻等修辞手法，把本来只用于某种场合的词句，别出心裁地用于另外的场合。换言之，即是作者或谈话人"乱点鸳鸯谱"，把本来"门不当，户不对"的词句"撮合"到一起。常见的有以下几种：

一、跨物类的嫁接

先看几个例子：

一个人用这样的话描述一个小伙子相亲之前的举动：

"他来到镜子前，把自己重新检修了一遍，还好，眼耳鼻舌身，一切运转正常。"

作家韩少功的一篇小说中有这样一句话：

"这一家人终于结束了合睡一条炕的局面，按照合并同类项的办法分开睡了。"

据传韩复渠曾经做了一场十分"幽默"的演讲，内中有一句：

"你们来得很茂盛，鄙人也实在感冒。"

当然，韩氏出此语并非真心幽默、而是"从炮筒子里爬出来"，"腹内原来草莽所致也！"

上述三例分别是把工业生产上的语言、数学中的术语或描写植物生长的语言用在了描绘人事上面。

二、"庄语谐用"或"大词小用"

这是改变词句使用的场合，或者将其"降职留用"。例如：

"拿洗脸做比方，很多人并不止洗一次，洗完之后，还要拿镜子照一照，要调查研究一番，生怕有什么不妥当的地方，你们看，这是何等地有责任心啊！"（毛泽东：《反对党八股》）

电视剧《围城》中，方鸿渐避开范辛楣的纠缠，起身告退，他在回答唐晓英问为什么要走时指了指报上的一行大字："……且做战略撤退"（其实国民政府军队正被迫撤退，此为自欺欺人之语）。

一群年轻人排着长长的队伍购买入场券。站在队尾的一个小伙子无可奈何地唱"让生命去等候……"而旁边一位中年人则慰之曰："别急，'前途是光明的，道路是曲折的'。"

三、古语今用或今语古用

给古人穿上牛仔裤，让今人拱手作揖，纳头便拜，这种情形无疑会让人发笑。古语今用或今语古用，就是用这样的方式造成幽默。

一位历史老师在讲"安史之乱"发生的背景时说："安史之乱的

发生,李隆基负有不可推卸的责任。自从他和杨玉环小姐恋爱结婚后,就一直泡在'蜜月'里,不再勤勤恳恳、兢兢业业地工作了,甚至连'早自习'也不上了——'从此君王不早朝'!"

学生们听得十分有兴趣,发出了一阵阵会心的笑声。

"唐朝的韩愈写过一篇《伯夷颂》,颂的是一个对自己国家和人民不负责任,开小差逃跑,又反对武王领导的人民解放战争,颇有些民主个人主义思想的伯夷……"(毛泽东:《别了,司徒雷登》)

你看,主席这样"古话今用",不是很有趣又能警醒今人吗?

四、奇特的比喻

柏杨先生在批评电视节目时这样说:"电视最大的弱点是广告太多,使节目柔肠寸断。"

广告使电视节目"柔肠寸断",此说简直让人为之喷饭!

再看二例:

"我认为打一些资本主义的擦边球是可以的,也是必要的——在管理方式、经验和科学技术等方面……"(这是几年前一位大学生在辩论"怎样认识资本主义"时所说的)

"如果把幽默感比作孩子的话,那他的父母就分别是生活和悠闲。"(马克·吐温)

上述几个比喻或者"近取诸身",化抽象为具体,或者取譬于人、事、物,抓住本体与喻体之间某种相似点,从一个十分新颖的角度作比,以其比喻的奇特取得幽默效果。

如果你留心一下,在书面语或口语里,随处都可拾到这种语言嫁接的"落英",它会使我们的语言更加生动活泼、幽默风趣。

讨价还价

许多年轻朋友也许和在下一样，属于"不断前进（钱紧）"的那类人，因此在购物时总想以最低价购买到最满意的物品，这样，讨价还价就不可避免。笔者对这一问题颇有"研究"，获得"秘诀"若干，现将其公之于众，希望能够对那些囊中羞涩如我的朋友有所裨益。

我讨价还价有这样四"板斧"：

一、先把要价削一截。问价后，先不急于还价，提醒老板把要价"说合适点"，让老板自己把要价削一截。一般情况是要他把零头削掉，如 150 元削至 100 元。

老板给出价格后，如果马上还价，即便是"杀"掉一半甚至一大半，也许仍会出现"老板转身笑起，你回家翘起（翘起嘴巴生气）"的情况，而当你在不断要他把价钱"说合适点"的过程中，已经除掉部分水分，被"烧烫"的可能性降低了。

二、对着"卖价"砍一刀。当老板把要价削到某一个价位就"赖着不动"，不愿再削时，你再对他说："算了，我们不说那么多，干脆点说卖价！"当他把"卖价"说出来后，你再"严肃"地对他说："你是不是不想卖哟？"随后用坚定的语气问他："xx 元卖不卖？"

三、逐步上调还价。你的还价老板一般是不会接受的，这是你可以像往瓶里倒水一样，一点一点地逐步上调你的还价。要注意尽可能还零不还整，以诱导他把价格定在某个可以接受的整数价位上。

四、欲擒故纵成交。当你的还价已经接近自己的底线，而老板还是不同意成交，这时你最好的办法就是停止讨价还价，装着态度坚决的样子转身离开！这一招的目的在于考验老板：你再"冥顽不化"，这笔生意就只有吹了！通常情况是在你走出门几步之后，老板会良心发现似的大吼一声："转来转来！"这场买卖就做成了。如果他不喊你回去，一般情况下，你就可以回去以刚才老板坚持的那个价位把它买下来。

需要强调几点注意事项：

第一，不能心慈手软。讲价既然又叫"杀价"或"砍价"，自然需要狠起心肠，麻起胆子进行，绝不能像小刀削铅笔那样只削掉一层皮，更不能像有的年轻人那样，因为怕惹得老板变脸或双脚跳而嗫嚅着不敢大胆还价。

第二，勿中糖衣炮弹。讲价时常有老板这样对你说："看你这样体面的先生不像个斤斤计较的人嘛，怎么这样不爽快呢？""小姐，便宜无好货，你这样漂亮高贵，我们怎么忍心把你说的这种价位的东西卖给你呢？"一颗颗糖衣炮弹打得你美滋滋、晕乎乎的，只有招架之功，而无还"嘴"之力。正确的做法是，冒着老板的"糖弹"继续前进，把你还的价格咬住不放。

第三，适当装装老练。同样的东西，老人购买的价格可能比年轻人要便宜，你虽然不是老人，但适当装一装老练还是可能收到良好效果的。笔者读大学时曾在一家服装店里购买一套西装，讲了大半天，老板还是不同意我还的价，最后我"严肃地"批评这位三十多岁的女老板说："小妹儿，把生意做活点嘛，薄利多销（其时笔者正蓄着满脸的络腮胡子，一副阅历颇深的样子)！"老板犹豫了一会儿，最后十分"委屈"地说了一声："你这位大哥也真会讲价——好，拿去！"

第四，隐藏购买欲望。购买过程中，你的购买欲不能太外露，最好是一副平静如水、可买可不买的样子，像笔者老婆那样一见了感兴趣的商品就"眼放绿光"的人，十有八九是挨宰杀的对象。

以上的方法、技巧和注意事项，如和"货比三家""鸡蛋里挑骨头"等方法结合使用效果更佳。

四副婚联

2008年，我和爱人在龙泉山中喜结连理。我们没有操办、没有请客、没有亲友见证，由双方单位工会热心的同志们举行了一个简短而热烈的仪式后就开始了共同的新生活。那时那地的生活清苦而艰辛：工资除了生活，几乎所剩无余；公交车到山里一天的次数屈指可数，进出龙泉山主要靠私人运营的微型四轮车；有些物品，如鱼、衣物等山上几乎买不到，只有到山下的洛带或龙泉城区去买；夏季缺水时，还要下坎到近一公里的半山沟的山岩边去，在那叫"一碗水"的地方等上半天，然后一小瓢一小瓢盛上挑回家才能开锅……虽然很艰苦，虽然一无所有，但我们因为有热情、有期待、有梦想、有明天，因而过得充实自在。我们研究工作、谋划事业、探讨人生、畅想未来，生活有如山中流泉溪水般的清冽和野花野草的清芬，正如自己为新婚撰的婚联：

明月清风伴佳偶；

高山流水有知音。（横批：天作之合）

同事兼朋友、兄长的许宁才华横溢、能力出众、境界高远脱俗、事业蒸蒸日上，但离婚多年后一直"曲高和寡"，后蒙上天垂青，与一位品貌俱佳的与其有相似经历的佳丽喜结良缘，该女子名为陈新。书生人情半张纸，为此撰一联相送以贺：

推陈出新以身相许；

之子于归业兴家宁。（横批：天赐良缘）

严格地说这不是一副符合对仗要求的对联，但把他们夫妇两人名字"有机"地嵌入其中，许兄很高兴、很满意。

小兄弟袁江和其女友李晶牵手走进婚姻殿堂，无以相送，特书一联以祝其新婚快乐：

洞房花烛，巫山云雨，袁江不再是原江；

新婚燕尔，情深意长，李晶自此成你晶。（横批：喜做新人）

这小子后来度蜜月归来，我悄悄问他感觉如何？他的回答让我哈哈大笑：

"感觉？感觉你有点坏哟！"

2017年，成都和杭州在洛带合作举办"天府与天堂艺术对话"，这个活动吸引了两个友好城市一大批书画艺术名家参加，获得了良好的社会反响，我在交流现场即兴赋联：

黄道吉日，天府天堂牵手续缘；

名城古镇，书法书画合璧联姻。（横批：强强联合）

座中杭州一位戏剧表演艺术家听后拍手称好，并自告奋勇"素妆登场"，当场站起来用杭州地方戏剧唱腔抑扬婉转、有板有眼、手舞足蹈地唱出来，让人大为佩服、大呼过瘾，掀起了座谈会的高潮。

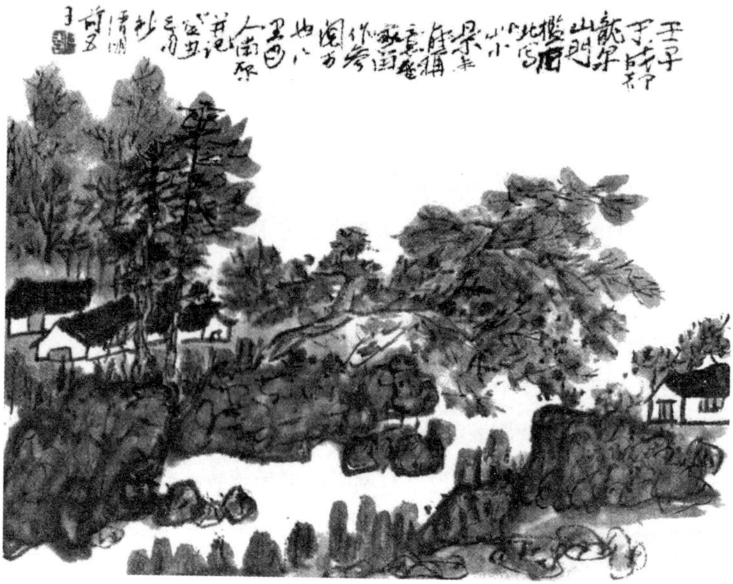

第三辑
谈古论今

论孔子

孔夫子其实很可爱

千百年来，孔夫子在世人眼中的模样大致是老成持重、神态庄严的正面形象。在新文化运动中，孔夫子及儒家思想学说因被思想文化界认为阻碍中国进步而遭非议声讨批判、拉下神坛甚至"打倒（孔家店）"，形象开始逐渐扭曲，但还不至于不堪，正如鲁迅先生在《现代中国的孔夫子》中虽然略带讥讽但却是较为中性的描述（"这位先生是位很瘦的老头子，身穿大袖口的长袍子，腰上插一把剑，或者腋下夹着一枝杖，然而从来不笑，非常威风凛凛的"）。在"文化大革命"特别是"批林批孔"中，由于被定性为剥削阶级的代言人、克己复礼的复辟者、毒害人民的麻醉师、"满口仁义道德一肚子男盗女娼"的伪君子，形象彻底坍塌，变得猥琐迂腐、卑劣阴暗、愚顽反动、可恶可憎（从当时的各种社论和连环画《孔老二罪恶的一生》即可见一斑）。其后虽经拨乱反正，然而毕竟受损太重颜面大伤，从此在世人心中尊而不贵，世人对其敬而不爱甚至不冷不热、不以为然。然而如果从最有可能了解到其形象的《论语》和《史记》等典籍中拨云见日、披沙捡金，你会发现：夫子根本不是那样子！夫子不仅有其弟子所述"温而厉、威而不猛、恭而安"的可敬可亲形象，而且有很可爱的一面：

——夫子其实很幽默。他会和学生开玩笑：学生言偃到武城当官大力加强精神文明建设、采用文教礼乐治理成绩斐然，他笑着点评道：（这样一个小地方的治理）"杀鸡焉用牛刀"，当学生不解、一本正经用老师教的理论反驳时，他却偷着乐：徒儿们，言师兄说的是对的，我刚才是和大家开玩笑的！在被困陈、蔡期间，他一度走投无路、思想苦闷，找来子路、子贡、颜渊诉苦："'我不是老虎犀牛，为什么只能在原野游荡？'难道是我选择的道路错了方向？"子路、子贡的回答都不能让夫子宽慰，只有颜渊的回答能够让他释怀。他一高兴竟然没老没少地说："你说得有道理啊！颜家的好孩子！如果你家里是土豪，我愿意给你打工，给你当管家！"他会说俏皮话：诗经里有一首诗，里面女子说："不是不想念，是你家离我太远。"夫子评说道："我看那姑娘心里根本就没有那小伙子，否则怎么会嫌路途遥远呢！"——看来，夫子明白：世界上最远的距离不是空间的距离而是心的距离。子贡一次向夫子请教："这里有一块美玉，是将它放在匣子里收藏起来呢还是求个好价钱卖掉它呢？"夫子大为感慨地说："卖掉它！卖掉它！老夫正在等着人家出个好价钱卖掉啊！"他会自我开涮：有人嘲笑他门门都通、样样稀松时，他回答说，那我应该专攻啥子呢？难道专攻开车？专攻射箭？（开车用处大）我还是专攻开车算了！在东游西荡到处碰壁，面对学生转述有人嘲笑他额头像先人尧、颈像能人皋陶、肩膀像贤人子产、腰部以下比圣人禹短三寸、疲惫不堪垂头丧气好像一只丧家之犬时，他竟然哈哈大笑说："说我长得像古代的圣贤倒未必，说我像丧家之犬，那还真是啊！那还真是啊！"面对如此困境如此嘲笑居然笑得出来，除了"没心没肺"的人和乐观豁达的人谁能做到！他的这种幽默精神也传递给了学生：当师徒被围困匡地数日，险恶异常生死未卜又各自走散，后幸得见面，夫子喜出望外："小子，我还以为你死掉了呢！"从来品学兼优、老实巴交的颜渊也幽默了一把："师父，您老人家没死，我怎么敢先死呢！"从这里可以看出他不是后人认为的道貌岸然、一本正经、不苟言笑、让人敬而远之的人，而是一个"严肃活泼"的人。

——夫子其实很坦诚。夫子有句话"君子坦荡荡"，这既是评判君子的基本标准，也是夫子的自我要求。面对学生他丝毫不隐瞒自己的经历、成长、思想、志趣。当他梦想成真，升任鲁国司法部长并代理国务院总理职责时，对这个"进步"他也喜形于色；当一个用夫子观点可以称为乱臣贼子的人邀请他赴任而他竟然同意、学生质疑他言行不一时，他一方面告诉学生：真正坚硬的东西磨不薄、真正洁白的东西染不黑，另一方面又明确坦露心迹：（我是一个有才艺在身的人）我又不是葫芦瓜，只能挂着好看而不能吃；当学生子贡向人介绍说师父是天生圣人天生有才时，他明确告知他不是天纵英才，而是在少年时代的艰难困苦中磨炼增长了技艺和才干；在与学生畅谈人生理想时，他毫不遮掩地向学生们表示：我希望过曾点的春日在沂水中畅游、在舞雩台上随风起舞、高歌长啸兴尽而归的神仙般的生活；在子夏请教有关诗经的问题并且回答很精彩时，他大加表扬：你这个回答对我老孔也很有启发啊！我们俩可以讨论交流《诗经》了！在子路误以为他口是心非、贪恋美色（也许还认为他是想走夫人路线）拜见美女南子之后，他急忙为自己辩解：我本来是不想去见她的（但她作为我的超级粉丝非得要见我，我也没办法），如果我有什么不恰当的想法和行为，天打五雷轰！天打五雷轰！当他的爱徒颜渊英年早逝之后他悲痛难抑、捶胸顿足：天哪，你这是要我的老命啊！你这是要我的老命啊！要知道这些学生年纪与他通常差距在20至30岁，其中子夏更是高达45岁，在这里你几乎看不到代沟！从这里可以看出他不是一个虚伪做作、老练深沉的人，而是一个真诚坦率、可信可亲的人！

——夫子其实很"燥辣"。虽然他是在人家的手下找饭吃，虽然他通常面对的是王侯贵胄，他看不惯，照样会对人家冷嘲热讽、严词抨击甚至拂袖而去。如他看见卫灵公一点不顾及贵族礼仪和公众形象，与夫人和宦官同乘一辆车招摇过市，便冷嘲热讽"吾未见好德如好色者也"。获悉季康子违反上级有关规定，"四风"盛行，超标准使用八行列家庭歌舞乐队，他义愤填膺、拍案而起，"是可忍孰不可忍也"。在对一流、二流、三流士均做了认定之后，当学生问他对各级干部的看法时，他嗤之以鼻：这些气量狭小、眼界低下的家伙哪里值得提呢！他不待见的孺悲想拜见他，他推说有病不见，人家还没有走出大门，他就在屋里弹琴高歌！宰予上课睡懒觉，估计是屡教不改而且言辞狡辩，老先生劈头盖脑、上纲上线一通臭骂。大概骂了这几层意思：你简直是朽木不可雕、粪土之墙不可涂！以前别人说什么我就信什么，今后（老夫不会再这么傻了），我要"听其言而观其行"！你小子简直让我改变了观察人的方法！我估计老先生脸色铁青用了半节课来骂人（也许宰予被骂醒了，据《史记》记载，这位学生后来成为了孔门"受业身通"的七十七个高材生之一，成为与子贡齐名的演讲与口才高手）。他的得意门生之一冉有辅佐季康子以权谋私、大肆敛财，他气愤得当众宣布与其断绝师生关系，号召大家一起对冉有鸣鼓而攻之！曾在母亲丧礼上唱黄色歌曲的老二流子原壤来看他，礼数不周正（两腿叉开坐在地上），已经高龄的夫子火气仍然不减当年，他直接用手杖狠狠敲打原壤的腿，并厉声斥骂：你年轻时候不正经不学好、长大了没有进步没有出息、到老了又不及时死掉，你就是一个人见人烦的祸害人渣！从这里可以看出，夫子不是后世认为的只有"温良恭俭让"、只讲中庸、只讲和谐、只和稀泥、不讲是非、不温不火的人，而是有原则、有底线、有正气、有脾气的人！

——夫子其实很"小资"。夫子是个典型的文艺青年，除了本身就多才多艺、日常生活诗歌弦歌不断之外，衣食住行也颇有讲究。例如，穿有"两不用三搭配"等一大帮规矩：不用深色布料做衣领衣袖镶边，不用红色紫色布料做平常在家穿的衣服，黑色的外衣内配羔羊皮袍，白色的外衣内配小鹿皮袍，黄色的外衣内配狐狸皮袍。吃除了食不厌精、脍不厌细外，还有色彩不佳不吃、不合时令不吃、切割不当不吃、没有调味品不吃、买来的酒和干肉不吃等"八不食"，几乎有点讲究过度。林语堂甚至认为老先生对于吃如此多的讲究，可能是导致夫妻不和最后"拜拜"的原因——是啊，这么多的规矩，谁受得了啊（当然笔者认为最重要的原因可能是他大男子主义思想严重，不够体谅呵护女人、只顾事业不顾家庭所致）。住比较宽松："寝不尸居不容"、"申申如，夭夭如"——睡觉不像死尸一样直挺挺躺着，平时在家不保持严肃姿态，一副轻松自在的样子。行讲规格："行必有车。"他自己强调：我曾经是正部级领导（大夫），不可以步行。坐有讲究："席不正不坐。"还有一件事让人印象深刻：在齐听到韶乐，不仅赞不绝口"尽善矣尽美矣"，而且一贯喜欢美食的他竟然"三月不知肉味"！当然他在生活中也还有另一面，即安贫乐道，"饭疏食、饮水、曲肱而枕之，乐亦在其中矣"，"发愤忘食，乐民忘忧，不知老之将至"的一面。从这里可以看出他不是枯燥乏味、苦行苦修、只知工作不懂得生活享受的人，而是一个有品位、有情趣、讲格调、讲情调的人！

从上述可以看出：夫子是一个真实坦白、幽默风趣、个性刚直、情趣盎然的人，夫子其实很可爱！

夫子的形象为什么长期被人误解？夫子的可爱为什么长期被人无视？

笔者认为，这是由于汉代罢黜百家独尊儒术后，儒学活泼清新的一面逐渐被抑制；宋明程朱理学兴起后，儒学人文人性的一面逐渐被扼杀；近代以来，随着维新和革命思潮的勃兴，儒学在国人心中逐渐成为进步和发展的绊脚石而被冷落；"文化大革命"中对传统文化的"革命"特别是在批林批孔运动中又遭"误伤"，被伟大领袖点名批判（"孔学名高实秕糠"，"满口仁义道德一肚子男盗女娼"），彻底使其斯文扫地、陷入万劫不复之地而被抛弃。后来虽经"平反"但在国人心中的形象却未完全恢复。在上述情况下，夫子就成了"任人打扮的小姑娘"，离其真实的一面、可爱的一面愈来愈远了！

需要指出的是：夫子一心梦见周公、克己复礼，为后人树立了一个向后看齐、墨守陈规的坏榜样；"述而不作""三年无改于父之道"，为后人明确了一条无意开拓创新、只求稳妥保险的立身处事坏道路；"学禄在其中，耕馁在其中"的教诲，为后人形成了"万般皆下品，唯有读书高"的坏观念，这些都流毒甚广、危害甚大。但是近代以来人们所深恶痛绝的儒家很多"负面清单"其实有相当一部分并非是孔子所造成，如三纲五常、君要臣死臣不得不死、父要子亡子不得不亡、存天理灭人欲、生死事小失节事大，等等，就是其徒子徒孙或者封建统治者造成！笔者颇赞同南怀瑾先生观点："孔家店""卖"的东西很多其实并不是孔夫子"总公司"的"产品"，而有很多是后来"分公司"的"注水产品"（笔者甚至认为不少是伪劣产品），夫子形象因此大为受损实在冤枉，令人扼腕叹息！

特别需要指出的是：夫子皓首穷经整理五经、开设私学广收门徒，对保存中华古典文化，功莫大焉！留下一部修身齐家治国平天下堪称中国人人生教科书甚至中国人之《圣经》的《论语》、使中国成为礼仪之邦、奠定中国文化软实力，善莫大焉！其学说和自身身体力行体现出的自律、担当、奉公、崇德、尚义、进取、人文、弘道精神，等等，提升了民族和人民的眼界境界，德莫大焉！仅此而论，夫子的功绩就不应抹杀，学说就不应唾弃，人格就不容玷污，形象就不容扭曲！

"抛弃传统，丢掉根本，就等于割断了自己的精神命脉"，"深入挖掘和阐发中华优秀文化讲仁爱、重民本、守诚信、崇正义、尚和合、求大同的时代价值"（习近平在中央政治局集体学习上的讲话）。当下，在一部分人信仰迷失、价值观错乱、乱象滋生的背景下，重拾优秀传统文化、重扬民族精神、重塑正确的价值观，显得必要而迫切。

——这或许就是我们重新认识孔夫子可爱之处的意义吧。

孔子的样子

孔夫子到底长什么样子，一直以来众说纷纭，莫衷一是。历史上因对其崇敬有加，不断对其相貌"添砖加瓦"，直到他变成人不像人，神不像神，如汉代有典籍说他腰长十围，简直成了恐龙；后来又因新文化运动"打倒孔家店"，将夫子拉下神坛，使其光辉不再，更因后来一系列"欲练神功、挥刀自宫"的文化自残行动将其打倒在地、并踏上一万只脚而使其变得人不像人，鬼不像鬼，如《孔老二罪恶的一生》中的丑陋愚顽形象。

其实孔夫子的样子在《论语》《史记》等可信度较高的典籍中交代得很清楚：在外貌上，他头部有点像四川盆地，中间低、四周高；身高九尺五寸（折合成现在约 1 米 9 左右），是个典型的山东大汉；在气质上，他是矛盾统一体，"温而厉，威而不猛，恭而安"，不怒自威，既庄重严肃又和蔼可亲；在风度上，他"恭宽信敏惠""温良恭俭让"，让人轻松愉快，如沐春风。在仪表上，他穿戴整齐，注重搭配，颜色得体。加之其出身于没落贵族，勉强算得上"高富帅"。

整天戴着老花镜，把竹简或者木牍等"课本"翻得噼里啪啦响，时不时抬起头来，拍打着教棍，对着不守课堂纪律的混小子说："同学们，要注意课堂纪律!"或者像唐僧念经一样，成天念着"珍惜青春，努力学习呀! 未来克己复礼只有靠你们啦!"或者整天正襟危坐，不苟言笑，循规蹈矩，"君君臣臣父父子子"，让人惴惴不安、敬而远之。这便是至今许多人心中的夫子形象。可这完全是误解——夫子不是这样死板严肃枯燥乏味的人，而是一个极其丰富多彩生动活泼的人!

他真诚坦白。夫子常与学生谈人生，谈理想，他甚至还谈过女人，也许还聊过爱情。其中一次和子路、冉有、公西华等同学一起畅谈人生理想时，曾点说他的理想人生是:

春天将要转身离去，

我穿上刚做的新衣，

吆五喝六带一群小伙子，

扑通扑通跳到沂水里，

洗掉一身晦气，

没大没小尽情嬉戏。

爬上岸来跑到舞雩台上，

吹着凉风习习，

唱着《今儿个百姓真呀真高兴》，

手舞足蹈回到家里。

这与夫子一贯倡导的家国理想南辕北辙，也与其他几个师兄弟安邦定国的志向大异其趣，但夫子却大为感叹地说: 我就喜欢过这样潇洒自在的生活啊!

还有一次，他背着学生去见了当时美艳绝伦、艳名远播的南子，回去后，大弟子子路脸上简直黑云压城城欲摧:"哼! 平时一本正经告诫我们要过好金钱、美色、权利三关，而今天你自己看美女却跑得风快! 伪君子!"孔老师怎么做的? 他没有责骂学生"反了反了! 敢给老师脸色了！"而是赶紧红着脸指天发誓说："同学们哪！我敢保证，我若做了亏心事，天打雷劈、天打雷劈呀！"

他幽默风趣，爱和学生开玩笑。一次在视察学生言偃工作时，看见学生学以致用，在当地把社会主义精神文明建设搞得风生水起，内心比吃了蜜糖还甜，但他故意咳嗽一声、背着双手、目无表情地说：管理这么个巴掌大的地方，哪里用得着搞这么高大上的东西呢！子夏语文学得好，课文理解得很到位，他大加表扬：子夏同学很不错哟！你现在可以和孔老师过招谈诗经了！他眼中的三好学生颜渊某一个问题回答得既得体又深得老师旨意和欢心，他一高兴竟然没大没小地说：小子啊，你如果家庭条件再好一点，我都愿意到你家打工给你当管家（以便和你天天在一起）！这句话简直就是"小颜啊，孔老师爱死你了"！

他酷爱文艺。他一生强调"兴于诗、立于礼、成于乐"，精通六艺，热爱文学艺术，有非常高的文学艺术修养。他是音乐超级发烧友。听到美妙无比的韶乐，整天耳朵都回荡着那优美的旋律，三个月内连吃肉都不觉得香（他老人家特别喜欢吃肉哦！）。他听到任何一曲"中国好声音"，都要放下自己手中的活路，诚心诚意请求人家："你唱（弹）得真好！能不能再唱（弹）一遍，让我也学学？"直到自己也学会了为止。他熟读诗经三百首，不会作诗也会吟，经常出口成章，妙语连珠，如："饭蔬食，饮水，曲肱而枕之，乐亦在其中也。不义而富且贵，于我如浮云。""为政以德，譬如北辰，居其所而众星拱之""其事上也敬，其行己也恭，其养民也惠，其使民也义"。

他在"退休"回家后继续发挥余热，整理"国故"。在整理诗经的过程中，竟然将每首都整成配乐诗朗诵，把一件枯燥无味的工作整理得有滋有味——这个可爱的老头儿啊！

甚至于夫子临死前的感叹也是惊天地泣鬼神的歌与诗：

泰山摧乎！

哲人萎乎！

梁柱颓乎！

人们印象中的孔子是只讲团结和谐，不讲矛盾斗争，只当和事佬、和稀泥，不分青红皂白；只知"无可无不可"，不分是非曲直，这真是对孔子最大的误解。事实上，孔子不是一团和气的人，而是个很讲原则的人。他最讨厌"乡愿"（和事佬），毫不客气地斥之为"德之贼"，有事实为证：

他会严肃批评领导错误。如自己打工的老板卫灵公和其万人迷的第一夫人及宦官违反公序良俗，同坐一辆车招摇过市，他就此正颜厉色地批评说：我没有看见任何一个人喜欢美德像喜欢美色一样！他也曾当众批评对他很客气很尊重的领导鲁哀公失德失政，话还很重：不知好歹，贵贱不分！

他会痛斥官场丑恶现象。他获悉季康子不讲政治纪律政治规矩，大搞四风，把国君的专用乐队悄悄抽调来以天子规格在自己的地盘上搞家庭演出，不由得勃然变色、拍案而起，"是可忍孰不可忍也！"像一头愤怒的狮子。就连他的得意门生冉有配合协助顶头上司季康子敛财他也同样无法容忍，公开宣布断绝师生关系并发动学生鸣鼓而攻之。

他会怒骂"问题学生"。宰予上课不认真听讲，开小差、打瞌睡，他竟然上纲上线，骂人家"朽木不可雕"、"粪土之墙不可污"；樊然问庄稼咋种，他竟然骂人家"小人"！——老人家为什么这么大的火气？估计原因是：孔教授办的是中国青年干部学院，培养的是有理想、有道德、有文化、有纪律的"四有新人"！你们一个上课打"梦觉"，另一个成天想学习初级农业技术，太不珍惜大好学习机会了！太让我失望了！今天的老师这样骂学生，即使不丢饭碗，也会被媒体

和舆论的口水淹死，或许还会被打死呢！

他会诅咒不合人道的现象。如见有人用木偶殉葬，这在我们现在看来也无伤大雅的事情（近年不是有人为死后的父亲葬"小姐"么），他竟然骂出一句震古烁今的狠话："始作俑者，其无后乎！"要知道，殉葬在中国两千多年后的明朝才寿终正寝，2500年前，他就对殉葬制度，包括用陶俑殉葬无法容忍，多么不容易啊。由此可见，这是个思想多么超前、人道主义情怀多么浓厚，原则是非多么分明的人啊！

后人有记载说孔夫子当鲁国司法部长时诛杀过有革命言论和造反倾向的高级干部少正卯，所以曾经有个罪名即是双手沾满人民鲜血的冷酷无情的刽子手。实际上，此说不仅与孔子反对杀伐主张仁政的思想严重不符，而且也被证明为子虚乌有。事实上，夫子是个内心非常柔软的人。

他的三好学生颜渊英年早逝，他哭得捶胸顿足，呼天抢地："老天爷，你这是要我的老命啊！你这是要我的老命啊！"悲伤得神思恍惚。他曾住过的小旅馆主人去世，他感同身受，悲痛地去吊丧抚慰其家属。马厩起火，他根本不问自己的"宝马"伤得如何，而是问饲养者伤着没有？他开班授徒，来者不拒，"有教无类""自行束脩以上，吾未尝无诲也"，其学生官宦子弟有之，贫寒之士有之，安分守己者有之，偷鸡摸狗者有之，甚至杀人越货者亦有之，这里面体现的是夫子多么博爱仁慈的胸襟！多么悲天悯人的情怀！这不正好印证了他"恭宽信敏惠"的气度和"老者安之，朋友信之，少者怀之""亲亲爱民"的人生理想么！

不仅如此，他对动物也有着十足的爱心，他的看家狗"去世"，他悲不自胜，反复交待门人好好"安葬"，特别要把狗头用草席包裹起来，以免头直接和泥土粘连；他打猎钓鱼时，坚持一个原则："钓而不纲，弋不射宿"——用鱼竿钓鱼而不用网打鱼，不射杀归巢休憩的鸟！

这些言行体现出老先生内心多么细腻柔和、仁慈厚道的一面！这些细微之处传递出多么芬芳的人性之美！这些点点滴滴折射出多么耀眼的圣哲之光！

孔子不是蝇营狗苟的人，而是以苍生社稷为念的人。

孔子一辈子孜孜以求当官，但他当官不是为了发财，不是为了谋利，不是为了权力，而是"君子之仕也，行其义也"

他也乐意富贵，甚至说如果取之有道，连卑贱的事也无怨无悔，但"不义而富且贵，于我如浮云"。他也追求自由自在的生活，甚至有点小资情调，但一辈子时运不济，为理想颠沛流离，"永远在路上"。这其中面临着数不清的风雨摧折、白眼漠视、冷嘲热讽，甚至被斥为丧家之犬。他生活的时代，礼崩乐坏、大厦将倾；虎狼横行，江湖险恶；肉食者鄙，"世胄蹑高位，英俊沉下僚"。在被困蔡期间，他和他的弟子们走投无路、弹尽粮绝，甚至面临死亡追杀。但他不忘初心，始终致力克己复礼；不失信心，始终坚持仁者爱人；不丢赤心，始终坚持决不"避世"；不灭雄心，始终坚持"立德立功立言"之志！张载所说："为天地立心，为生民立命，为往圣继绝学，为万世开太平"，对于他是多么贴切啊！

他是那个黑暗旷野里一簇熊熊燃烧的火，是那个阴冷时代一束温暖明亮的光，是那个混乱大潮中一艘艰难前行的船，是那个困惑世纪里一株顶天立地的希望之树。

从夫子上述"样子"可以知道，2500年前的孔子就启示我们：

"生活不应只有眼前的苟且，还应有诗和远方"；

"黑夜给了我黑色的眼睛，我却用它寻找光明"；

"假如生活欺骗了你，不要悲伤，不要哭泣"；

"为什么我的眼里常含泪水，因为我对这土地爱得深沉"……

从夫子上述"样子"我们不禁产生疑问：

孔子和儒家文化真是钳制人民思想的工具和反人民的吗？那怎么千百年来人民对他的学说"亲其师而信其道"，如饮甘泉、如闻梵音？

孔子和儒家文化真应该为中国在清末的百年落后挨打买单吗？也许真应该买单的是导致经济社会停滞不前的"闭关锁国"政策和钳制思想文化的"文字狱"屠刀吧！

孔子和儒家文化就只意味着保守与落后吗？那为什么能辐射东亚深受尊崇，遗响远至18世纪的法兰西并为伏尔泰等启蒙思想家青睐不已？

孔子和儒家文化真过时了吗？那为什么上世纪80年代有诺贝尔奖获得者集体倡导未来人类要从孔子那里汲取智慧？

孔子固然有诸多历史局限性，他的学说也并非有多么高妙深刻（哲学家黑格尔对他的著作不以为然，认为仅仅是道德箴言），他的贡献也并非都是正面的（如祖述尧舜、宪章文武，法先王向后看等），他的历史地位也并非如其信徒所说"天不生仲尼，万古如长夜"（正如俗话所说"离了张屠户，就吃混毛猪?"），但他仍然是值得尊重敬仰珍惜善待的，就凭他的这些"样子"：

孔子一路跋涉上下求索，在大地上树立了一个为国为民的伟大丰碑。

孔子摩挲抚平历史文化典籍，照亮了我们历史的黑夜，辉映了我们文化的天空。

孔子疏浚文化源泉和溪流，开启了中国文化的汪洋大海。

孔子用"三书五经"（因《孟子》除外）为养料，滋养了一代代中国人的人格和精神。

孔子民胞物与、仁者爱人的情怀，提升了我们民族的思想境界和安身立命高度。

孔子已经化成了我们苍穹之上的星辰，让一路远行惶惑不安的民族找到回家的路。

（注：此文为笔者与 15 岁少年雍其鑫合作的读书笔记）

论梁山好汉

好汉的一半是坏蛋

在国人的心目中，好汉的集中产地在《水浒传》中的八百里水泊梁山。这些好汉因替天行道、杀富济贫、慷慨豪爽、急公好义等品质特征而广受推崇，这也几乎成了好汉的特殊品牌、行走江湖的特别通行证、振臂一呼应者云集的旗帜、让后人推崇效法的突出亮点。就连毛泽东同志在接受斯诺采访时也曾坦言，他小时候最爱看的关于造反的故事书中就有《水浒传》。甚至在他后来的治国生涯中，还搞了一个让后人看来莫名其妙在当时却是理所当然的"评水浒"运动。但是笔者要说：好汉不都是好的，甚至"好汉的一半是坏蛋"。

为什么这么说？

其一是好汉的总量中有一半是坏蛋。好汉的来源和成分，用小说中的话是"帝子神孙，富豪将吏，并三教九流，乃至猎户渔人，屠儿剑子；又有同胞手足，捉对夫妻，与叔侄郎舅，以及跟随主仆，争斗冤仇。或精灵，或粗鲁，或淳朴，或风流，何尝相碍；或笔舌，或刀枪，或奔驰，或偷骗，各有偏长"。也就是由三教九流聚合而成的一帮人。据统计，梁山好汉的绝大多数成员乃社会底层或者边缘人物，有一半多是强盗、小偷以及没有正当职业的"二流子"（闲汉），就算不少从事"车船店脚牙"等正当职业的好汉也涉黑，上梁山前具有良民身份的仅有 20 余人。如大家熟知的武松，出道之初就是到处逞强斗狠惹事生非、让家人经常担惊受怕的"社会青年"，其后更是负命在逃的重犯。时迁则是偷鸡摸狗之徒，孙二娘是卖"人肉叉烧包"的老板娘，船老大张横是杀人越货的"强人"，穆弘是收保护费吃黑钱的一方恶霸，等等。像柴进、卢俊义那样家风清白，像关圣、索超那样苗正根红的屈指可数，像林冲、鲁达那样本质很好、毛病很少的好汉，其实也是凤毛麟角，至于"人见人爱、花见花开"的县政府公务员宋江，也因杀了自己包的"二奶"阎婆惜而毁了"清白"（至于串通包庇晁盖等好汉，那是保护"革命党人"，还不在此列）。

其二是好汉的行为中有一半是坏蛋之举。先以大家一向视为梁山"先进工作者"的李逵、武松为例：李逵以其出身"无产阶级"、以其"杀去东京，夺了鸟位"的"革命到底"精神、以其在"革命事业"中一贯冲锋陷阵，以其"革命领袖"指向哪里打向哪里的事迹而在"文革"中受到充分肯定。江州劫法场救宋江，充分体现了该同志敢打敢冲、不怕牺牲的优良作风，但其"火杂杂地抢大斧只顾砍人"，"不顾军官百姓，杀得尸横遍地、血流成渠"，乱砍滥杀连主要领导晁盖都看不下去了，制止他"不干百姓事，休只管伤人"！可他杀得起劲根本听不进去，"一斧一斧排头砍将去"，如说这是"激情杀人"，那么，他杀李鬼割其腿上的肉来整烧烤吃、俘黄文炳后割肉剜心下酒吃，将狄太公女儿及其奸夫割头乱剁、特别是在庄主已经投降后又血洗扈家庄，我们只能说："这厮手段太残忍！"又如武松，该师兄一直广受社会各界好评，甚至被金圣叹评为水浒英雄第一，说是他身上集中了林冲、鲁达、杨志、石秀等一大帮英雄好汉的优点，但是，这人有一个特点却是狠毒嗜血，是一个十足的冷血杀手！如其杀嫂尚可说是为兄报仇，杀张督监张团练、蒋门神属于泄愤，那么"一不做，二不休，杀了一百个，也只一死"，将张督监家人仆人不分男女老幼十几口（其中还包括差点成为他眷属的水灵灵的玉兰），一律赶尽杀绝，甚至刀钝了，换了翻身上楼再行凶，直到杀了十五个加飞云浦四人共十九人时，他才"心满意足，走了罢休"，而且在另一处——蜈蚣岭——为了试刀，他还将无辜道童杀死，"内心何其毒也"！

再以梁山泊这个"先进集体"干的两件事情为例。如"赚卢俊义入伙"，将卢俊义拉入伙体现了宋江等好汉们"尊重知识，尊重人才"，但其采取的手段是将人家居住的一条街放火烧掉，而后嫁祸于卢，逼得人家走投无路、吃官司直至妻离子散、家破人亡，手段何其阴损！再如初期几个重大行动中的攻打祝家庄，从小说看，系因时迁偷鸡引起，看不出任何忠孝道义，主要是"即日山寨人马数多，钱粮缺少，非是我等要去寻他，那倒来吹毛求疵，因此正好乘势去拿那。若打得此庄，倒有三五年粮食"。最后的战果是从祝家庄夺得好马五百余匹，粮米五十万担，牛羊不计其数以及无数的刀下冤魂。如此行径，有几多是义举？是在替哪重天行什么道？！

其三是好汉的品质中有一半是坏蛋才有的德性。鲍鹏山有一篇文章《如果宋江不是宋江》，讲述了这位龙头老大在参加"革命"前行走江湖期间几次遇险经历，将一大帮子好汉的嘴脸作了集中剪辑：在清风山，宋江被捉住后，矮脚虎王英代表三人领导小组（另两人为锦毛虎燕顺、白面郎君郑天寿）指示喽啰："快动手，取下这牛子心肝来，造三份醒酒汤来！"在揭阳镇，宋江因为给了到此卖艺的薛永赏钱而与薛永等三人受到穆弘、穆春追杀（此二人先前因未收到薛永保护费而吩咐镇上人不准给其赏钱）。在追杀中，三人仓惶间上了张横的船，张横发话道："你这个撮鸟，两个公人，你三个却是要吃板刀面，却是要吃馄饨？"要他们自己选择是吃他的"泼风也似快刀"还是"脱了衣裳都赤条条地跳下江里自死"，连宋江"把包裹内金银财帛衣服等项尽数与你，只饶了我三人性命"的"合理化建议"也不愿采纳！在江州牢城营，宋江去见吴用推荐的"至爱相交仗义疏财"的朋友戴宗监狱长。不料戴宗来了，怒不可遏，劈头一顿大骂："你这黑矮奴才，依仗谁的势要，不送常例钱与我?!"，明目张胆地"吃拿卡要"并要奔上来打宋江。当宋江假意辩解说："你便寻我过失，也不得到该死。"戴监狱长说："你说不该死，我要结果你也不难，只似打死一个苍蝇！"这副嘴脸既是其拥有生杀予夺权利的真实写照，也是其草菅人命为所欲为的真实写照！宋江这三处危急关头是如何化险为夷的呢？说来也简单，几乎是固定模式——宋江叹气道："可惜宋江死在这里！"一帮正欲下黄手的好汉们就像调整了程序的机器人，立马态度大变、称兄道弟、纳头便拜！所以，鲍鹏山指出："这些好汉都有两副面孔，一副是兄弟面孔，一副是恶霸、流氓、黑社会、贪官狡吏面孔。"他们对"江湖兄弟"是仗义疏财重情重义，而对升斗小民则可能是敲诈勒索恐吓打杀！

这些好汉及其举动归纳起来，除了一部分是惩恶扬善、除暴安良、扶危济困、舍己为人，其实也干了不少打家劫舍、谋财害命、欺行霸市、坑蒙拐骗等勾当，一些行为放在现在其实就是典型的恐怖主义行为，"替天行道"里其实有不少血腥、不少冤魂、不少欺骗、不少罪恶！在某种程度上，也正如"封建地主阶级代言人"俞万春指出的，宋江等人"心里强盗，口里忠义。杀人放火也叫忠义，打家劫舍也叫忠义，戕官拒捕、攻城陷邑也叫忠义""真是邪说淫辞，坏人心术，贻害无穷"。从这个角度讲，除了"好汉的一半是坏蛋"还真难得出其他结论（当然这里的"一半"不是严格统计意义上的概念）。

至此，我们不禁会提出深深的疑问：我们的民众为什么要对这些"一半是天使，一半是魔鬼"的"好汉"赞颂有加、崇拜有加？我们的社会为什么要对"梁山泊"报以热情、报以同情？

有研究者认为，水浒传"无意中显露出民族心理的某种缺陷"，

"《水浒传》对中国人精神世界中阴暗面的见解很值得我们进行深入的心理研究。"这真是很有观察、很有见地、很有责任感的观点！一个好汉盛行的社会是落后而病态的，一个全面认可好汉价值观的社会是混乱而可怕的，一个不能辨别扬弃好汉是非观的民族是没有进步而不可测的。

我们还要问，中国历史上为什么好汉能够一度大行其道？

其一是政府职能缺位，无法为民做主。中国古代社会是"王权不下乡，皇权止于县"。基层社会主要靠宗族或地方势力维护一方和谐稳定，于是会不由自主地崇拜拳头粗膀子硬的人、崇拜路见不平拔刀相助的人、崇拜"欺硬怕软"除强扶弱的人。镇关西强占了金翠莲不是一天两天，却没有"社区"调解、没有"妇联"过问、没有"信访局"可以反映、没有"派出所"立案，只有靠鲁提辖用拳头主持公道即是证明。

其二是社会极度不公，呼唤公平正义。劳民伤财的生辰纲大肆进行，林冲得罪了高衙内就得付出家破人亡的代价，甚至如花似玉的潘金莲被"插"在武大郎身上，以及其中出现频率极高的杀富济贫都反映出当时社会的严重不公。

其三是百姓善良单纯，易受误导愚弄。经常可看到这样一种人——对没有发生在自己头上的打打杀杀总有人报着一种看热闹甚至是欣赏的心态，对有"超级力量"的牛人猛人总有人抱着天然的亲近感。前者鲁迅先生在写作革命者遭杀头之际被群众围观叫好和争着蘸人血馒头时有沉痛的描述，后者今天也并未绝迹，如近些年来闹得乌烟瘴气神经兮兮的各种"功"与"教"，以及像韭菜一样割了又长的"大师"，都可印证这一点。

其四是特定时期推崇，影响社会取向。例如"文革"中我们对水浒英雄的推崇。也许可以说，"文革"时期，是水浒英雄们历史地位最高的时期，是被评为"先进集体"的唯一时期。让人遗憾的是，"文革"受到了人们的批判，而这些好汉们的"另一半"却并没有得到人们的彻底清算甚而至今也没有被完全认清。

当然，话又说回来，对上述好汉的评价不能脱离特殊的时代背景和土壤，因为特定时代和社会对"造反"、对"斗争"是呼唤的，对暴力、对血腥是欣赏的，对矫枉过正、错杀无辜是默认的（对此最形象的一句话是"革命总是会打破坛坛罐罐的"），另外，这些好汉对兄弟朋友战友等又确实是"巴心巴肝"，在社会上又往往路见不平拔刀相助，其身上体现的重情重义、敢作敢为等品质和侠义精神、担当精神等是值得充分肯定的，特别难能可贵的是，他们打破了封建传统对人们的禁锢（如"君君臣臣父父子子""温良恭俭让"等），让人民特别是底层人民至少在思想上获得了更大的自由，在面对剥削压迫时有抗争的榜样，在我们总体温柔敦厚的的国民性中彰显了难得的刚强不屈的血性一面，故而受到社会相当的认同，并理应受到充分肯定。

——但是毕竟这些好汉的"另一半"本质是违反人性的，对社会是起破坏作用的，对人民群众是有巨大损害的，在任何时代都属于违法犯罪，不值得正常社会提倡！

从这个意义上讲，今天我们构建民主法治社会不需要好汉，而且，当我们的社会和民众对好汉不再是一味欣赏叫好、一味崇拜呼唤的时候，可能我们离文明和谐、公平正义才更近些。

好汉的快活

水浒好汉们的追求是什么？是"扶危济困、仗义疏财"？——不，这只是他们的手段，是"标配"，是行走江湖的通行证；那是"替天行道""保国安民"？——不，这只是梁山头领宋江先生的一厢情愿甚至是拉大旗作虎皮。就普通好汉而言，他们的追求没有这么高大上，只有两个字：快活。

小说第三回里，与少华山强人朱武、陈达、杨春不小心混在一起的见义勇为好青年史进准备告辞，后来成为梁山领导班子重要成员、位居梁山军事委员会副总参谋长的朱武欲"以待遇留人"："哥哥便在此间做个寨主，却不快活？"这是小说里首次出现"快活"这个词，也第一次显示出这种占山为王、打家劫舍的生活方式是好汉的理想选择。不过此时史进毕竟还是个涉世未深的小伙子，以"我是一个清白好汉，如何肯把父母遗体来玷污了，再也休提"而坚决拒绝了。这也表明：无论如何为好汉脸上贴金，好汉在当时都是"非主流"。

后来成为梁山泊三把手的智多星吴用劝诱阮氏三雄"智取生辰纲"时，说的一句话也是从"快活"着眼："取此一套富贵不义之财，大家图个一世快活"，明确指出了这宗"买卖"与"快活"的关系，表明了好汉的人生观是"人生一世、快活二字"。

对"快活"阐述得最具体、有"定量描述"和"定性分析"、可作为一般梁山好汉梦想经典表述的是阮小五的一句话，这个打鱼郎评价梁山泊最近来的一伙影响了他们生产生活的"强人"时说："他们不怕天，不怕地，不怕官司，论秤分金银，异样穿绸缎，成瓮吃酒、大块吃肉，如何不快活？"，这句话包含了"快活"的方方面面，充满了对梁山泊的向往之情、对"强人"生活的艳羡之情、对现实生活的不满之情，足以代表好汉的梦想和心声。与此异曲同工的是船火儿张横唱的或者说的"老爷生长在江边，不怕官司不怕天""来也不认得爹，去也不认得娘"，把好汉"山高皇帝远""天不怕地不怕"的心态描绘得淋漓尽致。

还有一种"快活"更高级，就是黑旋风李逵这样的莽汉经常挂在嘴边的一句话："杀去东京，夺了鸟位，在那里快活"，体现了敢打敢冲，敢把皇帝拉下马的"大无畏革命精神"。

归结起来，这些快活包含了这样几层意思：不受约束地自由生活、不受节制地支配财富、不受束缚地运用权力。从小说后来反映好汉的"快活"来看，主要有吃得快活、打得快活、抢得快活甚至——杀得快活。需要指出的是，世人多以为好汉"逼上梁山"是被官府所逼，其实不然：除林冲等极少数人是被官府陷害逼迫、走投无路上梁山外，绝大多数人是因为杀人放火被关被缉，为追求"快活"，主动跟随宋江"撞开天罗归水浒，掀开地网上梁山"。

杀得快活，用李逵的原话是"吃我杀得快活"，在小说中有浓墨重彩的表现。如李逵第二次闪亮登场——在江州劫法场："火杂杂抡着大斧，只顾砍人""当下去十字街口，不问军官百姓，杀得尸横遍野，血流成渠""这黑大汉直杀到江边来，身上血溅满身，兀自在江边杀人"，在晁盖严厉制止"不干百姓事，休只管伤人"，他也刹不住车，"那汉哪里来听叫唤，一斧一个，排三头儿砍将去"；打下无为军，把黄文炳一门内外大小四五十口皆尽杀了；打下清风寨，把刘知寨一家老小尽都杀了；打下祝家庄，若非钟离老人为他们当过"带路党"，用宋江的话说也会"把你这个村坊尽数洗荡了，不留一家"；攻下曾头市，曾家一门老少一个不留；打下高唐州，把知府高廉一家老小良贱三四十口处斩于市；打青州，把慕容知府一家尽皆斩首；攻下东平府，董平径奔私衙，杀了老战友、老上级程太守一家人口，并将自己垂涎已久的程太守女儿据为己有；打大名府，把梁中书与王太守一门良贱老小几乎杀光，民间被杀死者五千余人，中伤者不计其数。

更令人百思不得其解且令人发指的是为"赚"（实为逼迫挟持）官军将领霹雳火秦明上山，好汉们将"原来旧有数百人家，却被火烧做白地，一片瓦砾场上，横七竖八的男子妇人不计其数"，且"坏了百姓人家房屋，杀害良民，倒结果了我一家老小，害得我如今上天无路、入地无门"（秦明控诉语）。为"赚"社会贤达玉麒麟卢俊义上山，设计害得人家背井离乡、妻离子散，家财被占，同时面临牢狱之苦血光之灾。此类事件还见诸"赚"朱仝、安道全等各类高端人才上山事例。

此外，还有一系列个体实施的或对个体实施的触目惊心的残杀：武松一次性杀仇人张都监家人仆人公人等十九人；史进将虔婆一门大小碎尸万段；武松杀嫂，挖开胸脯、抠出心肝五脏；杨雄杀妻，挖舌取心脏，五脏挂树枝上；李逵杀宋江仇人黄文炳，先割其肉，烤了下酒，再取出心脏做醒酒汤；将祝家庄俘虏史文恭剖腹剜心；卢俊义杀李固、贾氏割腹剜心、凌迟处死。更令人惊骇的是李逵在四柳村应狄太公之邀捉鬼，他竟对狄太公女儿及其奸夫"拿起双斧，看着两个死尸，一上一下，恰似发擂的乱剁了一阵"。

正如好汉们山歌里唱的"乾坤生我泼皮身，赋性从来要杀人"，好汉们杀亲真是"快活"啊！

这些杀戮，有的是仇杀，报仇雪恨并直接针对仇人，手段多暴力血腥，不忍直视；有的是阶级斗争扩大化，将仇人的家属子女丫环僮仆一并灭门；还有一种是杀得性起，将众多吃瓜群众无辜百姓一并"砍瓜切菜"般杀了。这些被杀者中，除一部分达官显贵及地痞恶霸"不杀不足以平民愤"外，更多的其实是与好汉们没有半点利害冲突、没有一毛钱直接关系的阶级弟兄！这可比阿Q"革命"后对小D、王胡之类同属"被侮辱与被损害者"的伤害凶狠多了！这些行为手段若用现代法律用语表述，毫无疑问是：手段特别残忍，情节特别恶劣，社会影响特别巨大。正如张宏杰先生指出的"在某些绿林英雄的性情深处，暴力不仅是一种工具，更是一种娱乐"，这些"娱乐"反映出的对生命的漠视，对非同伙人的轻视，对他人家族亲情人伦的无视，对妇女儿童的忽视，达到了令人瞠目结舌的地步。其行为甚至符合弗洛姆对施虐狂的分析："对于任何活着的人，活的东西，他完全感觉不到关联和共鸣"。这些行径与当代人深恶痛绝的毫无人性的"独狼"行为、恐怖主义、大屠杀又有多大差异呢？

好汉们的重大"快活"之举，即人们认为在"招安投降"之前的重大行动有攻打江州城、祝家庄、高唐州、曾头市、东平府、东昌府、大名府等，除打江州为救宋江、打高唐州为救柴进、打大名府为救卢俊义算得上师出有名外，其余多上不得台面，如轰轰烈烈的三打祝家庄系因时迁偷鸡身陷庄中而起；打曾头市起因为曾头市有挑衅梁山言语；打东平府为"借粮"，上梁山前三山聚义打青州的一大目的也为"各取府库钱粮，以供山寨之用"。这里面有多少行侠仗义？有几处仗义疏财？哪点是除暴安良？算什么"替天行道保国安民"？哪里像历史上其他反抗暴政、救民于水火、可歌可泣的农民起义？

据统计，水浒好汉主体人群为五十名游民，军官二十人左右，官吏十人左右，专业技术人才十余名，勉强算农民的只有"三阮二解"。游民出身的好汉在社会上几乎均有作奸犯科行为、多为官府缉拿，身上多有"痞子气、流氓气、游民气"，还有"蛮横气、狂暴气、杀伐气"。这些人中不少人到底算好汉还是恶汉？学者王学泰先生研究认为，水浒传反映的是当时江湖游民占山为王攻城略地，而不是什么农民起义。鲁迅先生曾一针见血指出："他们所打劫的是平民，不是将相"，"说《水浒传》里有革命精神，因风而起者便不免是涂面剪径的假李逵"，真是有识之论。

好汉们固然有"该出手时就出手"的义举、"你有我有全都有"的善举、"风风火火闯九州"的壮举，但不该出手也出手的情形比比皆是，仗义疏财的主要对象并非普通百姓而是江湖好汉，招安前风风火火闯州府并非都是保境安民而多为乱境扰民。仔细审视，好汉们所体现出的人生观、世界观和价值观是似是而非的、错乱甚至荒谬的，从总体上说，他们所体现的价值追求是粗陋的，精神境界是不高的，人格心智是不健全的，品质是良莠不齐的，特别是人道精神也是缺失的。这里我们几乎看不到中华优秀传统文化所倡导的民本意识、仁者爱人意识等，甚至孟子所说的恻隐之心、羞恶之心、辞让之心、是非之心这"四端之心"也是不充分和混乱的。尤其是小说对好汉滥杀无辜危害百姓的非人道反社会行为精雕细刻津津乐道，甚至大加颂扬，毫无疑问是种思想糟粕。从这个角度或许可以说，《水浒传》不是一部好小说。

为什么会产生这些好汉？为什么会有上述好汉的快活？为什么宋江等人"满口仁义道德，一肚子男盗女娼"的行径竟然被作者大加称颂？为什么这种是非颠倒的观念竟能大受欢迎大行其道？小说虽然是文学艺术创作，但它来源并反映社会生活现实：统治阶级的腐朽，"乱自上作"，"上梁不正下梁歪中梁不正倒下来"。另外，从文化历史角度看，小说中不少错误甚至荒谬观念的产生，或许是因为作者生活在元末明初这个百年传统文化几乎断层之际，思想文化倒退，礼崩乐坏尚未恢复，再加上此前社会动荡无序、价值观混乱，长期积非成是所致。

当然，好汉们不安于现状、追求自由、追求幸福快乐的行为出发点值得充分尊重（我们五千年文明史中，多有追求仁追求义、有追求道追求德之念，但很少有人响亮地提出人生要追求快乐）；反抗压迫、敢于斗争值得充分肯定，对我们受两千余年封建统治形成的逆来顺受、忍气吞声的国民性是强心剂和还魂丹。特别是，在某种程度上，它增强了后来被剥削被压迫人民反抗、斗争与革命的信心和勇气，甚至提供了方法和策略；而且小说的文学性、艺术性及在文学史上的地位也不容否定和忽视。此外，用现代的尺码去丈量古人的脚也需要历史的辩证的眼光，不能"站着说话不嫌腰疼"。

巴尔扎克说："小说是一个民族心灵的秘史。"那么从上述好汉的快活行径中反映出我们民族哪些心灵的秘史呢？

从小说反复称道的所谓仗义疏财、打劫各种"不义之财"，以及小说明确提出"取非其有官皆盗，损彼盈余盗是公"，我们或许可以看到自古以来就存在的"不患寡而患不均"意识；

从大多数好汉们只顾打熬筋骨不近女色，大多数好汉都没有妻室，有妻室的大多夫妻不和，夫妻和睦的大多不得善终，女性形象大多非淫即恶，甚至直接被评价为"最毒妇人心"来看，这里有着经三纲五常等封建传统理念强化后形成对妇女的严重歧视；

从"杀富济贫""杀无辜百姓""杀得快活"中我们可以看到仇富心理，也可看到封建统治阶级滥杀无辜草菅人命对普通民众心灵的毒害：命若草芥，无足珍惜。

鉴于现在还有为数不少的人认为好汉真好、好汉的快意恩仇真好、好汉的快活真好、甚至认为历史上某个混乱的快活时代真好，我们是否应该从当前精神文明建设、民主法制建设、公民道德建设、社会治理建设角度考虑，警惕好汉思维，警惕为好汉唱赞歌和招魂，警惕好汉的"快活"再现？

（注：此文为笔者与 15 岁少年雍其鑫合作的读书笔记）

宋江是个好领导

《水浒传》里的宋江，虽然喝醉酒后自我膨胀为"自幼曾攻经史，长成亦有权谋，恰如猛虎卧荒丘，潜伏爪牙忍受"；虽然好汉们像灌了迷魂汤似的见了他就纳头便拜口称大哥；虽然施耐庵同志努力将其树立为德智体美劳全面发展的标兵似人物，但一直以来并不能让广大读者服气：这厮不高不帅，甚至曾被人骂做黑矮奴才；学历不显不扬，大学文凭（举人）也没有；武功不高不强，几个强人摩拳擦掌就可以让他叫苦不迭；出身不富不贵，仅庄园地主之子；地位不高不显，仅县政府一文秘人员而已。说他是矮穷矬也不太冤他。但令人羡慕嫉妒恨的是，这厮却是走到哪里都有"追星族"要求"签名留影"、有"粉丝"一路相随的人。如果说他前期靠的是"扶危济困仗义疏财"的个人魅力，靠的是"山东呼保义""及时雨宋江"这种"口碑式营销"，那么其后在梁山泊这种严峻复杂的斗争形势中能够如鱼得水从容自如，则显示其具有极高的领导管理才能。

何以见得？

一是站高谋远，以崇高理念引领人。水浒传中的几大山头，无论是少华山还是桃花山、二龙山，还是宋江履新前的梁山，"啸聚山林"者大多为作奸犯科走投无路之徒，属于"为了生活茫然随波逐流"之人，"撞开天罗归水浒，掀开地网上梁山"之初，众人并没有什么明确目的，遑论革命理想。可宋江上任伊始，就郑重其事树起"替天行道"杏黄大旗，这就把一帮草莽英雄"人生一世吃喝二字"的人生理想上升到"大道之行天下为公"、上合天道下符民意、"侠之大者为国为民"的高度。这一理念的提出，一下子使这帮有组织无纪律、有需求无追求的好汉有了崇高的道义感、光荣的使命感、明确的方向感、强烈的自豪感，足见其眼光之高，格局之大，志向之雄，其识见气量远在众豪杰之上，实非"细眉细眼胡椒屁眼"之辈所能提出。可以说没有宋江的梁山好汉，纯属一帮打家劫舍危害社会的乌合之众，而有了宋江当家的梁山好汉，则成了一支立志为国为民的农民起义军。

二是目标导向，以美好愿景激励人。梁山泊整个团队和众好汉，在王伦和晁盖时代都不过是占山为王、打劫为生，追求"大碗喝酒，大块吃肉，大秤分金银"的生活。宋江上任伊始即昭告众好汉"望天王早招安心方足"——我们的目标就是接受朝廷招安成为国家正式干

部以更好地"保国安民",决不只是在这里当山大王拦路打劫谋财害命、大吃大喝逍遥自在。这避免了整个组织"走到哪里黑就在哪里歇"。大追求决定大举动,所以他的动静也远比前任王伦、晁盖大,不断有攻城拔寨攻州掠府之举。事实上梁山革命事业道路越走越宽广正是在宋江上山之后,特别是其成为一把手之后。

三是健全机制,以组织再造稳定人。晁天王领导的时代,是萝卜白菜一锅煮的时代,因为机构不全职责不清。宋江接管梁山泊后即大刀阔斧进行改革。首先是把山寨前后左右等划片管理,并步步为营层层设防,甚至以张青孙二娘顾大嫂等为站长在梁山下面设立了多处情报联络站,防止敌人搞破坏搞渗透;其次设立司令部(头领)、参谋部(军师)、马军步军水军等"军种"和财务后勤等机构,并委任相关好汉挂帅,众多喽啰归入相应军种,做到了分工清晰,职责明确,各居其所,各司其职。避免了一锅乱炖杂乱无章,实现了各安其位人心稳定,形成了"千斤重担众人挑,人人头上有指标"的干事创业新局面。

四是务实担当,以自身示范引领人。宋江上山之初,虽有极好口碑极好人脉并贵为副头领,完全可以养尊处优"君子动口不动手",居中统筹调度,却并不摆资格讲条件,主动为老大分忧,主动为山寨出力,主动请缨率军出战,历经千辛万苦打下曾头市、祝家庄、扈家庄等,取得了突出业绩,为山寨的可持续发展奠定了扎实基础,也树立了锐意进取、勇于开拓、敢于负责、敢于担当的良好领导干部形象。

五是招才引智,以惜才爱才聚集人。凡有雄豪之人,他都乐于结交;凡有一技之长者,他都乐于接纳;凡好汉有难,他都乐于周济;凡有梁山所需之才,他都千方百计"赚来"。其求贤若渴之诚,招才引智之心,聚才用才之量,实非志向高远雄才大略者所不能有

169

也。在招引这些人才时，他甚至主动将其家眷亲属一并悄悄办好"调动手续"提前"调入"梁山以解决其后顾之忧，如对扑天雕李应、金枪手徐宁等高端人手即有如此举动，这是何等让人暖心的安排！让其不得不产生以梁山为家的归属感和干好工作报效组织关怀的决心。所以梁山泊聚集了一大帮英雄好汉和专业技术人才，包括一大批江湖好汉、朝廷高级将官、各类专业技术人才（如杀猪匠、兽医、厨师、印章雕刻师、会计师等）。不过，在"赚"卢俊义、秦明、朱仝、安道全等人时也使用了一些杀人放火的手段，伤害了一批无辜百姓的生命，令人不齿，毫不可取。

管理学之父彼得·德鲁克提出了管理者必须重视和回答的五个问题：企业使命是什么？顾客（即服务对象）是谁？顾客重视什么？企业追求的结果是什么？企业计划是什么？当代中国管理实践对一个组织的要求也明确为"抓班子带队伍促发展"。可以看出，宋江的管理是暗合这些管理原则的。因此，这是一个虽不善带兵，却善于带将的刘邦似的枭雄，一个领导管理奇才。他上任后的上述种种举措，实现了"以感情留人、以事业留人、以待遇留人"，让梁山这帮三教九流聚合而成的好汉们更有盼头更有干头更有劲头，也确实让梁山这块革命根据地由小变大由弱变强由默默无闻到名动天下。

因此，宋江是一个当之无愧的好领导。"跟着大哥操不会挨飞刀"，这就是他能让众多好汉纳头便拜尊为大哥的原因，也是他能一呼百应啸聚山东、攻州掠府南征北战，最终成就一番大业的原因。

《老子》 对现代管理者的启示

《老子》是中国传统文化中的"三玄"之一，作者以"道"立论，阐述自己对人生社会和世间万象的认识，所论探幽发微，包罗万象，言简意丰，托意深远。该书不仅对中国文化和中国人的立身处事影响极大，而且在世界上也具有广泛影响，拥有崇高的地位。老子也因此书入选"世界上最有影响的 100 人"。虽然此书不是专门的管理学著作，但由于内容博大精深，"像一个永不枯竭的井泉，满载宝藏，放下汲桶，唾手可得"，故从管理的角度看，蕴含着极有价值的管理学思想，值得现代管理者借鉴吸取。

该书对现代管理者的启示可以从以下四个方面来看：

一、明道知常，管理者应具有高深的思想修养

老子苦心孤诣地提出了"道"的学说，对"道"深为推崇，将明"道"、尊"道"、守"道"作为圣人的思想行为准则，将"道"的运行视为必然规律（即"常"）。老子关于这一点的论述可从两个角度来看：

（一）圣人有超凡脱俗的思想境界

首先，圣人是尊"道"守"道"之人。他们所求不随流俗，唯独钟情于"道"："我独异于人，而贵食母"，"孔德之容，唯道是从"；他们立身做事皆以"道"为指南和依归："圣人抱一为天下式"（"一"指"道"）；他们尊"道"守"道"，矢志不渝："死而不亡者寿也"。

其次，圣人是无私无我之人。他们心地纯洁："欲不欲""涤除玄览"；他们谦退无争："后其身而身先，外其身而身存"；他们胸怀天下："贵以身为天下""爱以身为天下"。

再次，圣人是忍辱负重之人。他们"知其雄，守其雌，为天下溪""知其白，守其黑，为天下式""知其荣，守其辱，为天下谷"；他们能"受国之诟""受国不祥"；他们能"处众人之所恶"。

老子的上述思想对现代管理者有三点启示：一、管理者应有坚定的思想信仰，这是管理者立身做事的指南；二、管理者应是纯正无私的人，这是管理者站得高、看得远、立得端、坐得正的基础；三、管理者应能负重自强，这是管理者担当大任的前提。

（二）圣人有洞悉世间万象的辩证思维

老子是洞悉世间万象的"隐士"，熟谙社会人生的智者，深具哲学修养的哲人，他看到了事物相互联系而存在："有无相生，难易相成，长短相形，高下相倾，音声相和，前后相随"……他看到了矛盾无所不在："万物负阴而抱阳"；他看到了矛盾是可以转化的："反者，道之动也""曲则全，枉则直，洼则盈，敝则新，少则得，多则惑"，"将欲歙之，必固张之，将欲弱之，必固强之。将欲废之，必固兴之。将欲夺之，必固与之"，"祸兮福之所倚，福兮祸之所伏"，"物或损之而益，或益之而损"；他把握了事物由量变到质变的过程和规律："合抱之木，生于毫末；九层之台，起于累土；千里之行，始于足下"，"图难于其易，为大于其细"。

老子的这些论述并非专指圣人或专论治国，而更多的是论述"道"的存在和运动，但对管理者却极有启发。他提醒管理者要具备辩证思维，用全面的、联系的、发展的观点看待人和事，不可孤立、片面、静止地看待事物；要淡看成败、得失、进退、荣辱、利害，风物长宜放眼量；要知迂直之计，明取舍之道。特别是，要能够在一帆风顺的时候看到问题和困难，在寸步难行时看到希望和优势。

老子上述关于圣人修养的思想，对后人产生了极为深刻的影响，是中国人"内圣外王"思想的源头。近代史上赫赫有名的曾国藩说："知天之长，而吾所历者短，则遇忧患横逆之来，当少忍以待其定；知地之大，而吾所居者小，则遇荣利争夺之境，当退让以守其雌；知书籍之多，而吾见者寡，则不敢以一得自喜，而当思择善而守约之；知事变之多，而吾所办者少，则不敢以功名自矜，而当思举贤而共图之。夫如是，则自私自满之见可渐渐蠲除矣"，其论深得老子意旨。

二、上善若水，管理者应具有高尚的道德品质

老子关于圣人品质的论述，集中表现在对水的论述上。他说："上善若水。水善，利万物而有静，居众人之所恶，故几于道也。居善地，心善渊，予善天，言善信，正善治，事善能，动善时，夫唯不争，故无尤。"这里集中论述了水的种种美德，如沉静、谦虚、无争、利人、奉献、守信，等等。水的性格是"道"的最佳体现，所以老子说"几于道"。综其全书，老子对以下三种品质尤为推崇：

（一）无私奉献。老子认为这是最高尚的品德（"玄德"），并在文中不厌烦地反复加以肯定，他说："圣人不积，既以为人，已愈有；既以与人，已愈多。"又说："生而弗有，为面弗恃，长而弗宰。"

（二）谦退无争。老子十分强调谦虚这一品质，他一针见血地指出："企者不立，跨者不行，自见者不明，自是者不彰，自伐者无功，自矜者不长，其在道也，曰：余食赘行，物或恶之，故有道者不处。"认为自我吹嘘、自以为是、自我显露、自以为能、自我夸耀像剩饭毒瘤一样令人厌恶，并认为这样的人不配当领导；认为伟大的人物之所以能成就伟大，乃在于其始终不自大："圣人之能成大者，以其不为大也，故能成大"，"故不欲禄禄如玉，硌硌如石（所以圣人不愿像珠玉那样尊贵华美，而宁愿像顽石那样低贱丑陋）"，"江海所以为百谷

王者，以其善下之”；认为争强好胜不是明智者之所为："善为士者不武，善战者不怒，善胜敌者弗与，善用人者为之下"，"天之道，利而不害，圣人之道，为而弗争"。

（三）宽厚仁爱。老子认为，圣人对人善良仁慈："善者吾善之，不善者吾亦善之，德善。信者吾信之，不信者吾亦信之，德信。""圣人常善救人，故无弃人"；圣人对人宽厚包容："方而不割，廉而不刿，直而不肆，光而不耀"（正直而不生硬，锐利而不刺伤他人，直率而不放肆，光明而不耀眼）；圣人体谅他人："圣人恒无心，以百姓之心为心"，等等。

"为政以德，譬如北辰，居其所而众星共之""修身、齐家、治国、平天下"。老子关于圣人品德的论述，集中表现了中国传统管理思想中重视道德品质的优良传统。这种传统在识别选拔人才上往往才德并重甚至将品德摆在第一位（像曹操那样推行"唯才是举"之用人政策的在历史上毕竟是凤毛麟角）。

当前，随着经济社会快速发展，物质文明的高度发达，道德在人们心目中有所贬值，社会的道德水准有所滑坡，一些管理者的道德意识和道德水准与其所在的位置和才能并不成"正比"。从管理的角度来看，这是不恰当的，也是十分有害的：其一，有损管理者的威信；其二，影响管理的效能；其三，可能让管理者走向失败甚至毁灭。特别要指出的是，当前，人本管理思想正逐渐被广为认同，广泛推行，而在实施人本管理的过程中，管理者自身的道德品质有巨大的感召力和影响力，对提高管理效果有着巨大的作用。

三、无为而治，管理者应具有高超的领导艺术

《老子》中蕴含着丰富的管理思想，其管理思想一言以蔽之即为"无为而治"。"无为而治"是老子特别向管理者推荐的一剂良方，认为它可以"包打天下，所向无敌"（"以无事取天下，无为而无不

为"），无为而治并非是字面意义上的无所事事，无所作为，而是有着丰富内涵的一种管理思想，从全书来看，它包含了如下几层意思：

（一）尊重物性不妄为

老子说："将欲取天下而为之，吾见其不得已。天下，神器，不可为也，不可执也。为者败之，执者失之。故物或行或随，或嘘或吹，或强或羸，或载或隳。故圣人去甚、去泰、去奢""辅万物之自然而弗敢为"，其主旨在于说明：管理不可强行作为，而应顺应物性，自然施为。其启发是：一、事物千差万别，物性各有不同，要充分正视这种差异，不可搞"一刀切"。二、事物发展自有其规律，要尊重规律，顺应规律，不可莽撞胡来。

（二）吝惜俭啬不滥为

老子旗帜鲜明地提出"治人事天莫若啬""治大国若烹小鲜""以无事取天下"，将"啬"看作"三宝"之一（"吾有三宝：曰慈，曰俭，曰不敢为天下先。""啬"即"俭""），强调要爱惜精力，不要欲望太多，事事皆为，并指出这样做的重大意义是积德，可以因此无所不能，可以因此而担负起治理国家的重任，并可以因此而长盛不衰。

老子以俭啬治国的思想似乎让人难以理解，难以认同，但联系历史来看即可看出其言之有理。从正面的例子看，汉初的文景之治、唐初的贞观之治，等等，莫不是因俭啬治理带来国运渐兴直至盛极一时，而从反面的例子看，秦王朝的瓦解、开元盛世的终结、隋王朝的覆灭等莫不是因统治者的奢侈贪婪、"作为"太多、烦扰民众所致。所谓"忧劳可以兴国，逸豫可以亡身"在某种程度上与以俭啬治国的道理是完全相通的。

（三）淡泊守静不扰民

老子明确提出"清静为天下正"，"无为而无不为"强调清静无为对于管理者的重要意义；认为"我无为而民自化，我好静而民自正，我无事而民自富、我无欲而民自朴"，认为不必劳心费神，事事"为民做主"；又说"民之难治，以其上之有为，是以难治"从反面说明有为、强为的弊端，并举实例说明这样的管理者做事深思熟虑，不肯轻易发号施令，甚至于建功立业后也不为老百姓知晓："太上，不知有之……悠兮，其贵言，功成事遂，而百姓皆谓'我自然'。"

老子的这些思想对后世管理者影响很大。汉初的黄老之治特别是其修养生息政策可以说是直接源于上述思想，而历史上有名的王莽新政刚好是一反例。实践证明，无为而治是一条极有指导性的治国之道。对现代管理者的启示是：一、要充分认识、尊重和发挥管理对象的主动性、积极性、创造性，这是管理取得事半功倍的前提。二、要减少管理者主观上的轻易作为，盲目作为，避免让被管理者穷于应付，消极对待，影响管理效果。

无为而治思想的最大价值在于，它要求管理者以最小的管理成本获取最大的管理效益。可以这么说，无为而治的思想，符合高效管理的要求，符合人性管理的原则，是一条有生命力的管理思想。

无为而治思想与当今的一些管理理念、方法原则一脉相通，我们可在以下理论中看到无为而治的影子：1. 象征性管理理论认为，在文化强有力的公司中，管理者的工作重点主要放在由于日常工作的起伏所引起的价值观冲突上，他们无时无刻不对周围发生的文化事件给予象征性的影响，很显然，无为而治者正是象征性管理者。2. 人本管理思想认为：人是最重要的资源，最宝贵的财富，管理对象有个性需求和精神健康需求；要更多依靠员工的自我指导，自我控制；管理应顺应人性等（张今声《论人本管理》），这简直就是无为而治的"现代版"；3. 分权理论认为，"管理就是分权"；"管理就是扔包袱"。美国管理学家乔治·戴维森在其被称为"空前的巨著，伟大的奇迹"的《最伟大的管理思想》中提出的管理66条黄金法则中，首推的即是

"真正的管理是减少管理"，并引用管理咨询专家德布利斯的话说"好的经理懂得向助手或下属授权，充分地调动他们主观能动性去完成工作任务，而不是自己包揽一切，使自己疲惫不堪，面孔忧烦"。不懂得授权后果如何呢？那"不只是不能很好地利用你自己（经理）的时间，而且也阻碍了下属的发挥和成长"。因此，他强调"权力充分下放是减少管理的真谛，老板们应掌握授权的艺术，以腾出时间去做更重要的工作"。4. 查尔斯 C·曼兹·享利·P·西姆斯提出的"超级领导"理论认为，在衡量一位领导者的才能时，要看他是否具有促使他人进行自我领导的能力，而不是看他是否有强迫别人去服从自己意志的铁腕；最优秀的领导者应该能帮助他人并能使之摆脱他（或她）的领导而独立工作。这与"我无为而民自化"有异曲同工之效。

总之，上述思想包含了"无为""有所为有所不为""无为而无不为"几层含义，是老子两千年后的"知音"。

成功学的创始人拿破仑·希尔提出了与下属相处的八条原则：1. 关心、尊重、理解下属。2. 分工授权，用人不疑。3. 宽容下属。4. 承认下属劳动的价值。5. 运用幽默语言。6. 接受监督。7. 保持清康俭朴，8. 善于网罗人。这些原则涵盖了思想修养、道德品质和领导艺术，我们可以看到，它与老子的管理思想有颇多相似之处，可见老子管理思想的永恒价值和长远指导意义。

四、慎思明辨，管理者应认清《老子》的糟粕

从管理学的角度看，老子管理思想并非尽善尽美，而是存在着糟粕；有些思想在当时是先进思想，但现在却明显不合时宜，如果不认清这一点，对其主张全盘接受，将是十分有害的，也是危险的。这些糟粕归纳起来有以下几点：

（一）一味主张愚民政策

老子主张在思想上让老百姓变得纯朴简单，以便治理："古之善

为道者，非以明民，将以愚之"，"是以圣人之治，虚其心，实其腹，弱其志，强其骨，常使民无知无欲"。这是不可取的，也是不符合当今时代发展潮流的。

（二）一味强调柔弱谦退

老子提出的"柔弱胜刚强"理论，符合新生事物必然战胜旧事物的辩证唯物观，并且为社会生活和人类历史发展所证明，对人立身处世及社会实践有巨大的指导意义，但《老子》显然走向了极端：他在强调"弱者，道之用也"的同时，对刚强作了全盘否定（"坚强者死之徒""坚强处下"）；并且他提出的致胜之道过于青睐柔弱谦退。老子认为，柔弱者胜刚强者的路子有三：一是守雌居下，二是躲避退让（即"不争"），三是心理调节（"镇之以无名之朴""守中"）。这些思想和对策无疑有其合理的一面，但绝非"放之四海而皆准"，因为有些矛盾是无法回避的，需要正面迎击才能解决（如一些积重难返的问题）；有些矛盾是不应该回避的（如一些涉及大是大非的原则问题）；而且要看到，矛盾往往是推动事物发展的动力，回避它，等于放弃了促进事物发展的重要力量。

现代管理者要充分认识，一味退让不争，往往使管理者成为和稀泥的"和事佬"、缺乏魄力的"软骨头"、不敢开拓的"保守党"，这是有抱负的管理者应特别注意的。

（三）一味主张向后看齐

老子对他所处的时代有着清醒的认识，他对当时社会的批判无疑是犀利的，见解无疑是深刻的，但开出的"药方"却很成问题，如针对当时社会上虚伪巧饰、追名逐利之风盛行，他主张"绝圣弃智""绝仁弃义""绝巧弃利"，他甚至希望让人"虽有舟舆，无所乘之；虽有甲兵，无所陈之；使民复结绳而用之"，也就是让人们回到物质文明和精神文明都十分低下的原始社会，这无疑是错误的，其"厚古薄今""向后看齐"的思想方法无疑是有害的，它极易束缚管理者的手脚，使人失去探索创新的勇气和锐气。

虽然存在以上糟粕，但从总体上看还是精华多于糟粕，瑕不掩瑜。

总之，《老子》是中国传统管理学思想的一座宝库，它的许多思想不仅对中国政治历史文化以及历史上的中国人产生过深远影响，而且在今天也仍然熠熠生辉，有巨大的借鉴价值，值得现代管理者认真研究、学习运用、发扬光大。

林妹妹岂只有小气

　　林妹妹给世人的突出印象，除了小气还是小气：看见秋月要伤心，看到落花要掉泪。她"处处留心，时时在意"几乎到了神经兮兮的地步：宝哥哥一句玩笑话，她会很受伤；众姐妹一个无心之举，她会吃醋。"每天好好的，你必自寻烦恼，哭一会子，才算完了这一天的事。"在她眼中，"一年三百六十日，风刀霜剑严相逼"，简直是"阶级斗争"无所不在，"阶级敌人"无所不在。林妹妹的小气影响了别人对她的认同，影响了别人对她的支持，也影响了自己的婚姻和幸福，不仅如鲁迅先生所说，贾府的焦大不会喜欢，就是普通的读者特别是男性读者也少有喜欢，认为这样的女朋友不仅不实用，而且很难处，更难养。这是"一叶障目不见泰山"。事实上，林妹妹是一位多么具有兰心蕙质，多姿多彩的人啊！

　　林妹妹有高见卓识。黛玉的见识毫无疑问在众钗之上。林妹妹"从不讲仕途经济之类的混账话"，表明她对世人醉心于当官发财、汲汲于名利不以为意不以为然，表明她眼界不俗，境界不凡，这在当时是非常难能可贵的。在笔者看来，"潦倒不通世务，愚顽怕读文章，行为偏僻性乖张，哪管世人诽谤"的"混世魔王"贾宝玉，其实是超越了那个时代的思想家和先驱者，是凤毛麟角般的具有自由思想、博爱精神、平等意识、人本情怀的公子哥儿，也是那个封建大家族乃至社会的批判者、叛逆者（笔者甚至想，若晚生三百年，贾宝玉极有可能成为高觉新之类的革命者）。而林妹妹恰好并且首先是贾宝玉思想上的知音、见识上的同志、灵魂上的伴侣、情感上的依靠。宝玉最终倾心于她，不是因为她容貌超群是"神仙似的妹妹"，而是因为她是大观园里唯一可与宝玉进行思想交流灵魂碰撞的人，是宝玉唯一的知音。当贾宝玉向她直表爱情而被她故意用言语吓住时，她立刻讥笑贾宝玉的胆怯："一般吓得这么个样儿，还只管胡说。呸！原来也是个'银样镴枪头'。"这其实是鼓励贾宝玉要勇敢追求爱情，最终二人私定终身，在那个讲究男女之大防和父母之命媒妁之言的时代，这也体现了这个弱女子的过人胆识。在《五美吟》中，她评价绿珠为石崇缪葬的不值；她咏红拂，赞扬红拂私奔的壮举；在酒筵上，她竟把《西厢记》《牡丹亭》中的"淫词艳曲"引为酒令，这都是离经叛道的思想和行为。此外，在黛玉评论陆放翁这样的名家诗句"重帘不卷留香久，古砚微凹聚墨多"也敢于大胆指出其空有文句对仗工稳小巧致，但缺乏大格局大气象，其在艺术和思想上卓尔不凡的修养和视野也可见一斑。

林妹妹有风趣幽默。海棠诗社刚刚成立，所有参与诗会的人都须有个别号以成其雅。探春说："我最喜芭蕉，就称'蕉下客'罢。"众人都道别致有趣，黛玉笑道："你们快牵了她去，炖了脯子吃酒。"众人不解，黛玉笑道："古人曾云'蕉叶覆鹿'，她自称'蕉下客'，可不是一只鹿了？"体现出林妹妹的博学多识和雅致戏谑。在第四十二回中，黛玉绘声绘色地调笑粗鄙诙谐的刘姥姥为母蝗虫，引得众姊妹笑得前仰后合，乐不可支，她自己也笑得手捂胸口，花枝乱颤；在惜春开列制作绘画颜料的工具清单，如砂锅、罐子、木桶、箱子甚至生姜和酱等时，她一本正经地接口说还要"铁锅一口，锅铲一个"，当宝钗问用这些东西做什么时，她笑道，"你要生姜和酱这些佐料，我替你要锅来好炒颜色吃"，其后她又一本正经地看了一眼单子，向探春悄悄耳语：惜春是开单子开糊涂了，把嫁妆清单也一并开了！众人知道她们的悄悄话后又引来一阵大笑。在这一章节里的黛玉多么活跃妩媚！多么快乐开朗！何曾见多愁善感、哪里有尖酸刻薄！这表明她也有开朗活泼、情趣盎然、雅俗共赏、合群合众的一面——我们多希望黛玉的生活和生命能够永远定格在这样的画面里！一次，宝玉看着宝钗雪白的膀子发呆。这时，"只见黛玉蹬着门槛子，嘴里咬着绢子笑呢。宝钗道：'你又禁不得风吹，怎么又站在那风口里？'黛玉道：'何曾不是在房里来着？只因听见天上一声叫，出来瞧了瞧原来是个呆雁。'宝钗道：'呆雁在哪里呢？我也瞧瞧。'黛玉道：'我才出来，他就忒儿的一声飞了。'嘴里说着，将手里的绢子一甩，向宝玉脸上甩来。"这显示出黛玉多么幽默搞怪的一面！面对薛宝钗为宝玉受笞哭红双眼所说的"就是哭出两缸眼泪来，也医不好棒疮"，言语生动引人发笑，虽有少许醋意，但更多则是姊妹戏谑之语；对史湘云因地方口音将"二哥哥"叫成"爱哥哥"，她打趣说"一二三四五"为"幺爱三四五"，显现出其俏皮的一面，与姊妹亲密无间的一面；对袭人说的"我一直把你当嫂子看"，在宝、袭产生矛盾时她半是打趣半是劝慰地说"好嫂子，你告诉我，必定是你两个拌了嘴。告诉妹妹我替你们和劝和劝"，则既可见其眼尖心细，还可见其尖牙利齿，也可见其"小俗小坏"，更可见其风趣幽默。林妹妹的幽默有冷幽默、有热幽默、有雅幽默、有俗幽默、有信手拈来的幽默、有转弯抹角的幽默……实际上，她是《红楼梦》里最幽默风趣的人。幽默是性格、情趣和才识、智慧的体现。黛玉的可爱由此可见一斑。

林妹妹大度洒脱。林妹妹对不威胁其爱情地位的人——包括与宝玉有一腿并"初试云雨情"的袭人、与宝玉有说不清道不明关系的晴雯以及对宝玉与众多美丽多情群钗丫环的"多情"，并未耿耿于怀纠缠不休，甚至发现贾宝玉作《芙蓉女儿诔》祭奠晴雯定稿中有"茜纱窗下，我本无缘；黄土垄中，卿何薄命"这样直白表达倾慕的文字，也未打翻醋坛子。她实际上只是对与金玉良缘有关的宝钗、湘云等处处留意，严防死守。但在薛宝钗对她关心体贴真诚以待之后，她便向薛宝钗掏出心窝子的话，并自我批评："你素日待人，固然是极好的，然我最是个多心的，只当你心里藏奸。从前日你说看杂书不好，又劝我那些好话，竟大感激你。往日竟是我错了，实在误到如今。"此后她待宝钗如亲姐姐一般，连宝玉也感到惊奇。而且当她与宝玉真正交心定情"吃定"后，就很少对宝钗、湘云拈酸拿醋，充分表明她有着一般女人对男人少有的大气宽容——她甚至给人传递出这样的信息：只要宝哥哥的心只属于我，他和别的女人黏黏糊糊没有关系；只要你们众姐妹不威胁到我在宝哥哥心中的地位，你们咋个与宝哥哥亲密接触也没有关系。这从宝黛交心定情后黛玉一度风平浪静、与众姊妹和平共处即可见端倪。此外，在大观园里吟诗作赋时，只要其他姐妹有佳词丽句，她都会真心激赏拍手叫好，从不"嫉贤妒能"；她辅导香菱作诗可以说毫无架子毫无私心、全心全意毫无保留，包括她对陆游名句的点评，也都可看出其大气的一面。

林妹妹有高才灵气。她写诗作赋在大观园里独占鳌头，是一个真正的诗人，大观园中诗人不少，宝钗、湘云、宝琴、探春都有吟诗作赋之才，但是创作最多质量最高的是林黛玉。她的作品计有二十三首，除应制联句和起社的作品，还有《葬花辞》《桃花行》《秋窗风雨夕》等名篇。《葬花吟》里一句"冷月葬诗魂"足可流传千古！她读诗品诗见多识广别具慧眼，称得上评论家。她在教香菱作诗时，主张学诗要学最上乘。先从王维的五律、杜甫的七律和李白的七绝入手，"肚子里先有了三个人做底子"，然后再把"陶渊明、应、刘、阮、庾、鲍等人的诗一看"，显示出很深的诗歌修养；她言谈笑语妙语联珠机锋叠出，辩才无碍，口才极佳，称得上辩论家。对黛玉之才，就连熟悉大观园人事的脂砚斋也禁不住赞叹："以兰为心，以玉为骨，以莲为舌，以冰为神，真正绝倒天下之群钗也！"

台湾学者蒋勋认为，红楼梦是一部青春小说（有识之论也！），里面包括林黛玉在内的"千红一窟万艳同悲"的众多才貌绝伦的女性都是青少年。据研究，黛玉在贾府的时间就在13到16岁之间（16岁就去世了）。这个天才少女真让人倾倒不已！

林妹妹为什么多给人留下小气印象？一是"病如西子胜三分"，身体健康影响"心灵健康"，让自己更脆弱；二是"心较比干多一窍"，心眼多，心思细密，自寻烦恼；三是寄人篱下，无所依靠，孤苦无助，让自己更敏感；四是竞争激烈，前程未卜，心烦气躁，这是最主要的；五是时乖命蹇，生不逢时，不容于世——那个时代，信奉"女子无才便是德"，女人遵从的基本守则是"三从四德"，一个大家庭中生存发展的前提和基础是如何对封建家长承欢膝下，取悦于人。这是让这颗成长的、敏感的心灵愈来愈感到压力、感到寒意的。

"多情总被无情恼"。黛玉多情，而时代和环境无情。简言之，她主观上有性格悲剧，"性格决定命运"，客观上是时代悲剧——"这不可改变的悲剧的根源，总是由于在十八世纪的中国土地上，找不到一块可以容纳林黛玉和贾宝玉生活道路的国土。这必须是一块对于人类的灵智和诗情、对妇女的解放和婚姻自主予以充分尊敬的国土，必须是一块可以让正当的自由和合理的生活要求得到伸展的国土"（蒋和森语）。唉！可惜那个晦暗昏昧苍老的时代，还没有为林黛玉包括贾宝玉这样集天地之精华灵气的"早产儿"做好准备呀！

但无论如何，林妹妹是一个丰富多彩的人，是一个风华绝代的人，是文学中不可多得的"这一个人"。正如有人指出的：她秉绝代才华，具稀世俊美，锦心绣口，捷才敏思。她勇敢而又柔弱，聪明而又单纯，多愁善感而又坚强不屈，超尘绝俗而又热爱生活。在她身上，集中地体现了旧时代的中国女性在优秀古代文化陶冶之下所具有的一切美丽和诗情。

历史上的极品女人

历史上，由于三纲五常的强大束缚，非礼勿听、非礼勿言、非礼勿视、非礼勿动的紧箍咒教导，笑不露齿足不出户的行为守则，《烈女传》等榜样示范，甚至是"存天理、灭人欲"的大棒挥舞，中国女性连思想都被束缚禁锢，行为上自然不敢越"雷池"一步。故雷人雷事、雷言雷行少之又少。但世界之大无奇不有，还是有几个极品女人让我们"目瞪口呆"：

第一个有据可查的，也许是《诗经·褰裳》中的女子（因为诗歌属于六经，而传统认为"六经皆史"，故将其作为历史一例看待）：

"子惠思我，褰裳涉溱；子不思我，岂无他人？狂童之狂也且！"

——你如果想念我，撩起裤脚过溱河来会我；你如果心里没有我，这世上难道就没有别的帅哥?！你这狂妄无知的瓜娃子哟！

一个笑靥如桃花一样灿烂的少女，一个说话像鞭炮一样响亮的姑娘，一个行事像男子汉一样风风火火的女汉子——短短几句让我们活脱脱地看到了一个热辣大胆、洒脱奔放、阳光健康、幽默风趣的少女形象。这还不算，关键是最后一个"且"字，据李敖先生旁征博引，不是语气助词而是指男性生殖器！从古文字学上看，这个分析是有道理的，因此最后一句实际上应解释为——

"你这个傻屌中的傻屌！"

要知道，诗经可是经过孔老夫子将"郑卫之音"即当时的靡靡之音刀削斧斫、高温消毒后留下来的。这也可见，在华夏民族天性没有被孔孟之道驯化之前，女子还是有热烈奔放、敢爱敢恨一面的。

又如，去年风靡一时的《芈月传》中的芈月。这是中国历史上第一个"垂帘听政"、一手遮天的女人，决不是电视中那个纯洁纯情、"很傻很天真"的女人。她竟然在朝堂重地，在接见外宾的庄重场合，说出如下一段话：

"妾事先王也，先王以其髀加妾之身，妾困不支也。尽置其身妾之上，而妾弗重也。何也？以其少有利焉。今佐韩，兵不众粮不多，则不足以救韩。夫救韩之危，日费千金，独不可妾少有利焉?!"

——这句话翻译成大白话就是：老娘我以前与先王干那事的时候，有这样的体会：先王把大腿放在我身子上，压得我简直气都出不得；当他把像牛一样笨重的身体全部压在我身上，我却不觉得重。为什么呢？因为这样对我也有好处，让我也感到很爽啊！现在你要我们秦国出兵，每天要耗费我们大量的人力物力财力，不让我们得点好处，那咋行呢？

这个女人把性交比作外交，把男女鱼水之欢比作两国互利合作，可能是外交史上最真诚坦率的交流了！与当今那个见利忘义、"在政言商"，到处敲诈勒索别国的某国元首相比，虽然异曲同工但是坦诚有趣多了！

南朝刘宋政权的山阴公主也是艳名远播、遗臭万年。她对她的皇帝弟弟说：我俩都是一父所生，你嫔妃成群（"消化不了"），我却只能守着一个男人（"忍饥挨饿"）过日子！这也太不公平了！这个弟弟很懂事，马上在全国海选了三十个面首（即美男子）供她日常消费。

另一朵奇葩可能要算北齐武成王高湛的老婆胡太后了。北齐被北周灭亡后，这个正是如花似玉如狼似虎的太后自然失业了。在北周的无产阶级专政下，估计房产存款全被冻结，生活每况愈下。思来想去，她就动员才二十出头的儿媳妇穆皇后合伙开皮肉公司谋生。后来她们在首都长安开了一家"天上人间"，由她婆媳二人分别任董事长和总经理，同时兼公关部正副部长及业务员、会计员、出纳员——估计后来业务扩大后，是既当教练员又当运动员。由于有太后、皇后这两顶"金字招牌"，又有以前偷情养汉练就的扎实基本功，兼之适销对路的经营策略，所以生意异常火爆，服务供不应求，每天门口消费者都排着几公里长队。胡太后的一句话更是"名垂青史"：

"当太后皇后不如当妓女有趣！"

这婆娘在这皮肉生意中竟然如鱼得水，乐不思蜀，竟然找到了自己的事业和人生价值！

将以上几个"雷女"比较起来，真是各具特色、各有千秋：

《褰裳》中的女子虽有不雅不敬之语，但因是乡野村姑，以笔者这种草根和下里巴人的经验来看，"屌"字的运用其实真相当于语气词。因此这个幺妹儿在上述极品女人中算是最生态环保、绿色无公害的。难怪最坚持原则，对情呀爱呀有点过敏的孔老夫子戴着老花镜左看右看，又拿到鼻子边嗅了半天，最后裂着干瘪的嘴唇笑了：嗯，思无邪（思想端正纯洁）！终于将它留在了《诗三百》这个中国最早的诗歌箩筐里！

宣太后用性交比喻外交，把床笫之事绘声绘色地广而告之于朝堂之上，虽然话粗理不粗，但还是有点惊世骇俗。细想起来也事出有因：一是当时秦国开化程度不高。秦国时为战国早中期，地近西戎，与当时的发达国家特别是拥有先进文化的齐鲁等国不在一个水平上，在男女问题及性观念上比较开放甚至可能广泛存在性自由现象。二是"有权就是任性"。她当时是垂帘听政（是历史上最早做这事的女人，也是历史上屈指可数的几个有铁石心肠、铁腕手段和铁打权力的女强人），拥有想说什么就说什么、想干什么就干什么、想要什么就要什么的权利（这段雷语是否可从一个侧面印证"权利就是春药"？呵呵！）。三是宣太后一贯生活作风不正。她与西部少数民族首领义渠王长期保持不正当两性关系（时间长达三十余年，还生了两个私生子），年老时还宠爱一个名叫魏丑夫的小鲜肉（名为丑夫实为美男），甚至公开宣称：老娘死后，要让小魏同志为我殉葬。

山阴公主是另一个典型：一个养尊处优、为所欲为的典型，一个体现奢靡之风和享乐主义的典型，一个生活作风一塌糊涂、乱搞两性关系的典型（与皇帝弟弟乱伦，威逼美男子姑父与之发生不正当两性关系），一个缺乏良好家教家风的典型（这个皇室家族荒淫、乱伦、残暴、贪婪、豪奢之事屡见不鲜，是历史上著名的混蛋王室），那就是一朵恶之花。

至于胡太后这个女人就更不堪了。她本来就是北齐王朝里的一具漂亮躯壳和偷情养汉的行尸走肉，一个身荣无尊、位高无品、胸大无

脑、貌美无耻的人。她人生的下半场不以沦落风尘为耻,反以出卖肉体为乐,说明这个女人三观不正:人生观、世界观、价值观都出了严重问题。也反映出当时皇帝老儿的三宫六院或许就像个圈养鸡鸭的饲养场,是多么了无生趣,多么扼杀人性,而其嫔妃在某种程度上也许连性奴隶还不如。

——这几个极品女人其实有一个共性:真诚坦白率真。在某种程度上还有点男女平等思想。她们的言行对我们也许有着认识上的意义:看哪,不受束缚的天性多么可爱,不受制约的欲望多么可怕,不受约束的权力多么荒唐。

《围城》的喜剧艺术

《围城》是一座迷人的"城"，在中国现代文学史上，像这样有着深刻丰富的思想与杰出的幽默讽刺艺术的作品实在是不多见的。

《围城》用以造成喜剧效果的主要途径有修辞、逻辑、漫画三个方面。

比喻和比拟，是小说中使用最广泛，最有特色的修辞手法。作者用它们来"乱点鸳鸯谱"，把两种风马牛不相及的"身份""容貌""气质"，根本不"般配"的事物"撮合"在一起，以其思维的机智或事物的反差制造幽默。如以官吏商人换外汇来类比学国文的人要留学的虚荣心理；以政治家的大话喻某女人的眼睛"大而无当"；以国民党冠冕堂皇的欺世之语（"保持实力作战略撤退"）喻人物举动（方鸿渐有意识地从一帮清谈家中辞别）；以政治家躲在租界活动喻热恋者的心理。设喻大胆新奇，闪烁着幽默的光辉。推开这些比喻的"窗子"，我们意外地看到了社会时政中的假、恶、丑或者乖谬被揪了出来，露出了狼狈或者尴尬的神情，使我们在精神上征服了"具有严肃性、严重性"的对象。这些比喻已经突破了单纯的修辞明理的功能、成为作者喜剧武库中用来针砭时弊的"匕首"与"投枪"。作者思维奇谲，读者在一瞬间还有点莫名其妙，但稍微"咀嚼"之后即知其味，这种思维从暂时阻塞到豁然贯通恰恰就是康德所说的"紧张的期待突然转化为虚无"，从而引发了读者的笑。把前面的例句放在幽默的显微镜下观察，引发笑的源泉是多种多样的："贬低""不一致""机械作用""解脱之感"，然而，"最巨大的源泉无疑是不一致性"。作者很善于发扬和揭示事物间的"不一致性"，他往往使小与大，崇高与卑琐、严肃与滑稽……并立、同处，"相形"而"见绌"，将事物悖于常态、谬于常理的一面凸显出来。赋予喻体部分以独立性和以抽象比喻抽象（或形象）都不是比喻的常规法则，而《围城》不但高频率地使用，而且运用得那么好，并成功地造成了喜剧效果。

《围城》通过语词的"张冠李戴"所产生的不一致、不协调以引人发笑。我们称这种手法为"移用"，可产生新颖不俗的效果。如：方太太天性宽厚，不是善于骂人的专业演员，故谓之"客串"；"托孤"与"腰斩"都是古代才有的现象，它们的运用既有新旧杂陈，小词大用的不协调，更有思接千载，"顺手牵羊"的机智，所以显得幽默动人；"毁尸灭迹""杀人有暇"都是"降级留用"，这种夸大其辞的语言对店小二蒙骗顾客和庸医误人的现象进行了辛辣的嘲笑。有人说，钱钟书学术思想的核心在于"打通观念，为无町畦"。其实，《围城》的写作也体现出了这一点，移用与降用的使用尤然。

钱先生有高超的驾驭语言文字的能力，习以为常的词语到了他笔下往往容光焕发，返老还童，脱胎换骨乃至起死回生。作者能够发掘出语义与文字的某种特殊关系，并出人意料地将司空见惯的词语进行分解，组合；许多人物语言或文中叙述语本来很平淡，它们貌不引人注意地从读者眼前"走"了过去。可是作者是个多心眼儿的人，他常常"追"上这句话，让"她"转过身来。经过作者的摆弄，这句平淡的话语竟然"回眸一笑百媚生"，展露出了诱人的幽默的"笑脸"。有些话语非常机警俏皮，饶有趣味，但又不是插科打诨，只为博人一笑，而是一把"软刀子"，是作者对要针砭的人和事所做的不露声色而又不乏力度的嘲讽。这种逻辑手法在小说中主要表现为叙述中的歪解。如称鲍小姐为"局部真理","因为真理是赤裸裸的，而鲍小姐并未一丝不挂"。又如当鲍小姐抱怨方鸿渐"你们男人的脾气全这样"，作者点评道："好像全世界男人的性格都给她实验过"。这些话其实是讽刺鲍小姐形象招摇，作风放浪。

《围城》还用简单而夸张的手法来描绘生活或时事，一般运用变形、比拟、象征的方法达到尖锐的讽刺效果，我们称之为"漫画"。《围城》中"反派"人物的脸谱，多采用漫画的手法。如："李先生少了那副黑眼镜，两只大白眼睛像剥掉壳的煮熟鸡蛋。"陆子潇"鼻子短而阔，仿佛原有笔直下来的趋势，给人迎鼻孔打了一拳，这鼻子后腿不迭，向两旁横溢。""侯营长有个桔皮大鼻子，鼻子上附带一张脸，脸上应有尽有，并未给鼻子挤去眉眼，鼻尖生几个酒刺，像未熟的草莓，高声说笑，一望而知是位豪杰。"

《围城》没有尖锐激烈的矛盾冲突，没有引人入胜的故事情节，却令人爱不释手，百读不厌，这首先得归功于语言的生动幽默，如果剔除其中的幽默与讽刺成分，《围城》势必沦为"死亡之城"。《围城》在现代文学中是独一无二的，对我国文学喜剧艺术的贡献是卓著的。

从断然回绝到拱手相让

我国领土被英帝国主义堂而皇之地攫为己有始于 1842 年对香港的割让，这是人所共知；然而鲜为人知的是早在史称"康乾盛世"的乾隆年间，英国就对我国提出过领土要求。

1793 年，英国勋爵马戛尔尼率领一个庞大的外交使团来到中国，他们以给乾隆皇帝祝寿为由，实则是对中国进行窥探，以便像对印度那样征而服之，掠夺这块土地上的无尽财富。他们在访问中向清政府提出了在舟山和广州附近划一块区域归英商居住；自澳门运往广州的英国货免税；允许英国在舟山、宁波、天津经商等要求。对其领土要求，乾隆帝勃然大怒，让和珅正告英国人："天朝法制森严，每一寸土地都载于版图，不容分割，请求赏给土地一事，断不可行！"对英人的其他要求也一概回绝。

在这件事情上，英国觊觎中华的野心已初露端倪，而乾隆帝维护主权的态度更是旗帜鲜明，这与后来清政府在洋人面前俯首称臣、任人宰割的状态形成鲜明的对比。然而，正是这次外交事件为我们提供了大清王朝日后落后挨打的生动注解！其一，当时的清政府和中国人夜郎自大，根本不了解世界形势。他们沉醉于"四夷"（缅甸、越南、朝鲜等周边国家）臣服，陶醉于祖先文明，自以为是天下最文明进步的"天朝大国"，认为英国是蛮夷小国。所以当英国人来访时他们还以为对方是来"朝贡"的，因而待之十分优厚。其实当时的英国经过工业革命之后，生产力飞速发展，国力蒸蒸日上，已是西方头号强国！它和所有新兴资本主义国家一样，急于向外扩张以寻求原料与市场，所以清政府这种妄自尊大、闭目塞听显得十分愚蠢可笑，而且这种心态也阻碍了自己的发展，使我国与这些国家的发展差距越拉越大。其二，自我封闭，抗拒历史潮流。十八世纪末，注重对外贸易，渴求原料与市场已是许多发达国家的共同追求。但乾隆帝却不以为然。他说："我们天朝物产丰富，无所不有，不需要外夷的货物。"所以清政府对葡萄牙、荷兰、俄罗斯、美国等国的通商要求都一概回绝了。

这样，中国就在妄自尊大、自我陶醉心理的支配下，闭上眼睛，关起国门，直到半个世纪之后，"枪炮声敲碎了宁静夜，四面楚歌是姑息的剑"……此时不独英国，其他列强也纷纷提出领土要求，而这时清政府对香港等"载于版图，不容分割"的河山已经不敢再断然回绝，只有拱手让人了。

从断然回绝到拱手让人的历史给我们一个深刻的启示：自大导致封闭，封闭导致偏狭，偏狭导致愚昧，愚昧导致怯弱，怯弱导致任人欺凌，让我们时刻铭记这个惨痛的历史教训吧！

在香港回归祖国的神圣时刻，重温这段历史有助于我们鉴古知今，它让我们体会到：民族要进步就不能固步自封，要吐故纳新；国家要富强就不能闭关锁国，而要对外开放……

看李登辉表演到几时

李登辉的 "脱衣舞"

考察李登辉先生上台以来在两岸关系上的举动，我们可以得出结论：他是在跳 "脱衣舞"。他一边 "脖子扭扭，屁股扭扭"，一边把身上的一件件 "中国" 衣服脱了下来，最终露出了 "台独" 的 "胴体"。其 "跳" 的大致过程是——

第一步，"脱掉" 民族认同感。这在他就任 "总统" 之初接见日本记者司马辽太郎时已初露端倪。在那次谈话中，他说自己二十岁之前是日本人，说得情深深意绵绵，流露出对日本殖民统治的一片依恋之情，而对自己的祖国和民族却很漠然，好像他不喜欢祖先烙上的 "中国" 印记似的。

第二步，"脱掉""一个中国" 的实质性内容。上台之后他提出了许多看似五花八门、实则换汤不换药的主张，如 "以一个中国为指向的阶段性两个中国"，"一个中国、两个政府实体"，"一个分治的中国"，"中华民国在台湾" 等 "高论"，为搞分裂、搞台独写下了伏笔。

第三步，"披上" 一件 "透明的薄纱"。提出把中国划分成新疆、内蒙、台湾、大陆等七块以 "相互竞争，追求安定" 的 "七块论" 主张，表面上为了中国和亚洲的安定，实则为肢解中国立论、为实现台独张目。

196

第四步，彻底"脱光"。即是近日明确提出的"两岸关系是国与国的关系，至少是特殊的国与国的关系"。至此，李登辉在有关两岸关系的政治主张上第一次一丝不挂、台独意图"玉体横陈"。

回顾李登辉跳"脱衣舞"的经过，我们发现，他跳得蛮艺术的：他不是一下子把全部"衣物""脱光"，而是每当引起"观众"一片嘘声和责骂的时候，他会赶紧把摞在地上的"衣物"拾起来重新"穿上"——当他的"七国论"遭到舆论和媒体的指责后，他曾信誓旦旦地表示"本人绝对无法同意、支持台独"（见 1999 年 5 月 20 日《参考消息》之《李登辉为七块论狡辩》）。此前他也曾因类似的情况表示过：本人曾说过数次反对"台独"的话。此外，他还很会"审时度势"：他浑身上下仅着一条"裤衩"（"中华民国在台湾"）已颇有时日了，按他的心愿当然是迅速、干净、彻底地脱掉才过瘾，但他没有轻举妄动，他在等待最佳时机。现在机会终于来了：他的干爹——世界老大山姆大叔因轰炸南联盟、炸毁中国驻南使馆、掀起反华逆流等问题而与中国关系有点僵——此时不脱，更待何时?! 于是就毫不犹豫地把最后一块遮羞布扯了下来！

李登辉此番"脱衣"是否成功？从目前"观众"的反应来看是不成功的：不仅中国政府和人民被激怒了，引来一片愤怒的声讨，连海外华侨也群情激愤，同声斥责；不仅与中国交好的国家不为他喝彩，连与他打得火热的"友邦"目前也没有谁鼓掌欢呼，一位"友邦人士"甚至不客气地指出："此举是在错误的时刻，在错误的基础上引发跟中华人民共和国的对峙"，并表示要因此而重新评估其亲台立场（美国参议员托里切利语，见 1999 年 7 月 16 日《参考消息》之《美亲台议员说需要重估亲台立场》）。

李登辉跳"脱衣舞"是因为他心中有一个"台独"梦，这个梦能否实现？答曰：否！因为：中华民族有维护主权和领土完整、维护统一的优良传统；摆脱列强宰割，站起来并强大起来的中国政府和人民有维护国家统一的坚强决心和强大力量；所有炎黄子孙（李登辉等少数不肖子自然除外）有祈盼祖国统一富强的强烈意愿；随着澳门问题的解决，祖国的完全统一已经是一个不可阻挡的趋势和潮流……李登辉跳"脱衣舞"跳得再用心、再起劲、再优美，也绝不可能跳出一个可与中华人民共和国构成"国与国关系"的"台湾共和国"之类玩意儿，他当然也没有希望成为这个"新国家"的"开国领袖"。

——我们奉劝李登辉哥哥：赶快穿上衣服，结束"脱衣舞男"的生涯，不然，不仅百年之后"尔曹身与名俱灭，不废江河万古流"，而且还极有可能在任期届满之前从"总统"宝座上被轰下台来！

李登辉的梦呓

李登辉先生曾写过一部大作《台湾的主张》，书中向世人推销的"台湾的主张"是："中国大陆摆脱大中华主义的束缚，让文化与发展程度各不相同的地区享有充分的自主权，如台湾、西藏、新疆、蒙古、东北等，大约分成七个区域，相互竞争，追求安定，亚洲或许会更稳定。"

看来李登辉先生不仅是 3.6 万平方公里土地上的"总统"，而且是一个如曹孟德一般"包藏宇宙之机，吞吐天地之志"的大政治家、大英雄呢！你看人家眼睛里关注的是广袤的中华大地，胸中装的是亚洲的安定，其眼界气魄真让人钦佩呀！可人们不解的是：中国统一亚洲就动荡不安了？中国一旦四分五裂亚洲就安定了？——怎么越看越觉得他与"七国论"和"十二块论"异曲同工呢？（"七国论"：台湾学者王世榕《和平七雄》之主张，鼓吹将中国分成七个小国，"平等合作，共同营造未来"；"十二块论"：日本右翼学者中山鸟岭雄主张

荣个自荣刚景皆備号巪多之

199

将中国分割成"十二块"。)

由此观之,李登辉先生真是做到了"好好学习,天天向上";他以前的伟大理想是搞"一中一台"、搞"台独",现在他的思想有了飞跃,不仅自己要独立,而且他还希望西藏、新疆、蒙古等地人民和他一起加入到争取独立的"伟大事业"中……

仔细听听我们就能听出,这是李登辉先生的梦呓:以前,由于他的"台独"倾向和言行遭到了人们的痛斥,所以现在他不能在青天白日尽情地抒发他的"台独情感",所以只能憋在心里;因为"日有所思、夜有所梦",现在在梦里终于禁不住说了出来——虽然有一点朦胧含混,但我们还是能够听出他肚子里的真实想法。因此,我们可以明确,李登辉先生把中国划分成"七个区域"目的是为"台独"鸣锣开道,他所说的为了"相互竞争,追求安定"也仍然是为了"台独"敲锣打鼓。

把台湾独立出去,把他一向亲近的"大日本帝国"和一向亲近他的山姆大叔请过来,亚洲不会稳定;把中国搞乱,让其四分五裂的各个区域"相互竞争",亚洲更不会稳定,因为"中国是一艘大船,它一旦沉没,它所带来的巨大漩涡必会使周围的小船陷进去"(柏杨语)。

如果"李总统"还要继续梦呓,我们不妨找人拿着一把剔骨尖刀走到他床前,将他叫醒,说:

"李哥,来,让小弟把你身上的'零件'全部拆下来,以便于它们'相互竞争,追求安定',以便于'亚洲的安定'。"

"点射" 名人及名人现象

关于钱钟书

前几年，钱钟书先生像肥肠、腰花一样被人爆炒，称其为学贯中西，誉其为文化泰斗，夸其幽默艺术出神入化，赞其淡泊名利，一时间中国学界仿佛地质大裂变一样突然冒出一座珠穆朗玛峰，令人"高山仰止，景行行止"。

钟书先生毫无疑问是令人敬仰的大师和泰斗级人物。但评价他的言语似乎有些过了。客观地说，他的名作《围城》也并非"有美皆臻，无美不备"，其逃离现实，"关起门来成一统，管他春夏与秋冬"的倾向十分明显（虽然笔者非常喜欢这部小说，特别是其高超的语言艺术）；其学术著作《管锥编》《谈艺录》也有人认为虽然学富五车，但似乎有资料堆积之嫌，创新创见并不太多；至于其淡泊名利，固然是人品高洁的表现，但也似乎有性格内向、不喜交际的因素使然。何况，真正的学术中人本应如此，哪能像俗人藉藉乎名利。

我始终认为，钱老应得的声名在被埋没多年后，又有被一帮人像哄抬物价一样抬高的倾向，哄抬物价者的本意或许在于让自己的"生意"（学术研究、自身名利）更好，就像几年前有人哄抬梁实秋、周作人等一样——实话实说，梁和周的作品真有那么十全十美超凡脱俗吗？

关于余秋雨

小余揭了老余（余秋雨）一点老底，气得老余双脚跳，指责对方是文化法盲，扬言要对薄公堂，讨个说法。

我们得提醒余大师，宽容批评，兼容异议，能正视自我，反省自我的人才是真正的大师，也才更能赢得人们的尊重。

关于魏明伦

这些年的"业务"不断拓展，先川剧，后杂文，现在又到处"张贴"对联歌赋，欲"传之后世而不朽"，其对联歌赋怎样？对不起，有行家私底下说：呵呵……

也许，魏鬼才还是多写点川剧和杂文才是正经？

关于棉棉、卫慧

棉棉、卫慧的书近来很畅销，那不是她们的东西好，是因为她们脱了裤子，在大街上招摇过市，牵动了众人的目光。

关于王朔

感谢王朔！这个"流氓"和"疯狗"肆无忌惮地戳穿了许多神圣的面具，并给许多人以当头棒喝：用自己的脑袋思考，不要让它像个葫芦那样挂在那里晃来晃去，毫无用处。

我们这个社会需要名人，而名人，也许需要我们进行"点射"。

（作者注：此文为年少轻狂之作，所述观点自己现在多不认同，录此仅证明稳重如山的自己曾经大言不惭、不知天高地厚和几斤几两。）

好好说话

打开电视，你会看到有人摇头摆尾地说"很德国，很德国"，翻开报纸，你会读到"特业余，特农民"的文字。品味诗歌，你会接触到"与别人××容易/与自己××困难……"这样的玄诗，走进商店，你会看到食品柜里多了一种"曲奇"或者是"士力架"——其实就是饼干……

上述现象可分为两种：一种是把中国话以反习惯、反规则的方式再加工，生产出令中国人也摸不着头脑的话来；一种则是在口语、文字中加两句洋话、洋词做佐料让广大听众、观众不知所云。无论哪一种，目的是一致的：以让人难以理解的方式显示其高深，表明其身份、地位、学识风度高人一等、或暗示其产品来路不凡，"好比牙缝里嵌的肉屑，表示他菜吃得好，此外全无用处"（钱钟书语）——非但没有用处，简直还有害处：使一些人眼睛向上，不看脚下泥土，不看身边民众，搔首弄姿，孤芳自赏，助长社会的虚伪矫饰，华而不实之风；使一些人口里念着"国外的月亮比中国的圆"，心里想着"那边风景独好"，心甘情愿地推销外国文化、商品、价值观念，使年轻一代患上"小儿麻痹症"，甚至使民族的腰板儿逐渐弯下去——这不是危言耸听，南京不是就有人以带有殖民色彩的"formosa"作为商店招牌吗？（formosa：十五世纪葡萄牙殖民主义者

对台湾的称呼）

在此，笔者呼吁应净化祖国语言，特别是负有导向作用的各种宣传媒体，更应严格把关，"勿冒酸水"，好好说话。

从 "管好吃饭" 谈起

某官员履新后发现一个现象，政府机关规定中午 12：00 吃饭，但很多人 11：30 就吃饭去了，而且已经习惯成自然了，很多人都这样，很多年都这样。为此，该官员召开了一个 15 分钟的会，并在会上作了如下规定：第一，办公厅主任如果不能杜绝 11：30 吃饭的现象，就引咎辞职。第二，如果哪一个处室今后有人 11：30 吃饭就说明闲得没事干了，这个处室就精减人员。第三，11：30 派人扛着摄像机在食堂门口现场拍摄。15 分钟的短会一结束，11：30 吃饭的现象就随之结束了。

15 分钟的短会就解决了一个积重难返的问题，我们对此不得不翘大拇指。为什么能取得这样好的收效呢？我想原因有三方面：第一，这个措施强硬有力，"刀刀见血"。第二，措施从不同的层面（管理者和被管理者），以不同的方式（录像曝光、端掉饭碗）对"抢饭"现象进行了打击。第三，措施在着力消除"抢饭"现象的同时，亦着眼于解决这一现象所反映出的本质性问题——人员庞杂、人浮于事。简而言之，该官员能够旗开得胜的原因在于：措施有力，多管齐下，标本兼治。

客观地说，11：30 就离开工作岗位的现象并非是大连特产，在其他地方也或多或少，或轻或重地存在着。例如上午 11：30 或下午 5：30 前一些人就"手忙脚乱，归心似箭，谢绝来访，下次再见"；

上班时"准时报到，中间溜号"；星期五下午有些无故"旷课"；有的科室演"空城计"等都并非天方夜谭。对这种现象许多领导都曾经花精力整治过，而收获不尽人意，有的甚至"卷土重来"。我想，除了其它原因外，措施不力或者措施单一，或者没有从根本上进行治理的措施也许是一个重要原因；若能借鉴一下该市长的作法，效果很可能有所不同。

"措施得力，多管齐下，标本兼治"是一条很好的原则，它是辩证唯物主义用全面、联系、发展的观点看待和处理问题的具体化；它有利于防止"一叶障目，不见泰山"，"单打一"，"头痛医头，脚痛医脚"等现象；它是解决问题特别是老大难问题的一个很好的指导思想，是取得成功的前提和保证。

"民以食为天"，笔者认为，官员管"吃饭"这件事对我们的工作不仅有借鉴意义，更有方法论上的指导意义。

大开发没有 "拉链"

记得有这样一则让人笑不出来的笑话：一位医生为一个病人动手术，他将伤口缝好后，突然想起手术刀还在里面，于是拆开线去取手术刀；手术刀取出后再次缝合后，又想起镊子还没有取出来，于是又拆开线去取镊子……如是再三，病人痛苦不堪，对医生说：你干脆在我伤口上安一个拉链算了！

这个笑话是用来讽刺那些马大哈的，但对不姓"马"的人来说也有一定的启发，那就是，做事之前要三思而行，做的过程中尽量不要留有隐患。这个故事使笔者想到了我们当前实施的西部大开发战略。

西部大开发是一项宏伟的战略，是需要几代人努力才能完成的伟大事业，它具有长期性、复杂性和艰巨性，它需要我们对之进行深入思考，做出长远规划，搞好总体布局，进行详细论证，然后分步实施，决不能一哄而上，盲目蛮干，零敲碎打，"边走边看"——须知，大开发过程中也无"拉链"，一旦某个项目、工程草率上马，发现问题重重，再来"拆线"时，可就"痛苦"了：那造成的后果不仅是精力和资源的浪费，更是经济的损失，开发进程的延误和人民利益的受损。前几年有些地方盲目建成电视机、汽车、VCD影碟机等生产线，带来重重问题，最后不少企业被迫淘汰出局即是我们可以借鉴的例子。

近段时间，某县经济技术研发区在招商引资中的一个举动引起了笔者的注意：它拒绝了一家拟投资近 4 亿元，效益立竿见影的企业落户该区，原因是"嫌"该企业污染较大，将影响开发区今后的生态环境。此举正体现了长远规划，不留后患的发展策略。对此，在大开发中自然会减少"拆线"的次数，没有"拉链"又何妨！

老鼠过街无人喊打

数年前，中央电视台 7 月 11 日《今日说法》节目中播放了在成都市拍摄到的一组画面：一位正在大街上款款而行的女士突然被一个蹑手蹑脚跟上来的人迅速拽掉耳环；夹着皮包前行的男士突然被街边窜出来的人夺去皮包；坐在三轮车上的人被后面撵上来的人死死拖住，然后被劫去钱物——其中一个画面是：一个人坐上三轮车正准备往前走，一个男子突然跑上去，把他死死拉住，接着 6 个人蜂拥上前，或抢其皮包，或夺其手表，或搜其衣袋，真是让人头皮发麻，触目惊心！要知道这种事情发生在人流如织的街面上，发生在都市的大白天里！主持人和特邀嘉宾在其后的分析和评论中，对这个现象的结论是路人及被抢劫者的法律意识不强——因为在整个抢劫过程中，来来往往的行人没有任何人出来制止或追击抢劫者（甚至个别被劫者——以女性居多——被抢劫后连追都没追，就径直走了）。在抢劫事件发生后，也没有任何人（包括被劫者）向派出所报案——整个一个"老鼠过街，无人喊打"的奇怪景象！

初听主持人和嘉宾的评论，觉得所言甚当，笔者看到这些画面的时候，就有同感——岂止是法律意识不强，简直就是自私自利，麻木不仁！龙应台女士说："在台湾最容易生存的不是蟑螂，而是坏人，因为中国人怕事，自私，只要不杀到他的床上，他宁可闭着眼假寐。"这句话用在那些对抢劫现象视若无睹的过往行人身上不是很贴切吗?!

但是，当笔者再次回想起那令人惊心的一幕幕，意见却有所改变，觉得这重重的一板子打在路人及被劫者身上，似乎有些轻重失度，似乎有违"杀猪杀喉管，不要戳屁眼"的原则！

——出面制止或跟踪追击？这些人不是手无缚鸡之力的小生，而是有一身蛮力的壮汉；不是心慈手软的善类，而是心狠手辣的恶棍；不是手无寸铁。而是有匕首、火药枪等凶器在身；不是孤军作战，而是成群结队！如果你没有"拳打南山猛虎，脚踢北海蛟龙"的"中国功夫"，你敢"路见不平一声吼，该出手时就出手"吗？你有必要拿鸡蛋碰石头，去做一场无畏的牺牲吗？

报案？"难道抢劫者抢了东西之后在那里'原地踏步走'，等着派出所的人去抓他？报了案，派出所有那么高的办事效率，能迅速找到我失去的东西？难道报案之后花费的时间、精力甚至金钱折合下来就一定比不报案划算？报了案之后人家就一定会来过问（去年某地一家商场夜间着火，打电话向公安局、消防队求救，竟无人接电话，致使该商场在两个小时内被烧毁一空，损失惨重）？这种连'专政机关'都不来过问的事，我一介草民管得了吗？"——路人或被劫者的这些想法当然是不高尚、不明智、不正确的，但设身处地地想一想，再联系实际看一看，你能说这不是一种合乎情理的做法吗?!

"老鼠过街，无人喊打"是不正常的，出于这种情况，路人和被劫者法律意识不强，觉悟不高，也是不争的事实，我们也应努力营造见义勇为的氛围，但这只是问题的一面，如果我们只认识到这一点，那么这个问题可能只会一再重复下去，我们应该问一问：在自己的生活区域内出现这种明目张胆、肆无忌惮的事件，有关部门在干什么？难道在关起门睡大觉（这伙人作案月余，抢劫钱物价值十万元以上）？出现这种事情后，人们为什么不报案？这一切是否值得有关部门反躬自省？

"绝处"如何"逢生"

商界流传着这样一个故事：在芝加哥举行的世界博览会上，美国著名的"57罐头公司"展出的位置被安排在场中最偏僻的一个角落。公司经理汉斯十分恼火，后来他"放下包袱，开动机器"，想出了这样一个办法：在博览会各个位置有意投下一枚枚小铜牌，铜牌上面写着：拾得这块铜牌者，可以拿到阁楼上的57食品公司换取纪念品。结果，那间原本可能门可罗雀的小阁楼门庭若市，成了博览会最热闹，最引人瞩目的亮点，为公司带来了巨大的经济效益。

无独有偶，美国新墨西哥州苹果园主杨格的举动与此挺有相似之处：有一年大冰雹将他树上的苹果打得遍体鳞伤（此前他已向全国订出9000吨货，且允诺"如果您收到的苹果有不满之处，请告本人，苹果不必退回、货款照退不误"）。这批苹果虽然味道似乎更为清甜爽口，但模样太难看。后来他在发往对方的货物箱中放置了一张纸片，纸片上写道"这批货个个带伤，但请看好，这是冰雹打出的疤痕，是高原地区苹果的特有的标记……"结果这批货十分顺利地脱销。

上述两个事例给我们如下启示："绝处"可以"逢生"，在商业活动中，有时候看似山穷水尽，走投无路，实际上也有可能柳暗花明，别有洞天。认识到这一点，将会增强我们在商战困境中的信心。

怎样才能做到"绝处逢生"？笔者认为有两个途径：其一是从劣势中发现优势。矛盾是对立统一的。"有无相生，难易相成，长短相形，高下相倾"，事物的优势往往与劣势共存共生，这就需要经商者拥有辩证思维，不被劣势蒙住双眼，善于从劣势中发现、发掘出优势来。其二是将劣势转化为优势。有时候事物发展呈现出一塌糊涂的状况，劣势一目了然，而优势却不见踪影。这时，我们可以做一些铺垫、架一些桥梁，将劣势引导，转化为优势。就像曾国藩谈下棋与用兵之道："凡善弈者，每于棋危劫急之时，一面自救，一面破敌，往往因病成妍，转败为功。善用兵者亦然。"

当然，这两个途径都有一个共同要求，就是在面临绝境的时候能够沉着，冷静，客观分析，然后当机立断，主动出击；如果六神无主，方寸大乱，眼前一团漆黑，那要于"绝处""逢生"多半只有"空了吹"。

家教环境与儿女成才

近日，笔者到一户人家做客，发现这个普通家庭还颇有不同寻常之处：在这个父母皆为一般干部的四口之家中，两个孩子一个是博士，一个是硕士。笔者询问他们的教子之道，他们的回答是：关键是为他们营造一种良好的家教环境，还举例说：他们夫妻平常很爱看书，这使孩子无形中受到熏陶，从而喜欢看书，多年前他家住房紧张的时候，家里没客厅，却有孩子的书房，他们从不强迫孩子学这学那，而是尽可能尊重他们的兴趣和愿望，顺其自然……这个回答给笔者以很大的感触。

荀子说："蓬生麻中，不扶而直；白沙在涅，与之俱黑。"俗话说"近朱者赤，近墨者黑"，这都说明环境的重要性。但在家庭教育中注重"环境建设"似乎是不多见的，生活中常有这样两种父母：一种是根本不注意为孩子提供一个良好的学习环境，比较典型的家里麻坛不空，让孩子夜夜伴着麻将声入眠。从小就给他们一种"我用麻将赌明天"的"熏陶"；一种是想为孩子提供良好的环境，强迫他们练钢琴、学绘画等。可惜，事与愿违：孩子像是施肥过多的庄稼，几乎"肥死了"——他们整天忙里忙外，忙东忙西，忙得晕头转向，忙得成了小老头、小老太婆。萨尔茨堡在《幽默的中国人》一书中描述的那个在父母压制和强迫下学画变得唯唯诺诺、小儿神经质的小孩，正是这类孩子的真实写照！这样的环境显然亦非"良好"。

对于前一种父母，孟母三迁的故事值得他们仿效；而对于后者，我们则可以从以下事实中感悟到点什么：毛泽东的父亲想让他成为会计，而他最终却成了政治家、军事家；达尔文的父亲希望他成为神父，而他却成了著名的科学家；巴尔扎克的父亲希望他经商，而他却成了大文豪……

当然，话又说回来，并不是每个父母都得把儿女培养成硕士、博士，但希望儿女成才的心愿还是不容否定的。所谓"取法乎上嘛"。因此，重视营造良好的家教环境就十分必要了。

我的诫子书

孔子说："三军可夺帅，匹夫不可夺志。"人必须有志气！

志气是什么？

志气就是追求向上向善的高远目标、坚定决心、坚强意志和艰苦努力！

志气表现在哪里？

志气就是有目标。人需要有目标，正如哲学家小塞涅卡所说："人如果不知道自己驶向哪里，那么任何风都不是顺风。"人首先要有人生长期目标，"人无远虑，必有近忧"；如果没有，至少要有短期目标；如果没有，至少应有近期目标；如果没有，至少应有即期目标；如果没有，至少应有当日目标；如果没有，至少要有当事目标；如果也没有，就可以到庙里当和尚了！但和尚也是有目标的呀：要么是高大上的目标——普渡众生，要么是矮穷矬的目标——渡自己上天堂！更进一步说，有志气的人不仅有目标，而且志存高远，"乘长风破万里浪"，有雄心壮志！

志气就是有斗志。就是面对困难，迎难而上；面对挫折，愈挫愈奋；面对打击，咬牙坚持；面对轻视，奋发图强！特别重要的是，勇于争先、不甘落后，永不气馁，永不认输！就像海明威《老人与海》中说的："人可以被打倒，但不可以被打败！"

志气就是有自信。就是虽然现在起点低，但是坚信有"会当凌绝顶，一览众山小"的一天；就是自己虽然现在不优秀，但"舜人也，予，人也，彼能是，而我乃能不是"，别人能做到的，我经过努力也一定要做到！就是虽然自己现在不出众，但"仰天大笑出门去，我辈岂是蓬蒿人"，凭我的聪明才智一定能出人头地！

志气就是有自新。每一天都给自己加满油、充满电，每一天都给自己明确一个目标、提出一个要求（哪怕是重复的），每一天都努力改正自己一个缺点和坏习惯、培养一个优点和好习惯，每一天都让自己有新收获、新进步。就像93岁的大提琴演奏家卡萨尔斯说的："我在每一天里重新诞生，每一天都是我新生命的开始！"

志气就是有毅力。孔子说"士不可以不弘毅"。毅力就是面对平凡工作坚持不懈，面对艰难险阻坚定不移，面对挫折打击坚忍不拔。而不是三分钟热情、浅尝辄止、一遇困难挫折打击就退避三舍、落荒而逃！

为什么要有志气？

因为有志气的人更有出息。他有目标，因而不会"身体晃晃，东张西望；书包鼓鼓，六神无主"；他有斗志，因而不会一触即溃、一蹶不振；他有自信，因而不会自暴自弃、自怨自艾；他有自新，因而不会固步自封，自鸣得意；他有毅力，因而不会蜻蜓点水，半途而废。这样的人即使起点低、基础差、困难大、打击多，又怎么会不进步！怎么能不成功！怎么会没出息！

因为有志气的人更加幸福。有志气的人，有更多的付出，因而有更多的收获；有更大的奋斗，因而有更大的成功；有更大的奉献，因而对国家和人民有更大的贡献；有更多更大的关注支持，因而有更多更好的资源人脉；有更高更好的平台，因而有更多更好的人生事业婚姻选择。他的人生怎么会不丰富、不精彩、不如意、不幸福！

因为有志气的人更有尊严。有志气的人，他的能量强大，自身坚不可摧而又能够无坚不摧，具备成功成才的内在基础，让人敬佩；有志气的人，他的综合实力强大，让人不敢小觑，让人敬畏；他的奋斗和成长、他的成才和成功更加令人关注期待，他拥有更多的鲜花和掌声，"春风得意马蹄疾，一朝看尽长安花"，让人敬慕。这一切怎不让人尊重！

古往今来，有多少有志气的人为你树立了榜样：身为国君、锦衣玉食，战败后屈身为奴、忍辱含垢，而后卧薪尝胆、奋发图强，最终反败为胜、东山再起的越王勾践；小小少年即身怀家国理想，"为中华之崛起而读书"，后来成为国家民族栋梁之材的周恩来；为自己制定美德培养计划，一月努力培养一种优良品质，后来终于成为美国著名政治家、科学家的富兰克林；"扼住命运的咽喉"，决不屈服，听力失聪后仍然颇有作为、佳作频出的贝多芬；当然也还有婴幼儿时期直至青年时期都重病缠身、面临死亡阴影、学习基础极差、困难极大，最终战胜疾病、战胜困难完成学业，现在满怀激情为国家和人民服务的"田中央"小干部雍也……

古人说，人品学问俱成于志气。雍也说，一切道德人品、学问才能、成才成功、幸福美满的获得都植根于内在外在环境，奠基于个人勤奋努力，特别离不开人的志气引领激发！

有志气的人：

是石中之玉，熠熠闪光；

是林中松柏，傲立风霜；

是鸟中之鹏，志在八荒；

是河中激流，一泻汪洋；

是霞中旭日，前程辉煌！

人能够没有志气吗?!

人不应该多点志气吗?!

人不应该增强自己的志气吗?!

向美美及其护花使者们进一言

坚不可摧、无坚不摧的郭美美终于倒下了，其亮丽光鲜的外表、锦衣玉食的生活、挥金如土的底气、任我逍遥的能耐也终于揭开了谜底：这是一个"为了名不计后果，为了钱不择手段"（其"干爹"王军语）的美少女，一个以身体为武器攻城略地的失足妇女，一个嗜赌成性、开场设局的犯罪嫌疑人。从某种角度说，这是一株"恶之花"。曾几何时，郭美女"生意兴隆通四海，财源茂盛达三江"，挺胸露肚，晒富炫酷，"惊起一滩鸥鹭"；而今身陷囹圄，低眉顺目，认错悔过，"物非人是事事休"，令人不胜唏嘘：看来，这一次"美丽是美美的通行证"不顶用啦！

郭美美"不是一个人在战斗"，她有无数的"护花使者"：她有自己的"生活助手"，她有专门的"演出公司"，她有无数非富即贵、排队等候的优质"炮手"，她有"化神奇为腐朽"的策划公司，她有为之站台正名的专家教授，她有对其奉若至宝的某些网络报纸……其中后者对其奠定"江湖地位"功不可没。

近些年来，网上的各种红人就没有断过，甚至泛滥成灾：流氓燕、芙蓉姐姐、凤姐、干露露、郭美美，几乎是"江山代有才人出，各领风骚三五年，你未唱罢我登场，乱花几欲迷人眼"。这些人或者以勇曝其丑，或者以勇曝其蠢，或者以勇曝其奢，或者以勇曝其浪……不断拓展广大网民的视听极限、不断突破大家的认知底线，不知者以为这些人是"其人本天成，记者偶得之"，殊不知这些奇葩正是网络及推手们精心策划的杰作。笔者2011年到一家全国知名网站参观，其老总就不无得意地一一介绍某某人是他们一手捧红的、某某人是他们一手策划的，让我们大跌眼镜：原来让广大人民起心理生理反应的某某人某某事是这样生产出来的呀！由此也不难设想，一度在全国此起彼伏、风起云涌的城管打人、校长老师强奸学生、医生见死不救、老人倒地不扶等事件也难逃这些圣手的操弄，最近查处披露的沃尔玛公司的业绩不就证明了这一点吗？

我们从这些无良网络红人、策划者、推手、网站看到的是：

逐奇无节操。他们追求的目标第一是新奇，第二是新奇，第三还是新奇。他们追奇猎艳、"语（行）不惊人死不休"的"东方新闻观"甚至超越了"狗咬人不是新闻、人咬狗才是新闻"的"西方新闻观"；

逐臭无节操。他们几乎将让观众恶心呕吐作为判断他们炒作人物事件是否成功的标准，像苍蝇一样只对追逐肮脏丑陋的东西乐此不疲；

逐利无节操。"只要能出名，人变鬼都行；只要能赚钱，其他都免谈"，什么面子里子、职业操守、道德底线、法律红线管他娘！

这些"红人""黑事"充斥媒体，产生了哪些"积极成果"？其一，它动摇了人们尤其是年轻人对社会的信心，可能认为这个社会遍地丑恶横行、到处污泥浊水、人人不可信任；其二，它动摇了人们尤其是年轻人对行业的信任，可能让人产生看城管都是"横六进二"，看公务员都是"贪污犯"，看老师都是"强奸犯"，看医生都是"黑心肠"；其三，它动摇了人们尤其是年轻人的信仰。它传递出的奢靡享乐风气，不劳而获的生活以及"歪门邪道只要能出名捞钱就是王道"的思想观念和"红线底线只要有背景靠山就不怕踩线"的无知狂妄，对社会空气有巨大的污染，对青少年有强烈的误导，冲击甚至毁掉个别人不甚牢固的"三观"。虽然这些"策划""报道""演出"客观上有揭恶露丑的作用，个别还有传递真善美的作用（如"天仙妹妹"），甚至在信息披露、舆论监督上有独特作用，但是由于其主观动机在于"吸眼吸金"，主要手法在于扬恶露丑，操作方式在于爆炒恶炒，运作模式在于立体轰炸，因而传递的正能量极少，释放的负能量太多，说其"瑜不掩瑕"恰如其分，说其罪莫大焉、恶莫大焉也许并不为过！

从去年的个别网络大 V 被"取起"，到今年的美美被"关起"，又到策划公司被"查起"，我们可以预见，"美美"及其"护花使者"们的幸福生活就要到头了，人们有希望看到网络及媒体"清粼粼的水来蓝莹莹的天"了。

——形形色色的"美美"及"护花使者"们，这么多年来，你们为了娱乐事业的发展和繁荣市场经济，抛头脸、撒热情，付出了巨大的智慧、心血和汗水，甚至不惜将敏感部位、重要器官奉献给广大网民及爱好者，在此谨向你们道一声：辛苦了！同时也郑重提醒：

哥们姐们，该歇歇啦！

把根留住

数年前，笔者看到这样一篇文章：一个日本留学生问了许多中国大学生这样一个问题："你怎样评价抗美援朝中牺牲的邱少云烈士？"得到的回答是："那是一个大傻瓜！……"这个日本人摇了摇头，说了一句很刺激人的话：一个连自己的英雄都不加以尊崇的民族让人轻视！无独有偶，后来笔者又在《成都商报》上看到这样一则新闻：一位检举父亲贪污行贿的士兵复原回乡后受到四面指责，八方冷遇，找工作处处碰壁。人们视他为一个怪物，不愿接纳。

笔者结识过一个退休干部，他当年曾是一个有几万人的大单位的"财务总管"，据他的儿女们介绍，只要他当时愿意，要捞点"油水"是不成问题的，可他没有，他拿着每月几百元的退休金过着清贫的生活，不少人笑他傻，可他不以为然，他说："我甘愿如此，问心无愧！"

笔者对他肃然起敬！同时对笑他傻的人数量如此之多感到忧虑。

当我们都认为这个老同志、前述复原退伍军人甚或英雄邱少云等人的举动是"傻冒"的时候，社会将会怎样？

记得郁达夫先生说过这样一句发人深省的话：一个没有英雄的民族，是一个可怜的生物之群；一个有了英雄而不加珍惜的民族，是一个没有希望的奴隶之邦！他说的是英雄，我认为还可推而广之，例如优秀的民族精神、民族遗产、传统美德甚至美善行为等，这是维持一个民族枝繁叶茂，"自立于世界民族之林"的"根"，值得社会和民众尊重珍惜而不是弃之如敝履。

"求木之长者，必固其根本；欲流之远者，必浚其泉源；思国之安者，必积其德义"，这是千古名臣魏征向千古明君唐太宗进言的《谏太宗十思疏》中开宗明义的几句话。意在劝诫太宗崇德重义、"好好学习天天向上"，成为尊道守德有为之君。而这几句话无论对个人、对社会、对国家、对民族都是适用的：只有固根本、浚泉源、积德义，才能行稳致远，拥有光明的未来。

根深才能叶茂，本立而后道生。为此，我们是否应该赶紧"唱"起一支歌曲——《把根留住》？

漫谈宋江

雍其鑫

宋江的社会

《水浒传》演绎的传奇，是否也反映了社会现实？

本书开头，王进受高太尉刁难，害怕性命难保，只得私逃关边。这本是无甚用的引子。可是有几个问题：

高太尉系何人？"踢得一脚好球的破落户"，因此被钦宗看上，做了"国防部长"；高太尉寻甚仇？"被王进之父一棒打翻"。如此闹剧竟这般堂而皇之地上演。而王教头竟因此"闷闷不已"，恐"性命难保"。如此皇帝如此高官如此官场可真让人不踏实啊。

俗话说"上梁不正下梁歪"，如此朝廷下又有如何的民间呢？

书中，平民百姓中的"鸟人"也是无处不在：要抢杨志宝刀的市井无赖牛二；教唆潘金莲杀夫的王婆；强占金翠莲的郑屠户。

好汉中名为"忠义"实为作奸犯科之举也不少：

武行者夜杀贼道，可为"试刀"，杀了无辜的道童；

晁天王劫不义之财"生辰纲"，可实际是抢国家运输车；

宋江仗义疏财，可这国家公务员的好一部分理由是日后犯罪好脱身；

真正"忠义"的事屈指可数，说来说去仅有鲁智深三拳打死镇关西等屈指可数的事件让人感觉还像那么回事。

我很奇怪施耐庵写这些"忠义"之举并不一笔带过，反而大写特写，由此也可见施耐庵所言的"忠义"为何物；许多好汉是被宋江"赚"来"骗"来，可依然称哥哥"忠义"，可见众人心里想的"忠义"、口里所言的"忠义"是什么。

宋江的江湖

许多人不觉得宋江有什么本事，这宋江到底有什么能耐，在江湖中"人见人爱，花见花开"呢？

宋江失手杀了阎婆惜。知县知道了，要把事情"朦胧地做在唐牛儿身上"。于是原本只是过路的唐牛儿，先挨了如狼似虎的三五十棍，再被骂得狗血淋头，还要被迫"慢慢地继续招"。押司朱仝、雷横去宋家捉宋江，朱仝本来在地窖里找到了，出来后又说："真个不在这里。"雷横也乐意做人情，两人就互相正说反说演双簧，离开了宋家村。

宋江的江湖似是有惊无险，在江湖中似是一帆风顺。遇见强人要拿他做醒酒汤，一句暴露身份的"可惜宋江死在这里"哀叹，马上让强人拜倒在地；遇见劫匪要剁他入水，一个迟疑"莫不是宋公明哥哥"，马上让劫匪立正稍息敬礼。

偏偏是宋江，遇江有渡，逢山有路，为什么？

宋江吏道纯熟，却只是押司；宋江世代务农，可不知宋家有多少银两；宋江济助各方，可好汉都说"久闻哥哥大名"，似先前无人认得。一切迷雾重重。

很难得到答案，但还是可以得到答案。

宋江被抓住，投入江州大牢。来路上，他使解押官人"赚得许多银两"；衙门外，他与江州府公人三两银子；牢房里，又给差拨十两银子；营房中，让军健、管事都得了银两；到抄事房，又请众囚徒、又请差拨……

　　一个月下来，结果如何？

　　"营里无一人不喜欢他。"

　　但营里还有一个人没有收到宋江的孝敬——节级——监狱长。于是他和宋江见面的第一句是：你这矮矬穷，怎么不送惯例钱给我！公然索要贿赂。宋江作死不给，于是节级要打宋江。结果？"众人一哄都走了，只剩节级和宋江。"

　　看来宋江的腐败工作做得卓有成效，让人不得不为之鼓掌。

　　这就是宋江在江湖混得风生水起的原因，还有更多例子，总是如出一辙的手段，却十分高效。让人不得不感叹江湖的利字当头。

　　不信？

　　想知道节级是谁吗？戴宗。等宋江拿出朋友吴用的信，两人又"幸而相见"起来。

　　所以说，表面上，这是一个多么重情重义、规矩分明的江湖。实际上，这是一个多么利欲熏心、混淆是非的江湖。

宋江的理想

　　古人云："有志者事竟成。"宋江的这个"志"，也就是"理想"，到底是什么呢？

　　我们看到宋江刚出场的时候，作为县长秘书，工作勤奋，团结同志，乐于助人，领导认可，群众喜欢，不可不谓之朝气蓬勃前程远大。可惜后来脑子一抽，杀了情人阎婆惜，跑了路，于是一切急转直下。

宋江脑子一热弄了个婆娘管出了问题自己脑子一热又把她杀了。真可谓"时运不济,命运多舛;冯唐易老,李广难封",于是我们的宋江就被官府逼得跑东跑西,而各位江湖大佬也不放过他,要拿他做醒酒汤、做刀削面、做饺子(刀削面指杀了丢水里,饺子指自己跳水里,至于醒酒汤是真的要拿宋江做醒酒汤)。此时宋江对于有关各方的"感激之情"自然是"溢于言表",于是在酒后一表心迹,写了两首诗:

"自幼曾攻经史,长成亦有权谋。恰如猛虎卧荒丘,潜伏爪牙忍受;不幸刺文双颊,那堪配在江州。他年若得报冤仇,血染浔阳江口。"

"心在山东身在吴,飘蓬江海谩嗟吁。他时若遂凌云志,敢笑黄巢不丈夫。"

由这两首诗,我们可以看出:

1. 宋江小时候还是看过书的。

2. 宋江长大后还是有脑子的。

3. 宋江现在被搞得很惨。

4. 宋江要报仇,要实现远大志向。

5. 宋江写诗很一般。

当然,宋江并没有太过清楚地说明他的志向是什么,但有一种情绪已经深深地表露了出来,那就是:

我要造反!我要搞事情!

难怪又被人检举揭发拉到绞刑架上。

可是此时宋江真的愿为实现理想义无反顾吗?

举个例子,第三十二回,武行者与宋江相遇,分别之时,宋江道:"兄弟,你入二龙山后,如得朝廷招安,便都投降……"

这说明宋江一开始就觉得当好汉没有真正的前途，山寨做小了容易没了，做大了被朝廷发现更容易没了，又不可能凭着小小水泊的人手反了皇帝老儿（他本来也没说过真的要反了皇帝老儿嘛！）。于是他就像玩股票，买了一只好汉股，把它做大，国家注意到了就卖给国家，也就是接受招安了。

好。既然宋江同学的志向是卖出一支顶呱呱的好汉股……可他现在还是什么都没有。

看来宋江同学的理想之路还很长……

宋江的嘴脸

我们说，上位有如宫斗，尔虞我诈、勾心斗角、阳奉阴违，展现万般气象。那么宋江又是如何上位的呢？

宋江初到梁山，晁盖就客客气气地请他当寨主。宋江就笑："哥哥大我十岁，我如何当头领？"一句话把晁盖舒舒服服地扶回交椅，晁盖安安稳稳地坐下了。不过宋江要自己的人与晁盖人等分坐两边。

白胜带着人在山下偷祝家庄鸡吃，被抓了，坏了梁山声名，晁盖生气了。要打祝家庄。宋江劝："哥哥息怒。小可愿亲领一只军马，启请几位贤弟下山。"于是带着自己的兄弟走了。晁盖觉得宋江很乖。

李逵杀了高廉舅舅，让柴进要被害掉性命。晁盖不耐烦了。宋江劝："哥哥是山寨之主，不可轻动。小可和柴大官人旧来有恩，情愿替哥哥下山。"于是带着自己的心腹走了。晁盖觉得宋江很贴心。

晁盖觉得过得很滋润，整天在山上吃香的喝辣的，管管后勤——其实就是坐坐走走看看，清闲得很。宋太公上山了，于是晁盖连后勤也不用管了，交给宋太公管了。晁盖觉得很巴适。

晁盖欲打祝家庄，宋江说："哥哥是山寨之主，不可轻动也。"

好，你去吧。

晁盖欲打高唐州，他又说："哥哥是山寨之主，不可轻动也。"嗯，你去吧。

晁盖欲打青州，"哥哥是山寨之主，不可轻动也"。哦，你去吧。

晁盖欲打华州，"哥哥是山寨之主，不可轻动也"。可以，你去吧。

晁盖欲打曾头市，他还是那句"哥哥是山寨之主，不可轻动也。"啊，你去吧。

等等！

晁盖觉得不对劲了。

"宋贤弟，不是我要抢你功劳，你下山多遍，哥哥今替你走一遭。"下回你去。

宋江劝，晁盖不听。

宋江又劝，晁盖脸色都变了。

宋江再劝，晁盖便下山了。

哼，宋江啊宋江，差点就被你的嘴脸给蒙骗了。军政归你，后勤归你爸，山寨是你的不成！晁盖下山时，不禁为自己识破阴谋诡计点赞，为自己的高智商喝彩。

然后？然后晁盖就被"史太公"的箭射死了。

宋江可能自己使计杀了晁盖，也可能没有，但晁盖的确是宋江上位的牺牲品。

除了晁盖还有哪些牺牲品呢？

为了"赚"秦明上山，秦明全家和一村百姓死了，秦明的名声毁了。

为了拉拢人心，貌美如花武功高强的一丈青被宋江嫁给了又矮又锉的王矮虎。

为了"赚"朱仝上山，朱仝照顾的好友的孩子死了，朱仝与好友反目。

为了"赚"玉麒麟上山，玉麒麟一家死了。

最后即使自己要死了，为了死后的名声，李逵也死了。

……类似的例子数不胜数。

宋江有几副嘴脸？不多：虚伪、自私、残忍、庸俗。

宋江的枪

李逵对于宋江的重要性，大家可能以为是冲锋陷阵打打杀杀。

其实不是。

首先，李逵傻吗？

先说可怜的朱仝吧。朱仝替知府带孩子，结果雷横把朱仝拉走说话（这时雷横已经上山了），要他上山，朱仝回来时孩子给李逵砍了。

你可能说李逵又是激情杀人，但是对于宋江呢？朱仝作为良民，绝对不肯上山，此时必须要逼他。所以对于宋江，孩子必须死。

再说罗真人。罗真人不放公孙胜回山，因真人道行高深，所以李逵不像往常一上来就杀，趁夜杀。

所以说真的，李逵根本不傻。只是看起来很鲁莽而已。

李逵的重要，就在于他不傻，但是看着很傻。

上了梁山，李逵大叫："杀上东京，砍了皇帝老儿，晁盖哥哥做大皇帝，宋江哥哥做小皇帝。"戴宗说："黑厮闭嘴，砍了你这头!"然后李逵就卖萌："若割了我这头，几时再长出来，我吃酒。"一番杀机由隐而无，但结局已经如李逵所暗示的那样，注定了。

晁盖死时说谁捉到史文公谁当头领来难为宋江，最后，卢俊义捉到了史文公，宋江和卢俊义推让之后，李逵大喊：宋哥哥你再让就散伙！于是宋江也就顺利开始下一步计划了——卢俊义和宋江分头打东平、东昌府，说是看天意，谁先打破城子谁当寨主。可是吴用名义上跟卢俊义打东昌府，实际上跑到宋江旁边出谋划策，最后当然是宋江当寨主了。你说这是看什么天意？

李逵的好处就是这样了：宋江想做这件事，但不能直说，这时李逵跳出来吼，说不公平，说不行，宋江嘴上骂他"黑厮"，心里想着"乖兄弟"。

李逵就是宋江的一杆枪。不知道水浒一众好汉有多少懂，又有多少虽懂但装不懂？

宋江的上位

如何当老大，这个"如何"有讲究，其一指"为何"，其二指"如何"。那么我们武功不高、相貌平平、权势皆无的黑三是如何弄到"老大"这块天鹅肉，又如何处理这块肉的呢？

一、大送特送

首先，宋江送钱。

宋江见阎婆惜家里周转不来，于是先送了一具棺材（阎婆惜他爸死了连棺材都买不起），再送十两银子，再送家当，再送首饰衣物。

宋江还不只送钱。

宋江下山，遇到个人叫金毛。

金毛说他偷了一条好马。

宋江说好啊。

金毛又说马现在不在他手上，在曾家，给他们抢了。

宋江：哦……那你上山当头领吧。

宋江捉了玉麒麟。

玉麒麟：要杀要剐随你。

宋江：哦……那你当副寨主吧。

还会送人情。

晁盖抢劫国家运输车，事发了。宋江"担着血海也似干系"报信。幸好晁盖走了，不然准出事。

还送名声，给尊重，给面子。

宋江口头禅："唉呀，这不是……吗？幸会幸会，久仰久仰！"

在"送"上毫不吝啬的人，比如汉高祖、宋高祖。但是宋江的送还有讲究：1. 主动奉送。2. 大送特送。3. 不求回送。收到的人一下子就感动了，唉，这个人好。树立了宋江的名声。当然，只是这样的话宋江只是个傻小子。宋江送的时候还关注个人的想法，想要权的宋江不会多送钱，想要钱的宋江不会多送名；再兼顾大家的想法，尽

量使大家心服口服。所以时迁地位不高（强盗是瞧不起小偷的），但时迁可以要很多钱。卢俊义不会得很多权（卢俊义摆个样子的玩物而已），但可以得很多名（副头领，听起来厉不厉害？）。而刘邦封下属就只是先稳住大家，再一个个送，结果封完了发现还有安全隐患；宋高祖"杯酒释兵权"后送钱送物，眼前危险倒是解除了，但从此为国家落下了文弱的病根。所以，在"送"的讲究上，宋江做得比这二祖似乎还好。

二、真干实干

"光说不练假把式"，宋江虽然武功不强，但绝对是个实干家。

先稳住晁盖，让他先在"名义上"多当会儿寨主。

然后打祝家庄、高唐州、青州、华州、曾头市，他都是不辞辛苦主动请缨……我们可以看出：

1. 晁盖很傻。为什么？他傻愣愣地被夺了权还没看出来。

2. 宋江很傻。为什么？没有吴用他傻愣愣地一打二打三打祝家庄没打下来还折了一众好汉。

3. 宋江很坚持。一次次失败还要再来。

4. 宋江真正的声望和业绩就这样攒起来了。慢慢地好汉都不听晁盖的了。

所谓功高震主就是如此，更何况相较于朝廷，这里是用拳头说话的江湖呢。

三、改革改良

晁盖一死，宋江一当上寨主，就开始实行改革的三把火了——

改口号：我们好汉啸聚一方，打家劫舍——哎呀不好听，改成"替天行道"。改完之后原本自愿坐冷板凳不干事的林冲就下山打劫了。

改策略："此路是我开，此树是我栽，要想从此……"这样开店

233

经营、坐等客户上门，要不得。我们应主动出击、下山去抢山庄。结果捞了一堆，一下子做大山寨。

改队伍："这有什么！打上东京，杀了皇帝老儿，宋哥哥做大皇帝……""李逵你又胡说！"唉，不过比起朝廷，我们梁山的结构确实不合理……于是宋江居然在一个小小的鸟不拉屎的地方弄了陆军马军水军还有情报机构医院军火厂……

宋江真是改革的先锋啊。

总而言之，宋江先以仗义疏财扶危济困行为树立良好的口碑；以人为本，广交良才，招贤纳士，迅速壮大队伍；自告奋勇以实干家的形象出马树立威望；掌控全局后高瞻远瞩地及时改变队伍理念、策略、结构；不断增强梁山经济实力与军事实力。这就是宋江稳步壮大了梁山的原因。

我看几位 "老头子"

这几位老头子大约两千多岁了——我说的是春秋战国时候"百家争鸣"那批肝经火旺的"老头子"。他们是闪耀在中国历史天空中最为璀璨的星群之一。因为有了他们的照耀，世界东方的天空才显得更加悠远、神秘、深邃和美丽；因为有了他们的伟大传承或创造，中华民族的青少年时期才显得更加生机勃发活力四射；因为有了他们的梳理建构，中国在西方科学技术大规模传入以前的学术框架得以建立；因为有了他们的争鸣激荡，全体中国人的世界观人生观价值观才得以确立；因为有了他们的薪火传递，中华文化才能在一次又一次存亡边续中顽强地生存下来，直至今天的复兴。

一、老子庄子都是愤青

小时候，自己做事丢三落四或做作业开小差，父母就会当头棒喝："不要恍兮惚兮的哈！再这样，老子不给你两棒锤！"后来才知道，"恍兮惚兮"这句使用频率颇高的市井之语，其实大有来历——它竟然来自中国最古老、最艰深、最晦涩、最有魅力，同时也拒普通民众于千里之外的哲学著作《道德经》，细想起来，也颇感意外。读初二时，我从一本课外书中读到与老子一脉相承的庄子的《逍遥游》中一段文字，像被点化开悟般豁然开朗，眼界大开、胸襟大开、神思大开，大觉神奇美妙，吟咏再三，以至于三十余年后的今天还能摇头晃脑地随口吟诵出来：

"北冥有鱼，其名为鲲，鲲之背，不知其几千里也，化而为鸟，其名为鹏，鹏之背，不知其几千里也，怒而飞，其翼若垂天之云。"

其实，仔细品读他们的作品，从某种角度看，老子、庄子就是古代的愤青。他们站在历史的深处，望着离他们或远或近的可鄙之人可恨之事，躲着汹涌而来的可恶的纷乱和可厌的喧嚣，连连摇头叹气，或冷眼旁观或冷嘲热讽。

"大道废，有仁义；慧智出，有大伪；六亲不和，有孝慈"，对当时官方、学界乃至民间广泛推崇的仁义、智慧、孝慈等，老子清醒而残酷地指出其产生根源的不真、不美、不善、不堪，这实在让人出乎意料又不得不点头称是：老头子不愧为国家干部哇，完全清楚越呼唤的就是越缺少的，越强调的就是越薄弱的嘛！他甚至说："故失道而后德，失德而后仁，失仁而后义，失义而后礼，失礼者，忠信之薄而乱之首"，庄子也说"诸侯之门而仁义存焉"，甚至说没有比仁义搅扰人心更大的祸乱了。这些话等于说：你们所提倡的道、德、仁、义、礼、智、信就是你们不断堕落直至深渊的标尺，有什么值得提倡的呢！你们那些礼仪不就是达官贵人享受荣华富贵的护身符和男盗女娼的遮羞布嘛，有什么值得炫耀的呢！他们是典型的自由主义甚至民主主义者，看不惯繁多的礼仪，受不了讨厌的拘束，听不进纷杂的喧嚣，见不得招摇的虚伪，容不了眼中的罪恶，出现在他们面前的这些现象，等于闯进他俩的火力攻击范围自动讨打。

老子提出的理想国是"甘其食、美其服、乐其俗、安其居，邻国相望、鸡犬之声相闻，民至老死不相往来"的"小国寡民"，作为国家高级干部——国家图书馆（档案馆）馆长，说这些话简直是政治立场有问题，因为它在某种角度就是不露声色地揭露当时的周王朝管理混乱，人民生活在水深火热之中，就是否定当时的政治体制；而庄子更是不用点射用扫射、力道十足地揭露一个事实："窃钩者诛，窃国者诸侯"，尖锐地指出一个个当权者的权柄都是偷来的——这真是一针见血：春秋时期，弑君之事共计 36 次，灭亡的国家五十二个，试想，有几个国君来路是正的、名义是顺的、手脚是净的！庄子这句话简直就是武林中人所说的"枪挑一条线棍扫一大片"，太有杀伤力了！而对于当时诸侯之间为了争夺土地、人口、财富的不义之战，庄子更是辛辣地用寓言痛扁道：蜗牛左右角上分别有一个名叫触氏和蛮氏的国家，有一天，两国为了争夺土地而发生大规模战争，结果伏尸百万，战胜国痛打落水狗，整整十五天才搞定……我们仿佛可以看到，庄子抄着双手，乜斜着眼，睥睨着兵弋四起杀声震天的纷乱天下，对着征战各方后面的老大们说道：你们几爷子在这巴掌大的地方为一点蝇头小利争过来抢过去，搞得乌烟瘴气，不觉得无聊么！

像孔子这样高端大气上档次并好学上进一心报效祖国的青年，也受到老子的冷嘲热讽。据《史记》记载，孔子叩见名满天下的老子，请教他一直神往的"郁郁乎文哉"的周代之礼。这是两个超级圣哲第一次也是唯一一次过招。"行家一出手便知有没有"，但老子毕竟是"江湖大佬武林至尊"，他几乎完全是以训诫的口气与这位后生交流。回放当时司马迁先生给我们留下的"纪录片"场景（略补了几个画面、几句寒暄）是：老子双眼微闭，目光几乎是从孔子的头顶望上去，说："小伙子啊，你的想法我晓得了！你所说的礼这个东西嘛，实话说，制定它的人连骨头都已腐烂了，只剩那些老掉牙的言论还在，你紧紧搂着它做啥子嘛！况且君子生逢其时就驾车做官，生不逢时就顺其自然回归田园——你看现在社会这样混乱，哪里适合出来当公务员！我听说善于做生意的经常隐藏财富好像穷光蛋，君子有高风亮节却表现得像个傻瓜愚汉。扔掉你的骄气和欲念，抛弃你的一本正经和好高骛远，这些东西无助于你成长进步和自我完善！老夫要对你讲的就这几点。"

说完拱拱手、闭上眼睛，如老僧入定不再说话，孔子脸上红一阵白一阵，讷讷而退。

这次会面对于年轻气盛、志得意满的孔子来说无异于当头棒喝，或许让他明白了"谦虚使人进步，骄傲使人落后"的道理，以至于半天回不过神来，对其评价曰："其犹龙欤！"——客观地说，老子的话说得太重了：人家谦虚好学不远千里来向您老请教，您不愿指点就算了，但您老人家却把人家数落一顿，有这个必要嘛！您让人家情何以堪！这与您老人家一贯提倡的谦退忍让处下无争也不符合嘛！这反映出老子对主张克己复礼、恢复周公之治的孔子不大感冒，"道不同不相为谋""话不投机半句多"。

而紧承其衣钵的庄子对儒家等学派呼唤圣人出世，直接"金猴奋起千钧棒"，一棍打死——"圣人不死，大盗不止"。对当着大官的朋友惠子，他也经常洗人家脑壳，甚至挖苦他，说他留恋紧护自己的官位，像猫头鹰守护自己的美餐，警惕地瞪着一对圆眼睛，呼呼扇动着翅膀，嗥叫着警告其他鸟兽：呱呱！不准抢我的死老鼠！而对小人得志便猖狂的曹商，他更是挖苦道：我听说秦王的赏赐等级是，越服侍得下作赏金越高，你老兄一定是舔了秦王的痔疮而讨得了丰厚的犒赏吧?！

世人印象中，老、庄似乎是两个不食人间烟火的怪人，是四肢冰凉的冷血动物，是心如止水形如槁木无爱无恨的真人，是逃避社会人事的避世之士。两个老头子听到这个评价一定会长叹一声：世人不了解我们啊！从两个老愤青的言行来看，他们也是有爱有恨的人，有情有义的人，只不过更加冷静超脱，更加愤世嫉俗，更加外冷内热。此外，须知老庄均有家室子女，均曾在体制内干过（庄子也曾在漆园当过估计是科长之类的小干部），均在社会政治和百家争鸣中表达了鲜明的立场意见，均留有自己写作的传世之作（这点比孔子做得好）。

我甚至想，老子的出关，固然令他的国家和人民羞惭，让后人叹惋痛惜，但从他还为海关关长尹喜留书来看，他并不绝决，他对他的家国和同胞，甚至对人间和万物一定留有牵念存有期待，他出关之前，一定是双眼蒙眬地回望了一眼夕阳中的山河故国，用袖子揩干一滴老泪，然后才拄着拐杖喘着粗气慢慢上路，蹒跚地迈向了未知的隐居终老之地，最后身影化作一团、变成一点直至于无，永远地脱离了世人的视线。

哲学和国学学者陈鼓应先生在《庄子浅说》一文中指出："庄子绝非不食人间烟火的道行者，也非远离现实生命的乌托邦理想人。他的见解是基于人类无止境的餍欲与物化的倾向所引发出来的；同时，鉴于个人的独存性与被吞噬，遂于洞察人类的境中安排自我的适性生活"。我看这句话也基本适用于老子。

老子的无为观和庄子的自然观，是两人学说中值得重点关注的地方。

笔者认为，世人对老子的无为观颇多误解，以为无为就是一切听天由命，什么都不做，这其实不是老子的本意。老子的无为，强调的是不强为，不妄为，不滥为，其目的在于："无不为"（"以无事取天下"，"天下莫能与之争"等）；其着眼点在更有效："我无为而民自化，我好静而民自正，我无事而民自富，我欲不欲而民自朴"——有点类似现代"小政府大社会""政府只需当好守夜人"的治理理念；其立足点在更节省成本："去甚去泰去奢"；其方式在："为无为，事无事"（以顺其自然的方式作为，以不搅扰躁动的方式干事）。这一点，鲁迅先生曾在《汉文学史纲要》指出："老子之言亦不纯一，戒多言而时有愤辞，尚无为而仍欲治天下。其不为者，以欲无不为也"。可谓一语中的。

又如庄子，他在否定俗人俗事时，也对人间合道之人事物甚至广阔天地与花兽虫鱼表现出了极大的关注兴趣甚至欣赏。这是对自然之美第一个表现出高度欣赏赞美的哲人，他满怀感情地指出："天地有大美而不言，四时有明法而不议，万物有明理而不说"；他是第一个对自然衷心悦纳十分亲近的哲人，他认为"山林欤，皋壤欤，使我欣欣然而乐欤"；他是第一个不以自我为中心不以人类为中心的哲人，认为"天地与我并生，万物与我为一"。

我们应该好好感谢这两个老愤青，没有他们，中华民族的哲学理论是苍白的，哲学思维水平是难赢得世人尊重的。因为实话讲，孔孟之道更多是帝王治国之道、小民修身之道、士子进身之道，其中真正属于哲学层面的东西很稀薄；而老庄则不同，不仅提出了哲学概念，其关于事物联系、发展，对立、统一，矛盾、斗争等思想，体现了高超的辩证思想，建构了自己的哲学学说并丰富了哲学殿堂，而且就老子还是哲学开宗立派之人。这一点连一向自视甚高的哲学泰斗黑格尔也不得不指出"老子的著作，尤其是他的《道德经》，最受世人崇仰"。更重要的是，他们为我们中国人提供了一种辩证的思维模式，一种谦退的生存方式，一种和谐的发展观念，特别是一种自求圆通和谐的精神家园。

二、孔孟都是大人

对孔孟的认识，始于20世纪70年代。坦率的说，两位老头子尤其是孔丘先生给我留的印象不是很好。他曾被称为"孔老二"。后来，在学习生活和工作中，接触到不少资料、书籍和专家，才猛然醒悟：孔孟原来是好人啊！孔孟原来是大人啊！

孔孟之大主要体现在三个方面：志向远大、格局宏大、人格伟大。

据《史记》记载，我们的千古圣人孔夫子还是小屁孩的时候，在玩过家家等游戏时，就喜欢"常设俎豆"，拱手作揖，弯腰翘臀，进退如仪，念念有词地搞一些祭祀仪式之类的玩意，颇像那么回事。从后来《论语》等资料上看，孔子念兹在兹的事情，主要是克己复礼，恢复周公姬旦制定的那一套东西。从表面上看，这实在是复古和倒退。但若从当时礼乐崩坏，纲纪废弛，"礼乐征伐自诸侯出"，社会民众已成为牺牲品来看，还是有其合理之处的：恢复社会秩序和稳定，符合大多数人的愿望和利益，况且，他不向后看，向什么方向看呢？难道向万里之外的印度、希腊看（印度的释迦牟尼、希腊的苏格拉底大约与他同时）？这不是站着说话不嫌腰疼嘛！特别是作为一个没落贵族子弟，作为一个三岁丧父，十七岁丧母，当过仓库会计员、牲畜管理员，接近于社会底层的年轻人，这种想法不就是杜甫所说的"致君尧舜上，再使风俗存"吗？这不就是改造社会、报效祖国的想法吗？而孟子在历史的帷幕里一出场就是以孜孜不倦奔走弘扬孔子之道、大力推销仁政王道形象出现的——事实上，他从孔子的曾孙子思那里一毕业之后就开始周游齐梁等地弘道了。

孔子、孟子两人的目标愿望，都不是"为了生活茫然随波逐流"的"小人儒"的举动，而是为"修身齐家治国平天下"的"君子儒"的举动。在我看来，孔子、孟子都是胸怀祖国，放眼世界（当时叫天下）的人。他们一辈子一心所系的是"仁""义"的推行，一肩所负的是历史和社会的道义，一生所求的是服务社稷苍生，而且都是放弃了小家庭，放弃了自己的"父母之邦"，放弃了稳定的生活，过上了"颠沛必于是，造次必于是"的生活。

在人格上，孔孟堪称伟大。

孔子在教育中要求学生"兴于诗，立于礼，成于乐"，这是倡导一种良好健全的人格教育与养成，近于"三好学生"的标准。而孔子自言自己的学习生活和工作标准高得多，是"志于道，据于德，依于仁，游于艺"，反映出孔子经过学习完善，经过人生风雨，历经自我磨砺后形成的一种"大人"形象：追求大道，立足大德，依傍仁义，悠游于"六艺"（礼乐射御书数六种技艺，反映其众多特长和爱好），这是一种多么可敬、可佩、可爱、可亲的形象！

孟子给人的印象是说话演讲词充气沛、底气十足，无人敢与争锋。他往演讲台上一站，立刻神采飞扬、风云四起，如"长江之水滔滔不绝"。估计必须要主持人（国君）拱手示意：先生停一下，我们肚子都饿了，吃点小吃再聊如何？

若是仅仅认为孟子口才好，善辩论，那就大错特错了。孟子自己也曾经说"予岂好辩哉，予不得已也"。在我看来，孟子具有与孔子一样甚至比孔子更伟大的人格力量。

孟子的人格力量，应是奠基于"孟母三迁"给予的良好充分的家庭教育；经历了自身修身养德，"养浩然之气"，"养其大体为大人"，从而"不失其赤子之心"，特别是让自己须臾不离"居天下之广居、立天下之正位、行天下之大道"的目标，从而让自己在思想情志上练就了如"金钟罩""铁布衫"一样的功夫，从而具有"金刚不坏之躯"，因而"富贵不能淫，贫贱不能移，威武不能屈"，故而展现出其"为气也，至大至刚"，"虽千万人，吾往矣"的气质气概气象。笔者认为，这就是孟子自我修炼、自我完善的独门秘籍。试看《孟子》一段文字：

"说大人则藐之，忽视其巍巍然，堂高数仞，榱题数尺，我得志，弗为也。食前方丈，侍妾数百人，我得志，弗为也。般乐饮酒，驱骋田猎，后车千乘，我得志，弗为也。在彼者，皆我所不为也；在我者，皆古之制也。吾何畏彼哉？"

读《孟子》你会有一种感觉：孟子的人格境界何其高、何其大，何其自信坚定，何其正大光明！事实上，相较于孔子"畏天命、畏大人、畏圣人之言"的前怕狼后怕虎、相较于孔子在权势与君王面前的谦恭，孟子明显更从容、更自信、更洒脱、更大气、更独立！

　　孔子孟子特别是孟子的大丈夫人格，无疑是对中国人精神人格的一大贡献。后来历史上的许多仁人志士，如颜真卿、文天祥、于谦、袁崇焕、史可法、林则徐等都明显受到这种精神的影响。

　　孟子的"养浩然之气"和"大丈夫"理论，让我们骨子里增添了一种硬气，胸襟里增添了一种豪气，举止间增添了一种正气，言谈间增添了一种底气，衣袖间增添了一种清气。

　　孔孟二先生对中国政治、社会、文化的贡献是卓越的，影响是深远的，地位是无可撼动的——虽然这其中也有他们的学说刚好符合统治者口味而"被权势者捧起来"（鲁迅语）分别成为一级圣人二级圣人；虽然也有走霉运时，像孔夫子被批倒批臭，像孟子被朱元璋撵出孔庙。——这大起大落的光景真有点像柏杨先生的一句俏皮话：捧上天堂，为玉皇大帝盖瓦；打入地狱，替阎王老爷挖煤。

　　我对孔老夫子主要的批评意见是他一味主张向后看齐和述而不作，既影响了民族的开拓创新，也影响了自己"立德、立功立言"，没有为中华民族和人类做出更大贡献，比如孔子的弟子说孔子"言性与天道，不可得而闻"，学者钱宁就认为因为他自己不写，有很多如老子一样高深莫测的哲学性思考没有被记录流传下来。我甚至曾一度责怪他，应该为一件事负责：我们这个原本"天行健，君子以自强不息"的民族被他老先生用"斯文"反复浸泡，逐渐变得"文质彬彬然后君子"，以至文弱不堪甚至如"狗屎鞭子闻（文）也闻（文）不得、舞（武）也舞（武）不得"，最终"弱不禁风"，挨打受气。后来一想，这也许该让后来把他的学说拿去当遮羞布的统治者和当万应灵丹的后学腐儒们负主要责任吧？

　　三、侠义墨子

　　他满脸黧黑，身材壮实，一口市井俚语、一副土里土气的庄稼汉形象。他行走如风，匆匆奔走在崎岖不平的世道上，他就是墨子。墨子让我觉得很亲切，因为他是个手工业者，一个普通劳动者，类似于我这种农民出身；他的学说上符天道下合民意，让人不会不知所云浑身起鸡皮疙瘩；他扶危济困无私无畏，让人肃然起敬。

说起来有点意思。因为墨子长得黑，不太像养尊处优的其他几位圣贤，更因为他的学说倡导自己多吃苦头、让他人和社会受益，而被学者胡怀琛认为是"外来的和尚"——印度佛教徒。

从其学说举止和作为上看，墨子颇有侠义之风。

墨子的侠义之举有信仰支撑：他认为是"尊天事鬼"的要求，"仁之者事，必务求天下之利，除天下之害"；有基本原则，"士损己而益所为"；有具体要求："为身之所恶，以成人之所急"，有基本表现，"赴火蹈刀、死不旋踵"，完全是损己利人、舍己为人，一个一心让世界更美好的社会活动家。

墨子或者说墨家的侠义事迹主要有止楚攻宋：听说超级大国楚国要攻打弹丸小国宋国，墨子忧心如焚，立即从齐国出发，千里迢迢，夜以继日奔赴楚国，摸爬滚打，摔破了头皮，走坏了脚跟，最后到达楚国，用自己最新研制的高科技守城武器打消了楚王的攻宋企图（同时，也因有硬实力做保障，他已提前派了墨家门徒三百敢死队带着上述器械奔赴宋国帮助守城）。

此外见之史籍的还有楚国吴起之难中有186名墨家门徒为阳城君守城殉难。

从墨家著作及有关典籍上看，墨家学派几乎是一个有组织、有纪律、有纲领、有章程、有号召力的团体。比君子动口不动手的其他学派、比有点不合时宜的孔子、比"迂远而阔于事情"（迂回曲折不切实际）的孟子都更有行动力、号召力、影响力。

我认为，墨子的兼爱、非攻、尚贤等思想颇具人民性、先进性和真理性，几乎与现代民主、平等、博爱等思想精神相通——虽然孟子等人非常反感，强词夺理，没有风度地将其与杨宋等人相提并论，贬损为"无父无君"，斥其为"无父"。

大哉，墨子！

四、孙子是战争艺术家

孙子在两千多年前的竹简上写下六千余字的求职自荐书，竟然为自己奠定了"中国兵圣"的地位，竟然与两千余年后的普鲁士军事学家克劳塞维茨的煌煌巨著《战争论》异曲同工相提并论，竟然让今天的人们研读不辍，实在让人拱手佩服。

孙老先生在这本短短的小册子里，把内政与外交、战略与战术、谋略与战争、将帅与士兵、条件与保障等战争要素几乎全部囊括，体现了一个卓越军事家关于战争的战略性和系统性、辩证性、独特性思考。难怪美国军事理论家约翰·柯林斯在《大战略》序言中以崇敬之心写道：孙子是古代第一个形成战略思想的伟大人物……今天没有一个人对战略的相互关系应考虑的问题和所受的制约比他有更深刻的认识。他的大部分观点在我们当前的环境中仍然有着和当时同样重大的意义。

我认真研究了孙子的致胜之道，现将心得报告如下：

一、战争取得胜利的根本前提是"庙算胜"。庙算即最高统帅部在战前要坚持"经之以五事"，即对"道""无""地""将""法"等各种战争因素作评估；要坚持"上兵伐谋，其次伐交，其次伐兵，其下攻城"——这一招就是现在的政治战、外交战、舆论战、信息战等。这真是"不谋万事者不足以谋一时；不谋全局者，不足以谋一域"啊！

二、战争取得胜利的一大关键是用好"诡道"。即"能而示之不能、用而示之不用、近而示之远、远而示之近"，也即"兵以诈立"

"以奇胜""出其所不趋""趋其所不意""攻其所不守""守其所不攻""乘不虞之道"。总之，不按常理出牌。

三、战争取得胜利的基本手段是避实击虚。通观全书，孙子给出的具体办法是"四以"：以强击弱、以多击寡、以实击虚、以逸击劳。在全书找不到一处曾国藩主张的"结硬寨、打死仗"战法，他明确提出"勿邀阵阵之旗、勿击堂堂之阵"，充分表明孙子注重谋略、注重技巧、注重集中优势兵力歼敌的思想。这一点，古代的卫青、霍去病、李靖，现代的毛泽东、刘伯承、林彪等军事家深得其意。

笔者曾从管理学角度研读过《孙子兵法》，感觉别有风味，也颇有启发：他提出的"智信仁勇严"可作为管理者素质建设的目标；他提出的"令之以文、齐之以武"可作为制度建设的借鉴；他提出的"上下同欲""视卒如婴儿""视卒如爱子"可作为团队建设的效仿；他提出的"求之于势不择于人""择人而任势"可作为人才管理的参考，他提出的"屈诸侯者以害，役诸侯者以业，趋诸侯者以利"可作为绩效管理的指南。

最后还要指出的是：《孙子兵法》的文字很漂亮，试看：

"凡战者，以正合，以奇胜，故善出奇者，无穷如天地，不竭如江河。终而复始，日月是也。死而复生，四时是也。声不过五，五声之变，不可胜听也；色不过五，五色之变，不可胜观也；味不过五，五味之变，不可胜尝也。战势不过奇正，奇正之变，不可胜穷也。奇正相生，如循环之无端，孰能穷之?"

"故兵以诈立，以利动，以分合为变者也。其疾如风，其徐如林，侵掠如火，不动如山，难知如阴，动如雷震。"

"故善用兵者譬如率然，击其首则尾至，击其尾则首至，击其中，其首尾俱至。"

这些文字，如将军深沉的目光和悠远的思绪，绵绵不断，涛涌云集；如将军旌旗号令下的队伍，忽聚忽散，排山倒海；如将军指挥打下一场硝烟刚散的战斗，风卷残云、干净利落。

我们应该尊重善待这些"老头子"，他们对中华民族的滋养如长江黄河，绵绵不绝；

我们应该珍惜爱惜这些"老头子"，他们构成了中华文化厚重的底色和灿烂的风景；

我们应该"用好用活"这些"老头子"，他们在复兴传统文化、传达中国精神方面依然大有可为。

……

后　记

一

这是一个业余作家利用业余时间写作的业余水平的随笔杂文集。既有 20 世纪末的"陈年老窖",也有 21 世纪初至今的"新酿小酪"。

之所以要出此文集,是因为面对这样一个伟大的时代、昌明的国度、多彩的生活,情不自禁地要边走边唱;是因为吮吸这个伟大国家历史文化乳汁的笔者对这个国度丰腴的土地、光辉的历史、伟大的先贤、可敬的人民,情不自禁地要顶礼膜拜;是因为对岁月的浪花和生活中绽放的姹紫嫣红的鲜花,情不自禁地要驻足欣赏、俯身轻嗅、拍照留念——这不独文艺大家有此资格,文艺小家和平民百姓也有此资格,正如大文豪契诃夫所说:大狗有叫的权利,小狗也有叫的权利。

白居易老先生说:"文章合为时而著,歌诗合为时而作。"这些文章,从大的方面说有呼应时代脉搏之作,从小的方面说有个人的自弹自唱,从不大不小的方面说有人间世相。均为有情有义有气有象有棱有角之作,绝少无关痛痒无病呻吟无涉风雅之篇。虽是业余选手业余水平,但"苔花如米小,也学牡丹开",作者也有几分盲目自信和几许天真期待:希望能折射出家国情怀诗意人生,希望能传递出生活的酸甜苦辣，希望能表达出对养育我们的土地和人民的情意，希望能折射出生活的丰美，人生的姿态和思想的光芒。

二

这本书能够出版，要感谢这个道路越走越宽广、国家有力量、民族有希望的新时代，这让我们能够谈笑歌吟；感谢妻儿支持鼓励，特别是与我心心相印的妻子千方百计相夫教子、主动辛苦劳作，让我在家空闲时间能读书写作；感谢魏平同志热忱鼓励大力提点真诚斧正热情张罗无私帮助；感谢蒋蓝老师不辞辛劳热情推荐点评；感谢印子君先生在校对方面的帮助；感谢刘斌先生提供的精美图片；感谢编辑熊韵、张春晓老师的指点帮助、辛勤付出。此外，还要感谢陈方仁等文朋诗友真挚坦诚的交流反馈，感谢鲁明等同志收集打印相关资料。在此一并拱手致意：多谢了！多谢四方众亲！

需要指出的是，在凸凹先生的序中，他因手下留情，并未按我的请求指出本书的不足，在此将他未写出的话补上：个别篇目过于条分缕析、直截了当，缺乏文学性。这种真诚的批评我喜欢。

需要说明的是，为鼓励孩子学习、读书、思考、写作，书后也收录了一篇他独立写作的《漫谈宋江》。

需要坦白的是，文中插图除一幅为笔者父亲书法照片外，其余皆为四川人民出版社于2015年出版的《百年陈子庄》中，陈子庄先生所作龙泉山的系列作品。这并非拉大旗作虎皮，实因本书内容紧扣龙泉山，此外，笔者还想提醒龙泉山："龙泉山啊，'东方的凡·高'——陈子庄大师为您倾注了那么多深情，你知道吗？"

最后要特别指出的是：之所以将书名定为《龙泉山笔记》，是因为书中文章除少数篇目是在达州求学时所写，绝大多数是在龙泉驿工作时所写——或在龙泉山中，或在龙泉山麓，均与龙泉山有不解之缘。尤为重要的是，我不仅在此收获了爱情婚姻家庭，也收获了工作事业与友谊。这里的土地滋养抚慰了我，这里的山水人文启迪激发了我，这里的人民厚爱善待了我，我必须双手合十：感恩龙泉山！感恩龙泉驿！感恩龙泉人民！

2017 年 12 月 1 日